EMILY

ALTER 12

INTERESSEN:
Musik hören, lesen,
Freunde treffen

LIEBLINGSSPORT:
Turnen

LIEBLINGSFARBE: alle Pastelltöne
LIEBLINGSMUSIK: Balladen
LIEBLINGSFILM: Ostwind
LIEBLINGSTIER: Pferd

50 KG

EIGENSCHAFTEN:
kontaktfreudig, humorvoll,
kann mit Außerirdischen kommunizieren

MARVIN

ALTER 11

GRÖßE 148 cm

INTERESSEN:
Astronomie, Science-Fiction,
Weltraumtechnik, Computerspiele

LIEBLINGSSPORT:
Tischtennis, Schwimmen, Achterbahn fahren

LIEBLINGSFARBE: dunkles Violett
LIEBLINGSMUSIK: elektronische Musik
LIEBLINGSFILM: Star Wars, Star Trek
LIEBLINGSTIER: Delphin

41 KG

EIGENSCHAFTEN:
sehr guter Computer Gamer

Andreas Schlüter

Spacekids

Andreas Schlüter, geboren 1958 in Hamburg, machte eine kaufmännische Ausbildung und leitete später mehrere Jahre lang verschiedene Kinder- und Jugendgruppen, bevor er sich dem Schreiben widmete. Zunächst arbeitete er als Journalist und Fernsehredakteur, ab 1996 dann hauptberuflich als freier Autor. Seither sind von ihm zahlreiche Kinder- und Jugendbücher erschienen, u.a. auch die Erfolgsserie ›Level 4 – Die Stadt der Kinder‹. Der Autor lebt und arbeitet in Hamburg und auf Mallorca. Weitere Informationen unter www.aschlueter.de

Andreas Schlüter

SPACE KIDS

dtv

Ausführliche Informationen über
unsere Autoren und Bücher
www.dtvjunior.de

MIX
Papier aus verantwortungsvollen Quellen
FSC® C014496

Originalausgabe

Umschlagkonzept: Balk & Brumshagen
Umschlagbild und -gestaltung, Illustrationen: Max Meinzold
Lektorat: Michaela Kolodziejcok
Gesetzt aus der Rotis Serif 12,7/17˙
Satz: Fotosatz Amann, Memmingen
Druck und Bindung: GGP Media GmbH, Pößneck
Printed in Germany • ISBN 978-3-423-76124-6

Abschied

Berlin, 5. August 2015 – 07:35 Uhr

»Sonne, Mond und Sterne!«, plärrte es aus dem Internet-Radio – ein Kinderlied. Perry schaltete die App auf seinem Smartphone aus und schob es in die Tasche seiner Shorts. Da war wohl ein falscher Sender eingestellt.

Sonne, Mond und Sterne!, wiederholte er in Gedanken. So ein Quatsch. Die Sonne *ist* ein Stern! Einer von etwa 200 Milliarden in der Milchstraße. 30 Millionen Jahre hatte er gebraucht, um aus einer Gaswolke zu einem Himmelskörper zu werden. Dabei ist er, 28 000 Lichtjahre vom Zentrum seiner Spiralgalaxie *Milchstraße* entfernt, weder sehr groß noch mit 6000 Grad Celsius sonderlich heiß und – vom Standpunkt des Universums aus gesehen – vollkommen unbedeutend. Und doch ist dieser Stern – die Sonne – Grundlage allen Lebens, das sich auf einem kleinen, unscheinbaren Planeten, genannt Erde, abspielt. Diese kreist wiederum in 150 Millionen Kilometern Entfernung um die Sonne, umgeben von einer äußerst seltenen Atmosphäre, welche letztlich erst solche erstaunlichen Lebewesen möglich machte wie ...

BAM!

Perrys Tür flog auf und knallte gegen den dahinter stehenden Schrank.

»LOS, RAUS, DU STUBENHOCKER!«

... die dreizehnjährige Lea, Perrys ein Jahr ältere Schwester, die genau in diesem Augenblick in sein Zimmer stürmte. Sie trug neongrüne Sandaletten, dazu grelle, enge Shorts, die sie Hotpants nannte, und ein ärmelloses gelbes Shirt, unter dem die Träger ihres Bikini-Oberteils hervorblitzten. Über ihrer Schulter lag ein großes Badetuch, die Sonnenbrille hatte sie ins Haar geschoben und in der Hand hielt sie ihren Schulrucksack, in dem mit Sicherheit aber keine Schulsachen steckten. Denn schließlich hatten sie Ferien.

»Die Sonne scheint!«, brüllte sie.

»Natürlich tut sie das!«, antwortete Perry. »Und zwar seit rund viereinhalb Milliarden Jahren!«

»Ja, du Klugscheißer!«, konterte Lea. »Aber meistens sind Wolken davor. Heute aber nicht. Um acht macht das Schwimmbad auf. Jetzt ist es schon zwanzig vor und in zehn Minuten sind wir mit Emily und Marvin vorm Eingang verabredet. Also bitte!«

Und schon war Lea wieder verschwunden, so schnell, wie sie gekommen war.

Perry schnappte seinen fertig gepackten Rucksack. In letzter Zeit ergab es sich immer öfter, dass die beiden Geschwisterpaare gemeinsam etwas unternahmen. Natürlich hätte Perry ebenso gut allein mit seinem besten

Freund Marvin ins Schwimmbad gehen können, doch eigentlich fand er es gar nicht so schlecht, zusammen mit den Mädchen loszuziehen. Wo Wirbelwind Lea und ihre Freundin Emily aufkreuzten, herrschte immer gute Stimmung und man knüpfte schnell Kontakte. Die beiden Mädchen zogen andere Gleichaltrige an wie ein Magnet die Eisenspäne. Ganz im Gegensatz zu Perry. Wenn er nicht gerade mit Marvin zusammenhing, blieb er meistens für sich. Lea bezeichnete ihn deshalb immer als *Nerd*, ein seltsamer Außenseiter, dem außer seinem Sternenhimmel alles andere gleichgültig war. Aber das stimmte nicht. Perry war kein Nerd, sondern nur »sehr interessiert«, wie er selbst fand. Und zwar keineswegs ausschließlich an Astronomie, obwohl das sein Lieblingsthema war.

Perry las auch sehr gern Bücher über Raumfahrt, Science-Fiction-Comics und -Romane. Er hatte Spaß am Rechnen und lernte gern physikalische Formeln auswendig, einfach so. Und Sport mochte er ebenfalls, ansonsten würde er doch gar nicht mit zum Schwimmen gehen. Tischtennis zum Beispiel spielte er ausgezeichnet, Schach ebenso und obendrein war Perry als wagemutiger Achterbahnfahrer bekannt. Egal, wie hoch und wie steil die Bahn auch war, nie zeigte er Angst und noch kein einziges Mal war ihm schlecht geworden. Und das hatte er Marvin zu verdanken. Während Perry eher der Theoretiker war, was Weltraumabenteuer anging, war Marvin ganz wild aufs praktische Ausprobieren. Und so war er auch auf die Idee gekommen, auf jedem Jahrmarkt die spektakulärsten Fahrgeschäfte als »Astronautentraining« zu nutzen, so lange, bis einem nicht mehr schlecht wurde. Marvins Meisterleistung: einen Zauberwürfel während der Fahrt durch den Doppellooping einer Achterbahn korrekt zusammenzubauen.

Darüber hinaus galt Marvin als Experte für sämtliche Waffen, die in Science-Fiction-Filmen vorkamen, und er besaß sogar einen täuschend echt aussehenden Astronauten-Overall, den er mal preiswert von einem Filmausstatter gekauft und vom Änderungsschneider um die Ecke auf seine Größe hatte umarbeiten lassen. Es war sein Weihnachtsgeschenk vom letzten Jahr gewesen.

»Perryyyy!«, rief Lea. Sie kam zurück, um zu gucken, wo ihr Bruder blieb.

Perry warf einen sehnsüchtigen Blick auf sein neues Astronomie-Buch und überlegte, ob er das schwere Monstrum mit den vielen atemberaubenden Fotografien von fernen Galaxien mitnehmen sollte.

Seine Schwester sah seinen Blick und wusste sofort, was Sache war. »Bloß nicht!«, warnte sie. »Heute wollen wir Spaß haben! Der *Dreier* ist unser! Komm jetzt!«

Sie stürmte erneut los.

Perry warf seinem Buch einen letzten Abschiedsgruß zu. Noch einmal wanderte sein Blick zum Fotoposter von Rover, das über seiner Bücher- und Comicsammlung hing. Der Roboter, der zu Forschungszwecken seit einigen Jahren über den Mars fuhr, war schon sehr cool.

»PERRYYYYYY!«, drängte Lea.

Er schloss die Zimmertür hinter sich und folgte seiner Schwester aus der Wohnung.

Im Treppenhaus angekommen, stand er aber plötzlich allein da. Lea war doch vor ihm hinausgegangen? Der Fahrstuhl stand einstiegsbereit in ihrem Stockwerk – mit dem war sie also nicht gefahren. Und auf der Treppe hörte er auch kein Fußgetrappel.

Perry drehte sich um und trat durch die offene Wohnungstür zurück in den Flur. »Lea?«

»Moment!«, tönte es aus ihrem Zimmer. »Ich muss noch Kim und Kim füttern!«

Perry verzog das Gesicht. Erstens, weil es soeben noch geheißen hatte, er solle sich beeilen. Und zweitens, weil die Fütterung von Leas Haustieren in Perrys Augen eine ziemlich eklige Angelegenheit war. Seit einiger Zeit hatte seine Schwester nämlich zwei grasgrüne Eidechsen, die sie mit lebenden Heuschrecken fütterte, welche sie wiederum in einem Extra-Terrarium aufbewahrte und mit einer Pinzette herausnahm, um sie den Echsen zu geben. Lea liebte alle möglichen Arten von Tieren und Perry fragte sich nicht zum ersten Mal, weshalb sie ausgerechnet zwei Exemplare halten musste, die sich von lebenden Insekten ernährten.

Da Kim sowohl ein männlicher als auch ein weiblicher Vorname war, hatte Lea der Einfachheit halber die beiden Echsen unterschiedlichen Geschlechts gleich beide so genannt. Perry vermutete jedoch, dass seine Schwester die Tiere in Wahrheit nur nicht voneinander unterscheiden konnte, was sie natürlich vehement bestritt.

Perry stand in der Tür zu Leas Zimmer und überlegte gerade, ob sie das Gorilla-Poster über ihrem ›Labortisch‹ neu hatte, als Lea mit der Fütterung auch schon fertig war. Sie fischte ihr Smartphone zwischen dem Mikroskop und diversen Reagenzgläsern auf ihrem überquellenden Schreibtisch hervor und schenkte ihrem Bruder ein abenteuerlustiges Lächeln.

Beim Anblick ihres Zimmers hätte man Lea ohne Weiteres auch für einen Nerd halten können. Aber das wäre ungerecht, musste Perry zugeben. Seine Schwester war eher ein Mensch gewordener Tornado, der ohne Rücksicht auf Verluste durch besiedelte Gebiete fegte und dabei alles und jeden mit sich riss. Seine Schwester interessierte sich für vieles, wenn auch meist nur oberflächlich. Sie kannte jeden, machte alles mit und heckte ständig neue Pläne aus. Im Moment wollte sie, wenn sie erwachsen war, eine Tierpflegestation in Afrika eröffnen – darum auch die Eidechsen. Ein halbes Jahr zuvor hatte sie noch eine Autowerkstatt in New York betreiben wollen und für diesen Zweck einen Haufen alter Mofa-Motoren gesammelt. Sie hatte auch schon mal Popstar und Gerichtsmedizinerin werden wollen. Perry hatte die Erinnerung daran, was sie damals alles in ihrem Zimmer gehortet hatte, bereits erfolgreich verdrängt.

Am meisten aber erstaunte ihn immer wieder, dass seine Schwester – so wie jeder andere Mensch auch –

Schlaf benötigte. Perry konnte sich alles vorstellen außer einer bewegungslos daliegenden, schlafenden Lea. Er hatte sich tatsächlich schon mal nachts heimlich in ihr Zimmer geschlichen, nur um sich zu vergewissern, ob sie auch wirklich schlief oder sich nicht doch zusammen mit irgendwelchen Fledermäusen auf nächtliche Jagden begab.

»So, jetzt können wir!«, gab Lea Bescheid.

»Wird auch Zeit!«, meckerte Perry.

Sie ließen den Fahrstuhl stehen und rannten zu Fuß hinunter in den Keller, um ihre Räder zu holen und endlich zum Schwimmbad zu düsen. Ohne zu ahnen, dass sie ihre Zimmer womöglich nie mehr wiedersehen würden.

Ein seltsamer Schatten!

Marvin und Emily warteten bereits vorm Eingang des Freibads. Emily, Leas beste Freundin, war mit ihren zwölf Jahren genauso alt wie Perry; ihr Bruder Marvin war ein Jahr jünger.

Emily rieb gerade mit skeptischer Miene über das neue Klebetattoo auf ihrem linken Oberarm und schien sich zu fragen, ob es auch wirklich wasserfest war. Es zeigte eine magische Fee. Emily war zurzeit auf dem Magie-Trip.

Marvin hingegen hielt eine gewaltige Wasserpistole in seinen Händen – eine exakte Nachbildung eines Ionengewehrs aus *Star Wars*.

Als Perry und Lea näher kamen, ging Marvin seinem Freund breit grinsend entgegen und präsentierte ihm stolz seine neueste Errungenschaft: »Zwei Liter Fassungsvermögen. Spritzt sechs Meter weit!«

»Nicht schlecht!« Perry nickte anerkennend und kicherte. »Ist sie geladen?«

»Logisch!«

Lea hauchte Emily zur Begrüßung ein Küsschen auf jede Wange, behielt die Jungs dabei aber genau im Auge.

»Denk nicht mal dran, Perry!«, rief sie ihm warnend zu. »Oder du wirst einen furchtbaren Tag erleben!«

Perry, der tatsächlich gerade auf seine Schwester hatte zielen wollen, ließ die Arme schnell wieder sinken.

»Später!«, flüsterte er Marvin zu, der ihm verschwörerisch zuzwinkerte.

Nachdem Perry und Lea ihre Räder angeschlossen hatten, betraten die vier Kinder schließlich das Freibad, das sich vor allem durch seinen Natursee auszeichnete.

Wie erhofft war das Bad noch menschenleer. Nur ein einziger eifriger Sportler absolvierte auf einer von zwei abgetrennten Bahnen sein morgendliches Training, während der Bademeister das fünfundzwanzig Meter lange, betonierte Uferstück fegte. Der Rest des Sees war von einem Naturufer gesäumt, das auf der einen Seite aus einem Sandstrand und auf der anderen aus Gras und Schilf bestand, wobei dieser Abschnitt nicht mehr zum Freibad gehörte. Auch der Kiosk, an dem sich im Laufe des Tages eine ewig lange Schlange von Badegästen bilden würde, die sich mit Süßigkeiten, Bockwurst oder Pommes eindecken wollten, hatte noch geschlossen. Er öffnete erst um 9 Uhr. Derart ungestört tummelten sich die Vögel munter in den Baumkronen oder badeten am Sandstrand im seichten, erstaunlich sauberen Wasser.

Und in der Mitte des Sees sah man den Dreier – das Sprungbrett, das zu dieser Tageszeit noch unberührt auf seine erste Benutzung wartete. Genau deswegen waren

Perry, Lea, Emily und Marvin hierhergekommen. Natürlich genossen sie auch den See und den Strand, die hohen Birken, die besonders um die Mittagszeit angenehmen Schatten spendeten, aber vor allem hatte es ihnen das Sprungbrett angetan. Und das nicht obwohl, sondern gerade weil der Turm seine besten Zeiten schon lange hinter sich hatte. Es gab keine Plattformen und Sprungbretter in verschiedenen Höhen wie bei modernen Sprunganlagen, sondern eben nur dieses eine, leicht morsch wirkende Dreimeterbrett. Was auch der Grund war, warum die vier nie die Gelegenheit gehabt hatten, ihre Sprünge erst einmal vom Einer zu probieren. Entweder man sprang sofort vom Dreier oder man war zum Zuschauen verdammt.

Wegen des flachen Uferbereichs stand der Turm weiter draußen im See, sodass man erst den Nichtschwimmerbereich durchqueren und unter der Absperrleine hindurchtauchen musste, ehe man ihn mit ein paar letzten Schwimmzügen endlich erreichte. Dann galt es, die angerostete Leiter hochzuklettern, um schließlich von dem knarrenden Brett ins bräunliche Wasser zu springen, dessen Trübung vom aufgewühlten Sandboden herrührte. Lediglich der erste Springer eines Tages hatte vielleicht mal die Chance, durch klares Wasser ein Stück weit in die Tiefe sehen zu können.

So wie Perry in diesem Moment. Wie immer hatte er sich mächtig ins Zeug gelegt, um als Erster den Turm zu erklimmen und genau diesen Augenblick genießen zu können. Wenngleich ihm von vornherein klar gewesen war, dass er nur von kurzer Dauer wäre.

»Springst du heute noch oder hast du Angst?«, drängelte seine Schwester bereits von hinten.

Angst? Unsinn! Das wusste Lea doch. Schon seit einem Jahr machte er einen Kopfsprung vom Dreier! Was Marvin diesen Sommer zum ersten Mal wagen wollte. Bisher war er immer nur mit den Füßen oder dem Hintern voran ins Wasser gesprungen. Genau wie Emily, die sich wie ihr Bruder keinen Kopfsprung traute. Ganz anders Lea, die sogar schon einen Salto vom Dreier machte und überlegte, ob sie es diesen Sommer erstmalig mit einem Salto rückwärts probieren sollte. Perry musste aufpassen, sich nicht hoffnungslos von ihr abhängen zu lassen. Und das bedeutete, dass er in dieser Saison seinen ersten Salto schaffen musste!

»Na los, Arschbombe!«, rief Marvin ihm von der Leiter aus zu.

»Nee, Köpper!«, gab Perry zurück.

»Hauptsache, es wird heute noch was. Mir wächst ja schon Moos auf den Füßen vor lauter Warten!«, drängelte jetzt auch Emily.

Die Mädchen lachten.

Aber Perry sprang nicht. Er stand da wie festgenagelt und schaute mit gebeugtem Kopf angestrengt nach unten.

Dann streckte er eine Hand aus und zeigte mit dem Finger aufs Wasser. »Da ist irgendwas!«

Lea reckte den Hals, konnte aber nichts Ungewöhnliches entdecken. Vermutlich wollte Perry nur Zeit schinden.

»Mach jetzt, spring!«, rief sie ihm zu. »Sonst springe ich zuerst!«

»Da ist eben ein dunkler Schatten vorbeigeschwommen«, behauptete Perry. »Ziemlich groß!«

»Du hast auch einen Schatten!«, motzte Lea. »Du willst bloß nicht springen!«

Inzwischen hatte auch Marvin die Sprungebene erreicht. »Was hat er denn?«, fragte er.

»Einen Schatten!«, lachte Lea.

»Einen Schatten *gesehen*!«, korrigierte Perry sie. »Er ist von da gekommen und dann direkt unter dem Brett durchgetaucht und weiter nach rechts. Dort entlang!«

Die Mädchen schauten kurz hoch in den blauen Himmel. Aber da war nichts, was einen Schatten aufs Wasser hätte werfen können. Kein Flugzeug, kein Heißluftballon, kein Vogel. Nichts.

Marvin drängte sich an den Mädchen vorbei und ging auf Perry zu. »Im Wasser? Echt? Zeig mal!«

»Das ist doch ein mieser Trick. Die Jungs wollen nur zusammen als Erste springen. Ins unberührte Wasser!«, sagte Emily misstrauisch.

»Genau! Aber nicht mit uns!«, brüllte Lea.

Die Mädchen waren sich sofort einig und stürmten gemeinsam auf die Jungen zu.

»Nein! Stopp!«, rief Perry. »Wirklich! Da war ... Halt! Nicht! Neeeeiiiin!«

Zu spät!

Die Mädchen stießen die Jungen vom Brett. Laut kreischend fielen sie rücklings ins Wasser. Sofort sprangen Lea und Emily juchzend hinterher.

Die Fontäne spritzte beinahe hoch genug, um das Dreimeterbrett unter Wasser zu setzen.

Die Kinder tauchten unter. Luftblasen stiegen blubbernd an die Wasseroberfläche wie in einem Whirlpool. Dann war alles wieder ruhig und der See lag so friedlich und still da wie am frühen Morgen, bevor die Kinder das Freibad betreten hatten.

Aber keines der Kinder tauchte wieder auf.

Vom Bademeister unbemerkt, der gerade einen Putzeimer voll Wasser laufen ließ, blieben Perry, Lea, Marvin und Emily verschwunden.

Unter Wasser!

Perry hatte sich zwar vor einiger Zeit angewöhnt, unter Wasser die Augen offen zu halten, doch das nützte ihm hier nichts, weil man durch den aufgewirbelten Sand kaum mehr als die eigene Hand vor Augen sehen konnte. Hinzu kamen noch Hunderte wild sprudelnder Luftblasen ringsum, die die Sicht behinderten. Aber das kannte er bereits und es machte ihm keine Angst.

Seltsam und neu jedoch war das Gefühl, so tief wie noch nie ins Wasser eingetaucht zu sein. Zwar wusste er nicht genau, wie weit unter der Oberfläche er sich befand, aber er hatte den sicheren Eindruck, dass er tiefer hinabsank als sonst.

Er begann, kräftig mit den Armen zu rudern, um nicht noch tiefer nach unten zu gleiten. Es gelang ihm nicht. Der Sog war zu stark. Richtig: ein Sog! Er *sank* nicht mehr hinab, nein, eine unsichtbare Kraft *zog* ihn hinunter! Unwillkürlich schoss ihm durch den Kopf: *Das ist gefährlich!* Schon oft hatte er davon gehört, dass Schwimmer, darunter auch richtig gute Sportler, plötzlich ertrunken waren und sich alle Welt fragte, wie so etwas bloß hatte passieren können? In diesem Zusammenhang war meist von einer Strömung die Rede gewesen oder einem Unterwassersog.

Nun war er selbst in einen solchen hineingeraten, der ihn wie ein ertrinkendes Insekt über dem Abfluss einer Badewanne trudeln ließ und dabei immer weiter in die Tiefe zog. Aber eine Strömung in einem Freizeitbad? Undenkbar! Und doch konnte er die Tatsachen nicht leugnen.

Soweit er wusste, maß der Badesee an seiner tiefsten Stelle gerade mal fünf Meter, eine Marke, die er längst überschritten haben musste. Er hatte das Gefühl, bereits zehn, fünfzehn Meter oder noch tiefer nach unten gesunken zu sein. Das war unmöglich!

Das Luftblasengeblubber um ihn herum wurde weniger, das Wasser ruhiger, aber es blieb trüb. Nicht weit von sich entfernt nahm er in der braunen Suppe schwache Umrisse wahr. Waren das seine Freunde, die zappelnd gegen den Sog ankämpften wie er?

Da! Kurz blitzte etwas Neongrünes auf. Der Sport-Bikini seiner Schwester – unverkennbar. Und das dort? Emilys Badeanzug? Der war schwarz, mit den drei Streifen des Sportartikelherstellers an der Seite, die im Sonnenlicht reflektierten.

Moment mal! Das war kein Sonnenlicht, oder? Das Licht kam von unten! Von unten? Scheinwerfer? Wo sollten die herkommen, mehrere Meter unterhalb der Wasseroberfläche eines Badesees?

Allmählich solltest du aufsteigen!, dachte Perry. Aber das Einzige, was bei ihm aufstieg, war Panik. Er würde bald mal wieder Luft holen müssen. Okay, er war gut im Luftanhalten. Sehr gut sogar. Besser als Lea und wesentlich besser als Marvin.

Wo steckte Marvin eigentlich? Perry versuchte, sich umzusehen, soweit er hier unten überhaupt etwas sehen konnte. Wieder erfasste er Leas neongrünen Bikini und Emilys schwarzen Schatten. Aber Marvin? Marvin war der Kleinste und Leichteste von ihnen. Insofern musste er sich theoretisch über ihnen befinden. Aber da war nichts. Perry schaute noch mal nach unten Richtung Licht. Da! Oder? War das nicht Marvins orangefarbene Badeshorts?

Selbst Perry wurde jetzt die Luft knapp. Wie schlimm musste es da erst für seinen besten Freund sein? Am liebsten hätte er laut nach Marvin gerufen. Aber das ging natürlich nicht. Perry sank immer tiefer, ruderte mit den Armen, strampelte mit den Beinen. Es half nichts, er gewann keinen Auftrieb, keinen verdammten Millimeter. Stattdessen ging es abwärts wie in einem unsichtbaren Fahrstuhl, der sich nicht aufhalten ließ, bis er sein Ziel in der untersten Etage erreicht hatte.

Neben dem All war die Unterwasserwelt noch ein Universum, das Perry faszinierte. Er wusste einiges darüber und hatte auch schon viel übers Tauchen gelesen. Das war sein heimlicher Traum. Eines Tages würde er seine Eltern dazu überreden, in den Ferien einen Tauchkurs machen zu dürfen. Wenn es für ihn überhaupt noch ein eines Tages geben sollte. Denn das hier war kein Tauchurlaub. Er hatte keine Pressluftflasche, nicht mal einen Schnorchel, der ihm so tief unter Wasser jedoch sowieso nichts genützt hätte.

Merkwürdig nur, dass er noch immer nicht den Grund erreicht hatte. Es kam ihm so vor, als würde er schon seit einer Ewigkeit diesem Licht da unten entgegensinken. Immer weiter und weiter hinab. Und je tiefer es ging, desto heller wurde es. Was völlig unlogisch war. Es hätte dunkler werden müssen, da kaum noch Sonnenlicht bis hier nach unten drang. Aber das Gegenteil war der Fall. Jetzt blendete ihn das grelle Licht dermaßen, dass er sich schützend die Hände vor die Augen halten musste.

Plötzlich stoppte die Abwärtsbewegung. Endlich. Stillstand. Perry schwebte auf der Stelle. Sofort fing er erneut mit Schwimmbewegungen an. Abermals vergeblich. Es zog ihn zwar nichts mehr hinab, aber hinauf kam er auch nicht.

Dann wurde es mit einem Mal stockfinster. Hatte er jetzt die Augen zu? Oder war er tot? Ertrunken im Freibad? Perry spürte nichts mehr. Alles an seinem Körper war taub. Wie gelähmt von Kopf bis zu den großen Zehen. Lediglich seine Augenlider spürte er noch; sie fühlten sich unsagbar schwer an.

Im nächsten Moment schien sich alles wieder ein Stück weit zu normalisieren. Er öffnete die Augen, ohne sicher zu sein, ob er sie überhaupt geschlossen hatte.

Unter ihm war es noch immer stockdunkel, aber von oben schien Licht, so wie es sich gehörte. Tageslicht? Die Sonne kam näher, ohne dass er Auftrieb bekommen hätte.

Oder ... Moment mal ... Ja, jetzt begriff er! Er trieb nicht hinauf, sondern die Wasseroberfläche kam zu ihm herunter! Wie krass war das denn bitte? Das war doch gar nicht möglich, außer ... der Wasserpegel sank! Erneut kam ihm der Vergleich mit einer Badewanne in den Sinn. Zuerst der Sog, als hätte jemand den Stöpsel gezogen. Und jetzt lief auch noch das Wasser ab?

Tatsächlich guckte plötzlich seine Nase aus dem Wasser heraus. Er konnte wieder atmen!

Perry holte tief Luft, gleich ein paarmal hintereinander. Nun sah er auch die Köpfe der anderen aus dem Wasser auftauchen. Einer nach dem anderen: Lea, Emily und da war auch Marvin. Alle schienen wohlauf.

»Was ist passiert? Wo sind wir?«, fragte Lea.

Eine mehr als berechtigte Frage, fand Perry. Vom Strandbad, dem Sprungbrett und dem Sommerhimmel war nämlich nichts mehr zu sehen. Stattdessen schwammen sie in einem kleinen Tauchbecken in einer Halle. Dann hatte er mit der Badewanne also gar nicht so falschgelegen. Unter normalen Umständen hätte Perry wohl vermutet, dass sie zu viert durch irgendeine Art Unterwasserverbindung – eine Röhre vielleicht – vom Freibad in den Schwimmhallenbereich gespült worden waren. Die Sache hatte nur einen Haken: Das Strandbad verfügte über keine Hallenbecken.

»Keine Ahnung, wo wir sind!«, antwortete er seiner Schwester.

»Ist mir ehrlich gesagt auch egal!«, warf Emily ein. »Ich will einfach nur so schnell wie möglich hier raus und zurück in unseren See.«

Damit sprach sie den anderen dreien aus der Seele. Die Schwimmhalle besaß keine Fenster. Dadurch wirkte sie nicht nur sehr trist, sondern auch ziemlich unheimlich. Emily zeigte über den Beckenrand hinweg auf eine dicke glatte Stahlschiebetür ohne Griff. Vielleicht öffnete sie sich ja selbsttätig, wenn man darauf zuging? Einen Versuch war es allemal wert.

Das tat sie jedoch leider nicht. Sie waren vergebens aus dem Wasser geklettert. Emily begann zu zittern. Tropfnass und ohne Handtuch war ihr hier draußen am Beckenrand erbärmlich kalt. Ihre Lippen begannen zu bibbern. Perry fragte sich, ob nur die Kälte daran schuld war oder ob sie vielleicht auch Angst hatte. Genau wie er. Wobei er die Situation zugegebenermaßen schon irgendwie spannend fand. Denn er hatte so eine bestimmte Idee, was hier vorging, auch wenn er das den Mädchen nicht auf die Nase binden wollte, um nicht gleich wieder als Spinner abgestempelt zu werden. Perry hoffte nämlich allen Ernstes insgeheim, dass hinter diesem mysteriösen Erlebnis Außerirdische steckten.

Er schaute zu seinem Freund hinüber. Ihre Blicke trafen sich. Marvin schien das Gleiche zu denken wie er. Schon oft hatten sie über ihren Comics, Büchern, Computerspielen und DVDs die Köpfe zusammengesteckt und sich gefragt, ob da draußen in dem unendlichen Universum wohl wirklich bewohnte Planeten existierten. Eigentlich hatten sie nie daran gezweifelt. Die spannendere Frage lautete vielmehr, ob dort irgendwo Wesen existierten, die sowohl biologisch als auch technologisch in der Lage wären, diese unvorstellbaren Entfernungen zu überwinden, um dem Planeten Erde einen Besuch abzustatten.

Ein einzelnes Lichtjahr beschrieb eine Entfernung von 9,46 Billionen Kilometern. Schon das war für den Menschen eine unüberwindbare Strecke. Aber um auch nur annähernd die Chance zu haben, auf andere Lebewesen zu treffen, müsste man zigtausend Lichtjahre zurücklegen. Die Heimatgalaxie der Erde, die Milchstraße, hatte einen Durchmesser von rund 120000 Lichtjahren. Mit dem unmittelbaren Nachbarn, den Zwerggalaxien *Große und Kleine Magellansche Wolke*, war das Milchstraßensystem über eine etwa 300000 Lichtjahre lange Wasserstoffgasbrücke, dem *Magellanschen Strom*, verbunden. Selbst akustische Signale anderer Lebewesen würden die Menschen erst Hunderttausende oder Millionen Jahre, nachdem sie ausgesandt worden waren, erreichen. So gesehen war es unvorstellbar, dass sich Lebewesen von verschiedenen Planeten tatsächlich je begegnen könnten. Dennoch glaubten Perry und Marvin fest daran. Es passierten schließlich jede Menge kurioser Dinge, wie sie ja gerade am eigenen Leib erfuhren.

»Kannst du irgendwas hören?«, fragte Lea und riss Perry damit aus seinen Gedanken.

Emily hatte ihr Ohr an die grifflose Tür gelegt. Doch kein Geräusch drang zu ihr hindurch. Lähmende Stille. Entweder war die Tür schallgeschützt oder dahinter gab es wirklich nichts.

»Irgendetwas muss da sein!«, wandte Lea ein. »Sonst gäbe es die Tür doch nicht.« Sie schlug einmal kräftig mit der Faust dagegen, ohne ein nennenswertes Geräusch zu verursachen – lediglich ein leises, dumpfes Ploppen, mehr nicht. Lea ließ die schmerzende Hand sinken.

Marvin runzelte die Stirn. Die Tür war offenbar wirklich schallgeschützt und obendrein noch sehr dick.

»So wie eine Safetür«, überlegte er laut.

»Oder eine Schleuse!«, ergänzte Perry.

Lea hob die Augenbrauen und wandte den Blick zum Schwimmbecken.

»Schleuse?«, stieß sie hervor. »Wie kommst du denn darauf? Meinst du, die fluten vom Becken aus den gesamten Raum, oder wie?«

Nein, das konnte Perry sich nicht vorstellen. Wozu hätte das gut sein sollen? Andererseits: Was sollte eine Schleusentür in einer Schwimmhalle?

»Das ist einfach nur eine dicke, feste Feuerschutztür!«, vermutete Emily. »Wie auch immer. Niemand wird uns durch sie hindurch hören. Aber sie ist der einzige Ausgang und von innen lässt sie sich nicht öffnen.«

Vermutlich hatte Emily recht. Ihnen blieb also nichts anderes übrig, als zu warten. Denn einer Sache war Perry sich sicher: Sie waren nicht aus purem Zufall oder versehentlich hierhergelangt. Jemand hatte sie geholt. Wer und aus welchem Grund auch immer. Und dieser Jemand musste sich ja irgendwann mal bei ihnen melden.

Begegnung!

Emily sprang zurück ins Wasser. Solange sie sich draußen am Beckenrand nicht abtrocknen konnte, war es im beheizten Wasser wärmer. Lea machte es ihr nach.

Die Jungen blieben draußen. Sie froren zwar ebenfalls, aber es kam ihnen irgendwie komisch vor, in solch einer Situation urlaubsmäßig im Pool herumzudümpeln. Außerdem erschien es ihnen nicht gerade angemessen, die Außerirdischen aus dem Wasser heraus zu begrüßen.

Perry schaute sich weiter um. Dass dieser Raum ein Wasser*becken* besaß und nicht komplett mit Wasser gefüllt war und dass es einen Ausstieg sowie eine Tür nach draußen gab, ließ darauf schließen, dass die Außerirdischen keine fischähnlichen Wesen mit Kiemen waren, sondern wie Menschen Atemluft benötigten. Vielleicht gehörte das Wasser im Schwimmbad zu einer Art Transportsystem, mit dessen Hilfe sie aus dem See in dieses Becken verfrachtet worden waren.

Perry überlegte, ob man ihn und die anderen gezielt ausgesucht hatte oder ob es jeden x-Beliebigen hätte treffen können, der zufällig an diesem Tag zu dieser Stunde im Freibad ins Wasser gesprungen wäre. Vom

Sportschwimmer war hier allerdings nichts zu sehen. Zufall?

Perry seufzte laut. Ach, wie gern hätte er sich mit Marvin jetzt darüber ausgetauscht. Aber dann würden sie wieder nichts als Hohn und Spott von den Mädchen ernten.

»Was ist?«, fragte Lea. »Wieso seufzt du so?«

»Nix!«, antwortete Perry knapp.

Doch plötzlich kam ihm ein Gedanke und er zuckte zurück, hob einen Fuß und ließ seinen Blick suchend über den Boden gleiten, als hätte er etwas verloren.

»Was hat er denn jetzt schon wieder?«, fragte Emily.

»Ach, er spinnt manchmal ein bisschen«, antwortete Lea. »Weißt du doch!«

Marvin aber wusste sofort, was Sache war. Schon oft hatten er und Perry nämlich überlegt, wie Wesen von einem anderen Planeten wohl aussehen würden. Dabei waren sie von bestimmten Wahrscheinlichkeiten ausgegangen. Welche Lebewesen waren auf der Erde am zahlreichsten vertreten? Menschen? Keineswegs. Auf welche Lebewesen würden Außerirdische wohl am ehesten stoßen, wenn sie von weiter Ferne aus dem All den Planeten Erde analysierten?

Der größte Teil der Erdoberfläche war von Wasser bedeckt. Außerirdische, die irgendwo aus dem Meer eine Probe entnahmen oder Beobachtungssonden schickten, würden also vielleicht zu dem Schluss kommen, die Erde sei vor allem von Quallen, Schwarmfischen oder gar

Plankton besiedelt. Falls sie aber eine Bodenuntersuchung vornähmen, könnten sie womöglich denken, der Planet Erde würde von Insekten, Ameisen, Käfern, Bakterien oder Viren beherrscht. Immerhin bildeten sie die übergroße Mehrheit der Bewohner und es gab kein Fleckchen auf dem Planeten, wo sie nicht vorkamen.

Und genau diese Überlegung war der Grund für Perrys seltsames Verhalten. Wenn sie es hier nun auch mit klitzekleinen Außerirdischen zu tun hatten? Und Perry und seine Freunde hatten sie nur übersehen und nicht gehört, weil sie zu winzig waren? Hatte er womöglich gerade den Herrscher eines fremden Planeten in einer fernen Galaxie zertrampelt, der sie nur hatte begrüßen wollen?

Marvin schüttelte den Kopf. Perry wusste sofort, was er ihm damit zu verstehen geben wollte: Wenn die fremden Lebewesen so klein wären, wozu gäbe es dann solch einen Raum mit großer Tür?

Lea merkte, dass sich die Jungen wegen irgendetwas die Köpfe zerbrachen, das sie ihr und Emily nicht verraten wollten. Doch gerade in dem Moment, als sie nachfragen wollte, schob sich die schwere Stahltür geräuschlos auf.

Perry und Marvin fuhren zusammen. Ein Junge kam herein. Er sah aus, als wäre er in Leas Alter, obwohl ihn vielleicht auch nur der haarlose Kopf älter wirken ließ, als er in Wahrheit war. Zwei tiefschwarze Augen musterten die erschrockenen Kinder. Die Miene des Jungen blieb vollkommen ausdruckslos.

Seine Stimme klang seltsam, aber freundlich: »Herzlich willkommen auf unserem Schiff. Mein Name ist VIUA. Vier Großbuchstaben: V.I.U.A. Guten Tag!«

»Hallo!«, erwiderte Lea und winkte aus dem Wasser heraus.

VIUA erwiderte den Gruß nicht.

Kein Wunder!, dachte Perry. *Wie peinlich ist das denn, aus dem Becken heraus zu winken*!

»Wieso sind wir auf einem Schiff?«, fragte Lea unbeeindruckt. »Wie sind wir überhaupt hergekommen? Ich will hinauf an Deck!«

Sie schwamm zum Beckenrand, hievte sich kraftvoll aus dem Wasser und stand nun triefend vor dem fremden Jungen.

Noch peinlicher, als aus dem Becken zu winken, fand Perry.

»Es gibt kein Deck!«, erklärte VIUA. »Wir haben die Fenster!«

In den Wänden schoben sich plötzlich zwei kleine Klappen auf, die den Kindern vorher nicht aufgefallen waren. Geschlossen bildeten sie eine ebene Fläche mit der Wand, sodass man schon sehr genau hinschauen musste, um sie zu erkennen. Die Klappen gaben den Blick frei auf zwei Computermonitore, deren Bildschirmschoner einen Sternenhimmel zeigten.

»Tolle Fenster!«, bemerkte Lea verächtlich, während Emily hinter ihr nun auch aus dem Wasser kletterte.

»Habt ihr Handtücher oder Bademäntel hier?«, fragte

sie. »Mir ist arschkalt. Wo sind überhaupt unsere Klamotten?«

»Na, wo wohl?«, antwortete Marvin anstelle des Jungen. »Da, wo du sie hingelegt hast – im Freibad.«

»Ich konnte ja nicht ahnen, dass wir hier ...«, giftete Emily zurück und verstummte jäh, als ein kleiner Metallwagen, der so aussah wie ein Flugzeugtrolley, selbsttätig in den Raum gefahren kam und direkt vor VIUA stehen blieb.

Perry und Marvin warfen sich enttäuschte Blicke zu. Für ein Zusammentreffen mit Außerirdischen ging es hier aber verdammt erdenmäßig zu.

VIUA öffnete an dem Wagen einen kleinen Kasten, holte einen Stapel akkurat zusammengelegter Wäsche heraus und reichte ihn Emily.

»Bitte sehr. Wäsche für euch. Wir sehen uns in einer halben Stunde zum Abendessen. Und zieht die Schuhe an. Das ist wichtig!«

»Wieso Abendessen?« Lea warf einen Blick auf ihre wasserdichte Armbanduhr. »Es ist noch nicht einmal halb neun Uhr morgens.«

»Nicht nach unserer Zeitrechnung!«, antwortete VIUA und verließ die Schwimmhalle.

»Halt! Warte!«, rief Lea ihm hinterher. »Wo sollen wir denn überhaupt ...?«

Aber da sah sie, dass VIUA die Tür hinter sich offen gelassen hatte. Offenbar brauchten sie nur den Flur hinunterzugehen, um in den Speisesaal zu gelangen. Zumindest hoffte Lea das. Sie legte den Wäschestapel vor sich ab und nahm das Handtuch, das obenauf lag. Endlich konnte sie sich abtrocknen. Zum Glück war es so groß, dass sie es einmal ganz um den Körper schlingen konnte, um darunter vor Blicken geschützt zu sein. Die anderen machten es ihr nach.

Perry verzog ärgerlich das Gesicht. »Wenn unsere Sachen noch im Freibad liegen, wurden unsere Handys bestimmt längst geklaut. Und wir können nicht mal unsere Eltern anrufen und sagen, dass wir entführt wurden!«

»Entführt?«, fragte Emily entsetzt.

»Na, was denn sonst?«, entgegnete Marvin. Darin war er sich mit Perry einig. Entführung war die einzige plausible Erklärung für das, was sie gerade erlebten. »Ich hab mein Portemonnaie im Rucksack! Und meine Shorts waren nagelneu!«

»Jetzt halt mal die Luft an!«, unterbrach Emily ihn. »Das geht uns doch allen so, echt mal! Das Ganze wird sich schon irgendwie aufklären. Entführt! So ein Quatsch! Bestimmt bringen sie uns gleich nach dem Essen unsere Sachen, sagen uns, dass alles bloß ein blöder Scherz war, und fahren uns nach Hause. Wahrscheinlich sind wir hier bei irgend so einer Fernsehsendung wie versteckte Kamera!« Sie schielte auf ihren Oberarm. »Na toll! Mein Tattoo ist ganz verschmiert. Voll peinlich!«

An einen TV-Sender hatte Lea noch gar nicht gedacht. »Meinst du wirklich? Eine Fernsehshow?«

Emily nickte.

»Dann komme ich jetzt so ins Fernsehen?« Lea zog das Handtuch noch fester um ihren Körper und fuhr sich durchs nasse, zerzauste Haar. »Ich meine – *so?*«

»Ihr beide habt vielleicht Probleme!«, meckerte Marvin. »Ich will überhaupt nicht ins Fernsehen! Ich wollte im Freibad schwimmen. Das ist doch voll die Entführung! Perry hat recht!«

Lea überlegte, ob sie sich wirklich umziehen sollte. Vor laufender Kamera? Sie schaute sich um, konnte aber nirgends ein geeignetes Kameraversteck entdecken. Vermutlich hinter den Monitoren, getarnt vom Sternenhimmel-Bildschirmschoner. Kurz entschlossen drehte sie den Monitoren den Rücken zu und schälte sich leicht umständlich aus ihrem Bikini.

»Eine TV-Sendung?«, murmelte Perry. »Wie soll denn das gehen, dass wir im Freibad ins Wasser springen und dann hier in der Schwimmhalle wieder auftauchen?«

»Das weiß ich doch nicht!«, gab Emily zu. Trotzdem glaubte sie, dass ein Fernsehsender zu so etwas imstande war.

Perry zeigte auf die Monitore. »Und wenn das nun wirklich Fenster sind, so wie VIUA gesagt hat?«

Emily folgte seinem Blick. »Hm, dunkler Sternenhimmel. Dann wäre jetzt tatsächlich schon Abend!«

»Schon Abend?«, jammerte Marvin prompt los. »Ich hab um vier einen Termin beim Kieferorthopäden. Mama sucht mich bestimmt schon überall! Wahrscheinlich hat sie bereits die Polizei gerufen und ...«

»Jetzt krieg dich mal wieder ein!«, bremste Emily ihren Bruder. »Die vom Fernsehen haben sicher alles geregelt und auch unsere Eltern informiert.«

»Ausgeschlossen!«, warf Lea ein. »Mit so etwas würde sich meine Mutter nie im Leben einverstanden erklären. Die würde den Fernsehleuten die Hölle heißmachen!«

Perry nickte. Genauso würde er ihrer beider Mutter auch einschätzen. »Und vor allem: Wo haben wir denn dann die ganze Zeit gesteckt – vom Sprung ins Wasser heute Morgen um kurz nach acht bis jetzt zur tiefdunklen Nacht? Du weißt doch selbst, Emily, dass wir gerade mal knapp eine Minute lang unter Wasser waren. Länger können wir alle doch gar nicht die Luft anhalten!«

»Äh ...«, machte Emily. »Und was ist deiner Meinung nach dann passiert?«

Lea antwortete für ihn: »Haha! Na, was meinst du wohl? Perry glaubt natürlich, dass wir von Außerirdischen entführt worden sind. Stimmt's, kleiner Bruder?«

Perry klappte seinen Mund wieder zu. Genau das hatte er sagen wollen.

»Na und?«, sprang Marvin seinem Freund schnell zur Seite. »Das wäre ja auch eine gute Erklärung. Oder meinst du etwa, auf anderen Planten gibt es keine intelligenten Lebewesen?«

»Ich wäre schon froh, wenn es bei mir zu Hause im Zimmer nebenan intelligente Lebewesen geben würde!«, kicherte Lea mit Blick auf ihren Bruder.

Emily prustete zusammen mit ihrer Freundin los.

Perry und Marvin schauten sich vielsagend an. Es war nicht das erste Mal, dass sich die Mädchen über ihre Vorliebe für alles rund um Weltall, Raumfahrt und extraterrestrisches Leben lustig machten. Aber auf die Frage, was mit ihnen geschehen war und wo sie sich hier befanden, wussten sie auch keine Antwort.

Lea angelte sich Unterwäsche vom Stapel und schlüpfte hinein.

»Also, wenigstens die Klamotten sind super«, lautete ihr Urteil. Die Sachen schmiegten sich so perfekt und angenehm an den Körper, wie sie es nur von ihren zwei wahnsinnig teuren, atmungsaktiven Sporthemden kannte, die sie mal zu Weihnachten bekommen hatte.

Die anderen stimmten ihr zu. Marvin nahm sich ein weiteres Kleidungsstück vom Stapel, einen blauen Overall, der auf den ersten Blick aussah wie ein Monteuranzug, abgesehen von den Brustaufnähern – einer trug den Schriftzug *ESA*, auf einem anderen stand *NASA*, auf dem dritten *ISS* 3000 und der vierte symbolisierte ihr heimisches Sonnensystem: die Sonne mit ihren Planeten Merkur, Venus, Erde, Mars, Jupiter, Saturn, Uranus und Neptun. Perry und Marvin fanden das ziemlich cool.

Sosehr Emily und Lea die Unterwäsche auch gefiel, bei dem Anzug hielt sich ihre Begeisterung in Grenzen, auch wenn sie ihn zugegebenermaßen ziemlich bequem fanden. Besser hätte er Lea allerdings mit anderen Aufnähern gefallen.

Richtig blöd dagegen fand sie, dass ihre Schuhe drückten. Bei jedem Schritt hatte sie das Gefühl, ihre Zehen würden von Schraubzwingen zusammengequetscht.

»Mist!«, fluchte sie. »Dann gehe ich lieber barfuß!«

»Aber die Schuhe sind wichtig, hat VIUA gesagt!«, mahnte Marvin.

»Na und?«, gab Lea verärgert zurück. »Was kann ich denn dafür, wenn die Dinger nicht passen? Außerdem, was soll denn an Barfußgehen so schlimm sein? Der Boden hier ist doch ganz sauber!«

»Finde ich auch!«, stimmte Emily ihr zu. »Meine Schuhe drücken zwar nicht, aber bequem ist trotzdem etwas anderes. Außerdem sind sie hässlich. Und aus Plastik. Da bekommt man doch totale Schweißmauken!«

Die Jungen zögerten. Das Aussehen der Schuhe störte sie nicht weiter. Zumindest hier nicht, wo sowieso alle das Gleiche trugen. Auch VIUA hatte solch einen blauen Anzug und diese Schuhen dazu angehabt. Aber Emily hatte recht, sie waren wirklich aus Plastik. Wenn es angesagte Sportschuhe wären, aber so ...

Das einzig Gute an den Schuhen war, dass man sie ganz klein zusammenrollen und in die Gesäßtaschen stopfen konnte, wie Perry feststellte. Marvin machte es ihm gleich nach.

»Woher kennen die überhaupt unsere Größen?«, fragte sich Emily. »Wenn ich mit meiner Mutter Hosen kaufen gehe, muss ich jedes Mal mindestens drei verschiedene Größen anprobieren, bis mal eine passt. Ich bin zu schlank und zu groß, sagen die Verkäuferinnen immer.«

»Stimmt!«, pflichtete Lea ihr bei. »Mir geht's ähnlich mit Jacken. Die Schultern hängen immer, wenn die Länge stimmt.«

Beide sahen an sich herunter. Die neuen Sachen saßen wie angegossen. Bei allen vieren. Höchst ungewöhnlich.

»Ich denke, wir sollten erst mal zum Abendessen gehen«, schlug Perry vor. »Bestimmt erfahren wir dort mehr. Außerdem hab ich schon wieder Hunger.«

»Wir haben doch auf dem Weg zum Freibad erst etwas gegessen«, sagte Lea. »Das ist gerade mal eine Stunde her!«

»Oder auch nicht!«, antwortete Perry und zeigte auf den Sternenhimmel im Fenster.

Er verspürte jedenfalls leichtes Magenknurren und jetzt, wo er es sagte, merkten auch die anderen drei, dass sie Hunger hatten.

Sie gingen den kahlen Flur entlang, in dem es keine Lampen gab. Dafür leuchteten die Wände und spendeten genügend Licht. Am Ende des Gangs war eine weitere Tür, auch ohne Griff. Die Kinder blieben davor stehen und sie glitt lautlos auf. Die vier traten hindurch und standen in einem weißen, vollkommen leeren Raum. Die Tür hinter ihnen schloss sich ohne das leiseste Geräusch.

Durch einen unsichtbaren Lautsprecher ertönte VIUAS Stimme: »Bitte wartet einen Moment!«

Perry und seine Freunde kamen sich ein bisschen so vor wie in einem Fahrstuhl. Nur dass sie nirgendwohin fuhren. Trotzdem kam Bewegung in die Sache, denn mit einem Mal geschah etwas höchst Bemerkenswertes. Kaum war die Tür zu, hob Lea vom Boden ab und begann zu schweben.

Die anderen folgten ihr.

Perry flog kopfüber auf seine Schwester zu.

»Pass auf!«, rief sie.

Aber Perry wusste weder wie man bremste noch wie er steuern sollte.

»Mir ist schlecht!«, jammerte Emily. Sie knallte gegen die Decke, stieß sich zum Schutz ab und sauste prompt wie im Sturzflug nach unten.

Wobei keiner von ihnen überhaupt so recht wusste, wo unten und wo oben war. Alle trudelten durch den Raum, dessen Wände, Decke und Boden zum Glück mit einem weichen, nachgiebigen Material verkleidet waren, sodass bei einem Aufprall keine Verletzungsgefahr bestand. Nur wenn die Kinder zusammenstießen, tat's richtig weh. Gerade kam Emily mit gestreckten Beinen auf Perry zugesaust, dem es aber noch gelang, seinen Kopf so weit einzuziehen, dass Emily über ihn hinwegflog und an einer der Wände abprallte.

»**Die Schuhe**!«, rief VIUA über den Lautsprecher. »**Ich hatte gesagt: Schuhe anziehen!**«

»Die Schuuuheee sind scheißeee!«, versuchte Lea zu antworten, während sie diagonal durch den Raum wirbelte.

»**Die Schuhe halten euch am Boden**«, entgegnete VIUA.

Perry zog seine zusammengerollten Schuhe aus den Gesäßtaschen und versuchte sie anzuziehen, was sich als extrem schwierig erwies. Vergleichbar vielleicht mit dem Versuch, Kleingeld zu sortieren, während man auf einer Kinderschaukel bis zum höchsten Punkt schwingt. Jedes Mal, wenn er es gerade geschafft hatte, einen Schuh richtig herum über die Zehen zu ziehen, taumelte, kugelte, purzelte und flog er wieder in eine andere Richtung, bis er zu guter Letzt den Schuh verlor, der daraufhin selbstständig in eine andere Richtung davonsegelte.

Emily hatte genau wie Lea ihre Schuhe nicht einmal dabei. Allerdings wäre sie sowieso nicht in der Lage gewesen, irgendwelche Anziehversuche zu starten, weil sie vor lauter Übelkeit in eine Ecke kotzte. Zumindest probierte sie es. Doch weder sie noch das Erbrochene blieben an Ort und Stelle. Emily schwebte ungewollt zur gegenüberliegenden Wand und zu allem Überfluss folgte ihr der ausgespuckte Mageninhalt.

»Pass auf!«, rief Marvin seiner Schwester zu.

»Was?« Emily drehte ihren Kopf und sah das Unheil auf sich zukommen.

»Duck dich!«, brüllte Marvin.

Wie aber sollte man sich ducken, wenn man gerade mit den Beinen nach oben durch den Raum eierte? Emily zog ihren Kopf zur Seite. Der schleimige Glibber schwebte haarscharf an ihrem Ohr vorbei und schwappte weiter durch den Raum, bis er an die Wand traf. Dort zermatschte er aber nicht, sondern löste sich wie von Zauberhand wieder ab und driftete zurück in entgegengesetzter Richtung – mit Kurs auf Emily!

»Oh nein!«, stöhnte sie.

Marvin, dem das Herumtrudeln ebenso wenig ausmachte wie seinem gleichermaßen achterbahnerprobten Freund, flog zu seiner Schwester hinüber und bugsierte sie mit einem leichten Schubs aus der Flugbahn ihrer eigenen Kotze.

RUMS! Plötzlich knallten alle vier hart auf den Boden.

»Was …?«, setzte Emily an, als die Kotze neben ihr und Lea aufklatschte und sich als stinkende Matschlache ausbreitete.

»Oh verflucht! Ich will hier weg!«, kreischte Emily. Sie war sich sicher, dass sie ein paar Tropfen abbekommen hatte.

»Was ist passiert?«, fragte Marvin.

Emily wollte gerade von den Kotze-Spritzern erzählen, doch ihr Bruder fuhr schnell dazwischen: »Ich meinte, wieso schweben wir nicht mehr?«

»Ich habe das künstliche Gravitationsfeld aktiviert!«, erklärte VIUA per Lautsprecher. **»Wie im Tauchbeckenraum. Es hält diesmal aber nur fünf Minuten an. Sonst kostet es zu viel Energie. Bitte zieht zügig eure Schuhe an.«**

Das ließen Marvin und Perry sich nicht zweimal sagen, Emily und Lea dagegen hatten ihre Schuhe im Tauchbeckenraum liegen lassen.

»Wir müssen zurück!«, riefen sie laut.

Wie erhofft glitt die Tür zum Flur auf. Die Mädchen flitzten los, holten ihre Schuhe, zwängten sie sich über die Füße und waren nun bereit für einen zweiten Versuch. Dieses Mal wussten sie zwar, worauf sie sich gefasst machen mussten, aber die Frage nach dem Warum war nach wie vor offen.

»Allmählich finde ich das nicht mehr witzig!«, rief Emily. Sie wusste ja inzwischen, dass man sie hörte. »Wir wissen, dass das eine TV-Show ist. Aber wir wollen da nicht mitspielen! Sie können jetzt aus Ihrem Versteck herauskommen!«

Niemand zeigte sich.

Stattdessen verspürte sie ein merkwürdiges Gefühl in den Beinen. Als ob man abheben wollte, mit den Füßen aber am Boden festklebte. Dennoch konnte man einen Fuß anheben und vor den anderen setzen. Gehen war also möglich, wenn auch auf eine sonderbare Art, an die man sich erst gewöhnen musste. Als würde man mit schwachen Magneten in den Sohlen über eine Eisenplatte staksen.

»Die simulieren hier Schwerelosigkeit, nur damit es im Fernsehen nachher lustiger aussieht!«, meckerte Emily. »Hören Sie auf damit! Ich will hier raus. Ich will mich nicht zum Affen machen! Ich will meine Eltern anrufen!«

»Emily?«, sagte Perry leise. »Man kann Schwerelosigkeit nicht simulieren!«

Emily wurde blass. »Wieso das denn nicht? Und was ist mit den Astronauten? Die trainieren doch alle möglichen Sachen!«

»Ja, schon«, bestätigte Perry. »Im Flugsimulator, wo sie lernen, ein Raumschiff zu fliegen und zu landen. In der Zentrifuge, in der ihre Gesundheit und Belastbarkeit getestet wird, und auf Parabelflügen, während der die Astronauten immer nur für eine halbe Minute in Schwerelosigkeit versetzt werden. So etwas ist das hier aber nicht!«

Emily hörte mit offenen Mund zu, bevor sie fragte: »Du glaubst doch nicht im Ernst, dass wir uns hier wirklich in der Schwerelosigkeit befinden! Dann wären wir ja im Weltraum!«

Genau das hatte Perry damit sagen wollen.

»Du spinnst doch!«, schimpfte Emily.

»Ich zeig es dir!«, entgegnete Perry. Einen Fuß vor den anderen setzend ging er langsam bis an die Wand, hob den rechten Fuß und stellte ihn dagegen. Dann ließ er den linken folgen und stapfte senkrecht die Wand hinauf.

»Aber ...?«, staunte Emily.

»In der Schwerelosigkeit gibt es kein Unten oder Oben!«, erklärte Perry. »Unten ist für uns dort, wo unsere Füße sind, und die bleiben durch unsere Schuhe am Grund haften. Ich nehme an, mittels Magnetismus oder so.«

»Ach ja?«, fragte Emily. »Und das Schwimmbecken?«

Darauf wusste selbst Perry keine Antwort. »Das muss eine außerordentlich raffinierte, neue Technik sein.«

Er ging die Wand weiter hinauf, bis er kopfüber an der Decke hing. Aus seiner Perspektive stand er jedoch ganz normal auf dem Boden, während seine Freunde mit den Füßen nach oben über ihm hingen. Aufgrund der fehlenden Schwerkraft lief ihm auch nicht das Blut in den Kopf, so wie wenn man kopfüber am Turnreck hing oder in der Achterbahn einen Looping drehte. Das Sitzen allerdings war problematisch, weil außer den Füßen kein anderer Körperteil am Untergrund haften blieb. Jedes Mal, wenn Perry sich hinsetzen wollte, schwebte sein Hintern in eine andere Richtung. Und leider gab es hier auch nichts, woran er sich hätte festhalten können.

»Probiert es doch auch mal!«, forderte Perry die anderen auf.

»Wieso wenden sie die tolle neue Technik aus dem Schwimmbeckenbereich nicht auch hier an?«, fragte Emily.

VIUA ignorierte die Frage. »Bitte kommt jetzt zum Essen!«

Eine zweite Tür öffnete sich. Langsam und mit ungeübten Schritten gingen die Kinder hindurch. Perry bildete das Schlusslicht und staunte nicht schlecht, als er den Raum betrat.

»Setzt euch!«, hörte er VIUA sagen, nur sehen konnte er ihn nirgends. Bis Perry schließlich nach oben schaute. VIUA saß an der Decke auf einem Stuhl an einem gedeckten Tisch. Alles stand Kopf.

Lea blickte erstaunt zu ihrem Bruder hinüber. Er hatte

recht gehabt! So wie Perry es ihnen gezeigt hatte, ging nun auch sie die Wand hinauf, bewegte sich Schritt für Schritt entlang der Decke und setzte sich VIUA gegenüber, was ganz gut funktionierte, weil sie sich am Tisch festhalten konnte. Jetzt bemerkte sie auch, dass die Möbel am Untergrund festgeschraubt waren.

»Das ist Emilys Platz, mit dem vegetarischen Essen!« VIUA zeigte auf den Teller, der vor Lea stand. Darauf lag ein Plastikbeutel, der mit einer braunen zähen Flüssigkeit gefüllt war und aussah wie eine Blutkonserve im Krankenhaus. Der Beutel war mit einer Art Gummiband am Teller befestigt.

»Da drüben ist dein Platz!« VIUA wies auf den Stuhl an der Längsseite des Tisches. Auch dort stand ein Teller samt Plastikbeutel.

VIUA hob den Kopf und wandte sich an Marvin und Emily: »Bitte kommt! Das Essen wird kalt.«

Lea zog die Augenbrauen hoch und tippte gegen den Beutel. Ein brennender Schmerz schoss durch ihren Finger.

»Au!«, schrie sie. Der Beutel war tatsächlich kochend heiß.

»Vorsicht!«, warnte VIUA zu spät. »Ich habe die Mahlzeit gerade eben erst frisch zubereitet.«

»Was ist das?«, fragte Lea, während sich die anderen ebenfalls am Tisch niederließen.

»Bitte anschnallen!«, sagte VIUA. »Sonst schwebt ihr gleich wieder weg.«

Lea entdeckte einen Gurt am Stuhl, wie sie ihn von Flugzeugsesseln her kannte, und schnallte sich fest. Die anderen taten es ihr gleich.

»Und die Teller?«, fragte Marvin.

»Sie haften. Genau wie die Schuhe«, erklärte VIUA. »Aber eigentlich braucht ihr sie gar nicht. Ihr esst direkt aus dem Beutel. Aber die Teller machen es für euch gemütlicher, vermuten wir.«

»Wer ist *wir?*«, wollte Emily wissen. So ganz hatte sie die Hoffnung noch nicht aufgegeben, dass sich das alles als ein gut inszenierter Fernseh-Klamauk entpuppen würde.

»Später!«, entgegnete VIUA. »Jetzt wird erst einmal gegessen. Das ist Spaghetti bolognese. Das mögt ihr doch. Bis auf Emily, die isst ja kein Hackfleisch.«

Lea schob ihr Gesicht dichter an den Beutel mit der blutähnlichen Flüssigkeit heran.

»Wie Spaghetti sieht das aber nicht aus!«, stellte sie naserümpfend fest.

»Das Essen wurde natürlich getrocknet, pulverisiert und haltbar gemacht. Man muss das Pulver in dem Beutel nur mit Wasser mischen und in der Mikrowelle heiß machen. Das habe ich bereits getan. Es schmeckt gar nicht mal so schlecht, sagt man.«

Lea stutzte: »*Sagt man*? Du hast es selbst noch nicht gekostet?«

»Natürlich nicht!«, antwortete VIUA. »Wir Androiden essen nicht.«

Lea war froh, noch nichts von der Flüssigkeit probiert zu haben. Sonst hätte sie vor Erstaunen und Entsetzen vermutlich alles im hohen Bogen wieder ausgespuckt. »Andro... *Was?*«

»VIUA!«, antwortete VIUA mit unverändert monotoner Stimme. »Das ist eine Abkürzung für Very Intelligent Universal Android. Ich bin euch von der Raumfahrtzentrale zugeteilt worden, halte sämtliche für euch notwendigen Informationen bereit und stelle den Kontakt zur Zentrale her.«

Emily wollte aufspringen, aber der Anschnallgurt hinderte sie daran. Und so brüllte sie stattdessen im Sitzen: »Moment mal! Was für eine Raumfahrtzentrale? Das ist doch alles eine Riesenverarsche hier! Wie soll das denn funktionieren, dass wir direkt aus dem Badesee hierher nach ... wo sind wir eigentlich?«

»Auf dem Raumschiff *Kids' Settlement One*!«, erläuterte VIUA ungerührt. »Doch bitte esst erst einmal.«

Aber an Essen war nicht mehr zu denken. Wie konnte er ernsthaft glauben, die Kinder hätten nach dem, was sie soeben erfahren hatten, noch Appetit?

VIUA schaute Lea auf diese Frage hin ausdruckslos an. »Glauben?«

Lea verzog die Mundwinkel. »Schon gut!«

Ein Androide *glaubte* nicht. Er wusste oder er wusste nicht. Bestenfalls stellte er eine Wahrscheinlichkeitsrechnung an. Aber etwas zu *glauben* war nicht Teil seiner Programmierung.

Lea musterte VIUA skeptisch. Er sah gar nicht aus wie eine Maschine. Ein Androide. Was war das gleich noch mal genau? Sie erinnerte sich an etwas, was Perry ihr mal aus einem seiner vielen Weltraumbücher vorgelesen hatte ... *Ein Roboter, der einem Menschen täuschend ähnlich sieht.*

Das stimmte. VIUA sah aus wie ein ganz gewöhnlicher Junge. Abgesehen von seiner spiegelnden Glatze, dem maskenhaften Gesichtsausdruck und der wachsähnlichen Haut. Und doch – mit ein bisschen Fantasie ähnelte er sogar Björn, der in der Schule eine Reihe vor ihr saß und ständig in der Nase bohrte.

»Dann wollt ihr also noch vor dem Essen Näheres über eure Mission erfahren?«, fragte VIUA.

»Ja!«, erwiderte Lea entschieden. »Du immer mit deinem Essen! Wir haben gerade gefrühstückt!«

»Nein«, widersprach VIUA. **»Ihr habt den ganzen Tag nichts gegessen.«**

Lea zeigte auf ihre analoge Armbanduhr. »Es ist noch nicht einmal neun Uhr! Wir haben erst vor Kurzem gefrühstückt. Vor gut einer Stunde, um genau zu sein, auf dem Weg ins Freibad, wohin wir gern wieder zurückkehren würden. Es ist nämlich ein wunderschöner Sommertag!«

»Es ist nicht 9, sondern 21 Uhr!«, antwortete VIUA.

»Hä?«, fragte Lea. »Geht's noch? 21 Uhr? Und was haben wir deiner Meinung nach den ganzen Tag über gemacht?«

»Ihr seid gereist!«, erklärte VIUA.

VIUAS stoische Ruhe ging Lea allmählich auf den Keks. Konnte dieser Roboterjunge nicht auch mal Gefühle zeigen? Ach, nein. Richtig! Das konnte er nicht.

»Gereist, aha«, erwiderte sie schnippisch. »Und wie?«

»Durch Raum und Zeit!«, sagte VIUA.

Lea legte genervt den Kopf in den Nacken und starrte an die Decke, die noch eben der Fußboden gewesen war. »Nee, is klar!«, stöhnte sie.

Doch VIUA sprach unbeirrt weiter. »Durch den Raum hierher auf die *Kids' Settlement One*. Und durch die Zeit ins Heute, den 4. Juli 2200. Ihr wart nach eurer Zeitrechnung zwölf Stunden unterwegs.«

Leas Kopf schnellte nach vorn. Sie sah erst VIUA an, dann in die Runde.

»Wie bitte?«, fragte sie.

»Durch den Raum hierher auf die *Kids' Settlement One*. Und durch die Zeit ins Heute, den 4. Juli 2200«, wiederholte VIUA in unveränderter Tonlage, so als würde man eine Audio-Aufzeichnung ein zweites Mal abspielen.

»Zwei-tausend-zwei-hundert?«, sagte Lea betont langsam. »Was ... soll ... das bedeuten?«

»Das Jahr«, erwiderte VIUA nüchtern.

Wäre er ein Mensch gewesen, hätte er Lea und die anderen vermutlich für begriffsstutzig gehalten, da sie offenbar so banale Dinge wie das aktuelle Tagesdatum nicht verstanden, aber er war darauf programmiert, alle

Fragen der Kinder zu beantworten. Und so erfüllte er ordnungsgemäß seine Pflicht.

Aber die vier hatten ihn sehr wohl verstanden – und waren wie vor den Kopf geschlagen. Niemand brachte auch nur ein einziges Wort heraus. Noch versuchte das Gehirn, den Schrecken abzuwehren, indem es einfach nicht wahrhaben wollte, was soeben ins Bewusstsein eingedrungen war. Doch dieser Schutzmechanismus funktionierte nur kurze Zeit und ganz allmählich erfassten die Kinder die Tragweite des Gehörten. VIUA hatte die Wahrheit gesagt: Man hatte sie mit einer Art Zeitmaschine aus dem Badesee herausgeholt und in die Zukunft transportiert, mitten in ein Raumschiff, das durchs Weltall flog. Die Monitore an den Wänden waren keine Bildschirme, sondern Fenster. Und die Kinder sahen keine Computersimulation, sondern den echten Weltraum. Sie hatten sich an ihren Stühlen festschnallen müssen, weil sie sich in der Schwerelosigkeit des Alls befanden.

»Da!« Perry unterbrach das Schweigen und zeigte aus dem Fenster: »Die Erde!«

Jetzt hielt die vier nichts mehr auf den Sitzen. Ungeachtet der Schwerelosigkeit schnallten sie sich ab, um zum Fenster zu rennen, aber Pustekuchen! Mit den haftenden Schuhen konnte man nur langsam gehen. Zu langsam für Leas Geschmack. Sie riss sich die Schuhe von den Füßen, stieß sich von ihrem Sitz ab und sauste schwebend aufs Fenster zu.

»Vorsicht!«, warnte VIUA. »Nicht so schnell!«

ZADONG! Lea knallte gegen das Fenster. Aber sie stöhnte nur kurz auf. Für Schmerz blieb keine Zeit. Während sie sich den Ellenbogen rieb, starrte sie entgeistert nach draußen. Perry drängelte sie ein Stück beiseite. Kurz darauf kamen auch Emily und Marvin hinzu. Die Kinder schwebten dicht gedrängt am Fenster und reckten die Hälse.

Und da war er: der prachtvolle, blaue Planet, auf dem sie lebten. Majestätisch zog die Erde auf ihrer Umlaufbahn ihre Runden. Wie eine kostbare Perle, die man auf einem mattschwarzen Seidentuch präsentierte, zeigte sich der Planet seinen Betrachtern.

»Seht mal!«, rief Perry aufgeregt und drückte mit dem Finger gegen die Scheibe. »Der Stiefel dort, das ist Italien!«

»Dann muss das links davon Spanien sein. Und das darüber Frankreich und Deutschland!«, sagte Emily begeistert.

»Komisch!«, wandte Perry ein. »Man sieht nirgendwo Licht.«

»Licht!«, wiederholte Emily schnippisch. »Denkst du etwa, man kann von hier oben die Straßenlaternen sehen, oder was?«

»Du hast wohl noch nie Satellitenaufnahmen der Erde gesehen, oder?«, feuerte Perry zurück.

»Was wohl Mama und Papa gerade machen?«, fragte Marvin dazwischen.

»Sie sind tot!«, sagte VIUA, der geschickt auf die Kinder zuschwebte und dabei mit Leichtigkeit jedem Hindernis auswich.

Marvin fuhr erschrocken herum. »Tot?«

»Natürlich!«, sagte VIUA mit einer Ruhe, die auf Marvin in diesem Moment eiskalt wirkte. »Wie gesagt, wir schreiben das Jahr 2200. Eure Eltern können gar nicht mehr am Leben sein. Auch eure Kinder, Enkel und Urenkel sind mittlerweile tot.«

»Aber wir ... leben doch!« Lea hatte Schwierigkeiten, das Ganze mit dem Verstand zu erfassen.

»Ihr seid durch die Zeit gereist. Und ihr werdet wieder zurückkehren. Genau an den Zeitpunkt, an dem wir euch geholt haben. Am Ende eurer Mission werdet ihr im See des Freibads auftauchen und niemand wird euch vermisst haben, weil ihr gewissermaßen nie fort wart«, erklärte VIUA. »Auch eure Eltern werdet ihr wiedersehen, so als wäre nichts geschehen. Nur vom jetzigen Standort aus gesehen, ist niemand von denen, die ihr kennt, noch am Leben. Ihr betrachtet die Erde des Jahres 2200. Vergesst das nicht. 185 Jahre nach eurer Zeit, die ihr als Gegenwart kennt. Ihr seid in der Zukunft.«

»Aber ...«, Lea brach ab. Das klang alles so unglaublich. Wie sollte das denn bitte möglich sein? »Aber ...«, setzte sie von Neuem an. »Dann werde ich ja wissen, was mit meinen Kindern, Enkeln und allen passiert. Wann sie sterben werden und so und ...«

»Nein!«, widersprach VIUA. »Ihr werdet keinen Kontakt

zur Erde der Zukunft haben. Im Gegenteil: Eure Mission führt euch von der Erde fort.«

»Was heißt denn eigentlich immer *Mission*?«, fragte Perry. »Was denn für eine Mission?«

VIUAs Antwort kam prompt: »Ihr seid natürlich nicht ohne Grund fast zweihundert Jahre in die Zukunft geholt worden. Ihr seid Teil einer äußerst wichtigen Mission.«

»Aha!«, sagte Perry. »Und um was geht's dabei?«

»Um die Rettung der Menschheit«, antwortete VIUA, als wäre es das Selbstverständlichste von der Welt.

Mission possible!

Perry kannte wirklich viele Science-Fiction-Geschichten. Aber so etwas selbst zu erleben, das hätte er sich in seinen kühnsten Träumen nicht ausmalen können. Er saß angeschnallt in einem Sitz, neben ihm Marvin, Lea und Emily, und sie alle starrten mit großen Augen auf eine holografische Projektion, die VIUA ihnen zur Veranschaulichung ihrer Mission in einem kleinen, dunklen Raum vorführte.

Gerade hatten die Kinder erfahren, dass im Jahre 2015, aus dem sie geholt worden waren, nur wenige Menschen wussten, wie akut die Gefährdung für ihren Heimatplaneten war. Rohstoffe und Ressourcen wurden immer knapper, die Polkappen schmolzen. Es drohten riesige Sintfluten. Gewaltige Naturkatastrophen standen bevor. Ein Meteorit nahm Kurs auf den Planeten. Kurzum, es sah nicht gut aus. Ein kleiner Kreis internationaler Wissenschaftler, Zukunftsforscher und Politiker begann nach einer Lösung zu suchen. Fünfzig Jahre lang. Im Jahre 2065 wurden sie endlich fündig: Sie entdeckten neuen Lebensraum – einen bis dahin unbekannten Miniplaneten am Rand der Milchstraße, der dem Planeten

Erde unheimlich ähnlich war, fast so, als wäre er eine Kopie, außer dass er ein Stück kleiner war. Der ideale Ort also, um Menschen dorthin umzusiedeln, bis die Erde wieder bewohnbar oder eine neue Erde geschaffen wäre, falls man die erste nicht mehr retten könnte.

»Ihr müsst euch das so vorstellen, wie wenn man ein Haus renoviert«, erklärte VIUA, während in der holografischen Projektion gerade eine gigantische Sturmflut die Stadt New York unter Wasser setzte. Hätte es sich bei diesen Bildern um einen Kinofilm gehandelt, wäre Perry absolut begeistert gewesen. Immer wieder musste er sich ins Gedächtnis rufen, dass das, was sie hier sahen, eben kein computeranimierter Hollywood-Streifen war, sondern eine Satellitenaufnahme der Erde aus dem Jahre 2061.

»Solange zu Hause die Bauarbeiten laufen, zieht man in ein Hotel oder zu Freunden. Ist die Renovierung fertig, kehrt man zurück. Und wenn das aus irgendwelchen Gründen nicht mehr möglich ist, zieht man in ein neues Haus.«

»Zu Hause?«, fragte Lea vorsichtig. »Aber da wurde eben doch New York zerstört. Wir kommen aber aus Deutschland.«

VIUA entgegnete in ruhigem Ton: »Ein ähnliches Schicksal ereilte auch andere Städte: Tokio, London, Berlin, Peking. Und zudem natürlich unzählige Dörfer und kleinere Städte. Der gesamte Planet mitsamt allen Menschen darauf wurde ausgelöscht. Beziehungs-

weise aus eurer Perspektive betachtet: Er wird ausgelöscht werden. Um genau zu sein, im Jahre 2170, wenn ihr nichts unternehmt.«

Man brauchte kein Genie im Kopfrechnen zu sein, um auf Perrys nächsten Einwand zu kommen: »Moment mal! Wir haben doch aber eben durchs Fenster auf die Erde des Jahres 2200 geschaut.«

»Richtig! Ihr habt einen leeren Planeten betrachtet. Die Menschheit ist schon ausgestorben«, erklärte VIUA. **»Deshalb habt ihr auch kein Licht gesehen. Aber es wurde vorgesorgt. Denn die Forscher machten eine zweite Entdeckung, die notwendig war, um den Ersatzplaneten überhaupt erreichen zu können: Sie entwickelten die Möglichkeit von Zeitreisen, allerdings in nur sehr begrenztem Rahmen. Ein alter Menschheitstraum.«**

Die holografischen Bilder zeigten den Kindern nun die ersten Versuche mit Zeitmaschinen. Bei ihrem Anblick fühlte sich Perry an Filmaufnahmen von Flugzeugpionieren erinnert. Es ging wahnsinnig viel schief. Perry sah merkwürdig anmutende Maschinen, die explodierten, dann erste vielversprechende Tests, gefolgt von einem Urmenschen, den man mithilfe einer Zeitmaschine in die Gegenwart geholt hatte, und schließlich ein Kind, das eine weiße Perücke und einen komischen bunten Gehrock trug.

»Den Jungen kenne ich doch!«, stieß Emily überrascht aus. »Den habe ich irgendwo schon mal gesehen! Wie heißt der gleich noch mal?«

»Mozart!«, antwortete Lea. Auch sie war fassungslos.

»Ja!«, erklärte VIUA. »Eine kleine Unachtsamkeit eines Technikers. Aus Versehen holte er Wolfgang Amadeus Mozart im Alter von dreizehn Jahren ins Jahr 2140. Natürlich hielt man den Vorfall streng geheim. Mozart blieb insgesamt nur zehn Tage in der Neuzeit, bevor man ihn wieder zurückschickte. Und trotzdem hatte das anscheinend ausgereicht, dass er mit seinen Kompositionen der damaligen Zeit um einiges voraus war. Damals glaubten ja viele, Mozart besäße eine göttliche Gabe. Dabei beruhte alles nur auf dem Fehler eines Zeitmaschinen-Technikers. Kurz nach seiner Rückkehr wurde der junge Amadeus am 14. November 1769 zum Konzertmeister der Salzburger Hofkapelle ernannt – er war zu dem Zeitpunkt noch ein halbes Kind, aber angefüllt mit musikalischen Einflüssen aus einer Zeit, die 370 Jahre in der Zukunft lag.«

»Cool!«, rief Perry. »Und er hat nie jemandem davon erzählt?«

»Er war klug genug zu wissen, dass ihm niemand geglaubt hätte. Eher hätte man ihn für verrückt erklärt und eingesperrt. Mozarts Zeitreise war das erste zu hundert Prozent geglückte Experiment, einen Menschen aus der Vergangenheit in die Zukunft zu holen und ihn wieder zurückreisen zu lassen. Seitdem kann man sagen, dass es funktioniert. Allerdings nur unter bestimmten Bedingungen – erstens: maximal zehn Menschen auf einmal und zweitens: Die Reisenden dürfen nicht größer als ein Meter fünfzig sein und ein bestimmtes biologisches Alter nicht überschritten haben.«

»Kinder!«, fiel Perry sofort ein.

»Richtig!«, bestätigte VIUA. »Es können nur Kinder reisen.«

»Verrückt!«, staunte Lea. »Und damit haben sich unsere Eltern einverstanden erklärt?«

»Nein!«, antwortete VIUA. »Menscheneltern würden das ihren Kindern aller Wahrscheinlichkeit nach nicht erlauben.«

»Also doch entführt!«, brauste Emily auf.

Aber VIUA beschwichtigte sie sofort. »Wie ich bereits erläutert habe, werden eure Eltern nie von eurer Reise erfahren. Ihr kehrt zur exakt selben Zeit wieder an denselben Ausgangsort zurück. Niemand wird merken, dass ihr fort wart. Kommen wir nun also wieder auf eure Mission zu sprechen. Hier eure Aufgabe: Ihr werdet zurückreisen in eure Zeit, also ins Jahr 2015, aber nicht auf die Erde, sondern auf den neu entdeckten Ersatzplaneten. Dort werdet ihr zusammen mit anderen Kindern, die wir euch nach und nach schicken, mindestens eine neue Stadt aufbauen.«

»Wow!«, rief Marvin. »Das ist ja wie im Computerspiel *Minecraft*. Das kenne ich! Solche Spiele hab ich schon oft gespielt. Ich bin darin richtig gut!«

»Das hier ist aber kein Computerspiel!«, schimpfte seine Schwester.

»Aber genau deshalb wurde Marvin unter anderem

ausgesucht«, ging VIUA dazwischen. »Wir brauchen Kinder, die sich zumindest schon in der Computersimulation beim Aufbau von Welten bewährt haben.«

»Sieht du?«, triumphierte Marvin.

Emily verzog das Gesicht. Je mehr sie von der Mission erfuhr, desto weniger gefiel sie ihr.

»Ihr habt euch also die Daten von den Internet-Providern besorgt!«, kombinierte sie. »Das ist doch völliger Irrsinn! Wie sollen wir das denn schaffen – eine Welt aufbauen? Also eine *echte* Welt, meine ich. Hallo? Davon haben wir keinen Schimmer! Was ist denn zum Beispiel, wenn einer krank wird? Oder allein die Energiegewinnung! Wir sind Kinder und keine Ingenieure oder so etwas!«

»Da wir die Möglichkeit des Zeitreisens haben, wird euch Technik aus der Zukunft zur Verfügung stehen.«

»Wow!«, jubelte Marvin.

Emily verpasste ihm einen Klaps auf den Hinterkopf. »Kannst du mal aufhören mit deinem ewigen *Wow*? Das ist ein Riesenmist, in den wir da hineingeraten sind. Ich will nicht auf einen Nachbarplaneten, ich will zurück nach Hause!«

»Von Nachbarschaft kann auch keine Rede sein!«, warf VIUA ein.

Emily starrte ihn nur an. Wie unendlich weit weg wollte man sie denn schicken? Aber eigentlich war es fast schon egal. Im Moment befanden sie sich fast

200 Jahre in der Zukunft. Weiter weg von zu Hause war kaum vorstellbar.

»Denk doch mal an den Film von eben«, sagte Perry. »Im Jahre 2061 gibt es Berlin nicht mehr. Überflutet und verstrahlt! Da wären wir gerade mal so 57 beziehungsweise 58 Jahre alt. Wir müssen etwas tun!«

»Halt! Moment!«, wandte Lea ein. »Das verstehe ich nicht. Wir sind doch jetzt in der Zukunft. Wenn aber die Menschheit ohne uns keine Zukunft hat und Erwachsene keine Zeitreisen unternehmen können, wer bitte schön hat dann diese Raumstation hier gebaut und wer leitet diese Mission, die wir ausführen sollen?«

Eine gute Frage, fand Perry und wartete gespannt auf die Antwort. Die fiel einfacher aus als erwartet – und doch sehr überraschend.

»Wir Androiden natürlich«, erklärte VIUA. »Darum habe ich auch die Statur eines Kindes. Und um deine nächste mit großer Wahrscheinlichkeit folgende Frage zu beantworten: Wir Androiden können keine menschliche Gesellschaft aufbauen, was ja eure vordringliche Aufgabe ist. Der Plan der Wissenschaftler lautet: Sobald die Zeitmaschine massenkompatibel und für Erwachsene nutzbar ist, wird sie zurück ins Jahr 2015 gebracht, damit die Menschen zum neuen Planeten, auf dem ihr ein lebensfähiges Umfeld errichtet habt, evakuiert werden können. Nach erfolgreicher Rettung der Erde werden die Menschen dann wieder auf ihren Heimatplaneten zurückgebracht. Sollte die Rettung misslingen, bleiben sie auf dem neuen Planeten. Wenn man also im Jahre 2200 von der Raumstation aus wieder Licht auf dem Planeten Erde sieht, dann wart ihr erfolgreich und habt die Zukunft verändert. Eine enorm schwierige Aufgabe, wenn ihr mich fragt. Darum solltet ihr euch auch darauf einstellen, unter Umständen niemals zurückzukehren und stattdessen eine zukünftige Gesellschaft aufzubauen, um so die Menschheit zu erhalten. Das ist aber nur eine Einschätzung basierend auf meiner logischen Programmierung, die jedoch außerordentlich leistungsfähig ist.«

Lea seufzte tief. Mit einer solch düsteren Prognose hatte sie nicht gerechnet. Und sie wusste auch nicht so genau, ob sie überhaupt zu den Überlebenden zählen wollte, wenn es die gesamte Menschheit, die sie kannte, nicht mehr gab.

Emily schien ähnlich zu empfinden. »Oh Mann!«, stöhnte sie. »Wieso denn ausgerechnet ich?«

»Wegen deiner besonderen Begabung, intuitiv zu handeln«, erklärte VIUA. »Etwas, was wir Androiden zum Beispiel überhaupt nicht können.«

Emily machte ein verblüfftes Gesicht. Bislang hatte sie von dieser besonderen Begabung nicht das Geringste gewusst. Mehr noch, sie wusste nicht einmal, was damit überhaupt gemeint war.

»Das wirst du noch sehen«, fügte VIUA hinzu. »Sie wird euch allen im Umgang mit anderen nicht menschlichen Lebewesen jedenfalls von Nutzen sein.«

Eigentlich hatte Emily noch anmerken wollen, dass man sie wenigstens hätte fragen können, ob sie die Menschheit überhaupt retten wollte. Vielleicht wäre es ihr ja lieber gewesen, gemeinsam mit ihren Freunden, ihrer Familie und der gesamten restlichen Menschheit unterzugehen. Doch VIUAs Bemerkung lenkte ihre Aufmerksamkeit auf eine neue Frage.

»Nicht menschliche Lebewesen?«, wiederholte sie langsam. »Moment ... Lea ist diejenige, die gut mit Tieren umgehen kann!« Sie zeigte auf ihre Freundin.

»Richtig. Genau deshalb ist sie auch bei dieser Mission dabei«, stellte VIUA klar. »Und Marvin, weil er im Rahmen von Computerspielen eine außerordentlich hohe Intelligenz unter Beweis gestellt hat.«

Marvin strahlte vor Stolz.

»Und Perry, weil er enorm viel über Raumfahrt weiß und sich sehr für Astronomie interessiert«, fuhr VIUA fort. »Außerdem vertreten beide Jungen die als richtig erwiesene Annahme, dass auch auf anderen Planeten intelligente Lebewesen existieren.«

»WAS?« Emily öffnete den Mund, schloss ihn wieder und machte ihn wieder auf, aber es kam kein Ton heraus. Es hatte ihr die Sprache verschlagen.

»Darum bist du dabei, Emily«, sprach VIUA weiter. »Aufgrund deiner Fähigkeiten wird es dir am leichtesten fallen, mit extraterrestrischen Lebewesen zu kommunizieren. Aber dazu später! Es wird Zeit für euer Vorbereitungsprogramm.«

»Dazu später?«, wiederholte Emily entgeistert. »Spinnt der? Ich soll mit Aliens sprechen, aber *dazu später?*«

»Ja, genau. Emily hat recht!«, protestierte auch Lea. »Wir haben noch so viele Fragen. Wieso wir? Wie sieht der Planet aus? Sind schon andere Kinder dort? Wie viele Androiden außer dir sind noch an diesem Programm beteiligt? Was genau sollen wir tun? Ich meine …«

»Ich wiederhole: Es wird Zeit für euer Vorbereitungsprogramm!«, sagte VIUA.

»Stopp!« Jetzt war Perry es, der noch dringend eine Frage loswerden wollte. »Du vermutest ja, dass wir nie mehr zurückkommen. Aber der offizielle Plan sieht doch etwas anderes vor. Wie viel Zeit haben wir denn?« Er wandte sich kurz an seine Freunde. »Versteht ihr? Nur Kinder können durch die Zeit reisen. Wenn wir also während unserer Mission zu alt werden, sagen wir sechzehn oder siebzehn Jahre und Jugendliche sind, sitzen wir doch fest und können nicht mehr zurück!«

»Stimmt!« So weit hatte Lea noch gar nicht gedacht.

»Äußerst kluge Anmerkung!«, lobte VIUA. **»Es hängt davon ab, wie schnell ihr erfolgreich seid oder wie schnell wir die Zeitmaschine weiterentwickeln.«**

»Halt! Halt«, rief Emily. »Soll das etwa heißen, dass wir zwar zum Zeitpunkt unseres Starts zurückkehren, dann aber nicht mehr zwölf oder dreizehn Jahre alt sind, sondern vielleicht fünfzehn?«

»Ja«, entgegnete VIUA trocken.

»Und um noch eine von Leas Fragen zu beantworten: Ja, es sind noch andere Kinder unterwegs, die ihr, wenn alles gut geht, auf dem Planeten treffen werdet. Jeweils vier Kinder aus den USA, Russland und Südafrika. Zwei aus Australien und zehn Kinder vom asiatischen Kontinent.«

»Was meinst du mit *wenn alles gut geht?*«, hakte Perry nach.

VIUA räumte ein, dass es ein paar Probleme beim Transport gegeben hatte. Eigentlich hätten die Kinder auch schon auf der Raumstation eintreffen sollen. Aber sie waren in eine andere Zeitdimension abgetrieben. Man war sich aber sicher, sie bald zurückholen zu können.

»Könnte uns so etwas auch passieren?«, fragte Emily entsetzt.

VIUA ging über diese Frage hinweg. »Kommt, wir müssen loslegen.«

START

»APU gestartet.

Zielgebiet der SRB gesichert.

Luftoberflächenprofiltests und Bewegungstests der SSME gestartet.

Schließen der Visiere!«

Emily, Lea, Marvin und Perry folgten der Anweisung und schlossen die Visiere ihrer Raumhelme. Sie saßen angeschnallt in einer Reihe nebeneinander in ihren Sitzen, gekleidet in Raumanzüge, von denen die Weltraumbehörden des Jahres 2015 nur träumen konnten. Noch befanden sie sich aber in der Zukunft und würden jeden Augenblick in einer Raumfähre zu ihrer Mission aufbrechen.

Sie lauschten weiter der Vorbereitung des Countdowns aus den Lautsprechern.

»Auf interne Energieversorgung geschaltet.

GO für den automatischen Startsequenzer.«

Bis zu diesem Punkt hätte der Start noch gestoppt und abgebrochen werden können. Den Kindern war klar – ab jetzt konnte der Liftoff nur noch durch eine automatische Abschaltung der Haupttriebwerke verhindert werden.

»Lärmdämmsystem aktiviert.«

Mit dem Abheben der Raumfähre würden die Kinder nicht nur auf einen vergleichsweise neu entdeckten Planeten geschickt, sondern sie würden auch mittels eines Raum-Zeit-Wurmlochs Hunderte von Lichtjahre überwinden und durch die Zeit reisen – ein Ereignis, das Wissenschaftler im Jahre 2015 noch als »physikalisch unmöglich« bezeichnet hätten. Für die Kinder innerhalb der Raumkapsel würden unterdessen aber lediglich vier Tage vergehen.

Das alles war schon irrsinnig genug. Das Verrückteste aber, was die vier im Laufe der vergangenen Woche erlebt hatten, war das sogenannte Vorbereitungsprogramm. Es hatte zum größten Teil aus Schlafen bestanden.

»Autosuggestion«, hatte VIUA dazu gesagt.

Perry hatte das Ganze mit der Installation eines Computerprogramms auf einer Festplatte verglichen. Man hatte den Kindern mit Heftpflastern zwei Chips an die Schläfen geklebt, die nicht nur Daten und Programme speichern konnten, sondern die auch – und das war das eigentlich Sensationelle – Kontakt zu bestimmten Nervenzellen des Gehirns herstellten und die Datensätze darauf übertrugen. Auf diese Weise verfügte das Gehirn nach nur acht Stunden Schlaf über ein Wissen, als hätte der Mensch monatelang gelernt, um es sich anzueignen.

»Diese Chips hätte ich gut vor meiner letzten Mathearbeit gebrauchen können«, hatte Emily gesagt, als sie am Morgen des zweiten Tages plötzlich feststellte, dass sie Formeln lösen konnte, von deren Existenz sie bis dahin nicht einmal etwas geahnt hatte.

Marvin war völlig aus dem Häuschen, weil er plötzlich wie die anderen drei auch fließend Englisch, Chinesisch und Russisch sprechen konnte.

Perry hatte bei sich zu Hause am Computer schon oft an Flugsimulatoren Raumschiffe gestartet und gelandet. Nun aber war er in der Lage, echte Raumschiffe zu fliegen. Er kannte die Funktion und die Bedeutung von jedem der unzähligen Schalter und Lämpchen, die vor ihnen, über ihnen und um sie herum zu sehen waren. Das ganze Raumschiff schien ohnehin nur aus Schaltern, Leuchten, Röhren und Kabeln zu bestehen. Obwohl es mithilfe der Technik der Zukunft gebaut worden war, ähnelte es doch viel mehr den Bildern von Raumstationen, wie man sie im Jahre 2015 kannte, als denen aus *Star Trek* oder anderen Science-Fiction-Filmen.

Bei *Star Trek* gab es ja auch keine Schwerelosigkeit. Die Besatzung rannte durch die *Enterprise* wie durch irgendeine Wohnung auf der Erde. Darüber hatte sich Perry schon oft amüsiert, vor allem, wenn die *Enterprise* einen Treffer abbekam und die Besatzung durchgeschüttelt wurde wie auf einem alten Dreimaster. Nichts schwebte bei denen durch die Gegend.

Anders als hier. Marvin hatte sich nicht korrekt angeschnallt, sodass die Schlosszunge seines Sicherheitsgurtes plötzlich vor seinem Gesicht schwebte, wodurch er auf seinen Fehler erst aufmerksam wurde. Schnell machte er den Gurt fest, bevor er noch selbst aus dem Sessel herausschweben würde.

Die Kinder waren bereit für eine Reise, die im Jahre 2015 noch undenkbar gewesen wäre. Sie starteten von einer zweihundert Jahre in der Zukunft liegenden Raumstation und flogen zurück in ihre Zeit zu einem Planeten, der den Menschen von 2015 noch vollkommen unbekannt war. Rein theoretisch hätten sie von diesem Planeten aus Kontakt zur Erde und zu ihren Familien und Freunden aufnehmen können. So zumindest hatte sich Emily das gedacht, aber spätestens seit den autosuggestiven Lerneinheiten wusste sie, dass eine akustische Nachricht zur Erde mehrere hundert Jahre unterwegs wäre, bis man sie dort empfangen würde. Der neue Planet, der den Namen *Kids' Planet – Planet der Kinder* erhalten hatte, lag einfach zu weit entfernt.

»Ready to go!«, wiederholte Perry die Lautsprecherdurchsage, um anzuzeigen, dass es von ihm aus losgehen konnte. Marvin, Emily und Lea taten es ihm gleich.

VIUA, der allein in der Mitte hinter den Kindern Platz genommen hatte, stand in Verbindung mit der Raumfahrtzentrale. Sie befand sich auf einer eigenen Raumstation, die nur von Androiden besetzt war und Kontakt hielt zu – und das war das Irrste, was Perry je gehört hatte – sich selbst zweihundert Jahre zurück im Jahr 2015.

»Sie schwebt in einem zeitlichen Parallel-Universum«,

hatte VIUA erklärt, aber das hatte nun wirklich keiner von ihnen mehr begriffen, trotz des bemerkenswerten Lernprogramms. Jedenfalls wurde der Flug der *Kids' Settlement One* von ein und derselben Zentrale überwacht, die gedoppelt existierte, nur in zwei verschiedenen Zeitebenen.

Doch statt der Zentrale zu melden, dass sie startklar waren, fragte VIUA: »Specht, ready to go?«

Und tatsächlich ertönte von irgendwoher eine piepsende Antwort: »Ready to go!«

Perry schaute sich um, so gut es das Visier seines Astronauten-Helms zuließ. Plötzlich zuckte er zusammen. Wenn ihn nicht alles täuschte, hatte er soeben einen Vogel durch die Kapsel fliegen sehen. Das war ganz und gar unmöglich!

»Hey, Leute, habt ihr das auch gesehen?«, fragte er in die Runde.

»Was?«, fragte VIUA sofort zurück. Falls es irgendein Problem gab, einen defekten Schalter, ein loses Kabel oder irgendwas in der Art, musste er die Startprozedur umgehend abbrechen. Die kleinste Unregelmäßigkeit konnte im All zu einer Katastrophe führen.

»Ich hab einen Vogel gesehen!«, berichtete Perry aufgeregt.

Emily lachte auf. »Jetzt spinnst du aber komplett, oder?«

»Nein, wirklich!«, beteuerte Perry.

Marvin drehte seinen Kopf mühevoll ein kleines Stück, konnte aber keinen Vogel entdecken.

Bis er auf seinen Knien landete.

Marvin schrie auf.

»Ich bin kein Vogel!«, piepste der Vogel.

»Was ist DAS denn?«, kreischte Emily. »Ein sprechender Specht?«

»Richtig!«, bestätigte VIUA. »Sein Name ist tatsächlich Specht, denn seine dem Vogel Specht nachempfundene Physiognomie ist geradezu ideal dafür geeignet, die Aufgaben eines Roboters an Bord dieser Raumfähre zu erfüllen. Er bewegt sich um das Fünffache schneller und geschickter als ein Mensch durch die dreidimensionalen, oft kugelförmigen Räume der Weltraumstation. Und er hat keine Probleme damit, über Kopf zu arbeiten. Er ist hier an Bord so etwas wie ein ... *Hausmeister* würdet ihr Menschen dazu sagen.«

»Hausmeister?«, quiekte Emily erneut auf.

Das hatte ihr gerade noch gefehlt! Sie dachte an den Hausmeister ihrer Schule, mit dem sie ständig Ärger hatte, auch wenn alle anderen ihn furchtbar nett fanden. Und ausgerechnet ein Vertreter dieser Spezies würde ihr nun auch hier im Nacken sitzen und jeden ihrer Schritte mit Argusaugen beobachten? Na ja, vermutlich war so jemand in einer Raumfähre noch wichtiger als in einer Schule. Ein falsch bedienter Schalter oder ein winziger Fehler im Versorgungssystem konnte sofort fatale Folgen haben. Trotzdem fand Emily den Gedanken, von einem sprechenden Vogel kontrolliert zu werden, mehr als gewöhnungsbedürftig.

Plötzlich schoben sich unter den Flügeln des Metall-Vogels zwei seltsame Tentakel heraus.

»Was ist das denn?«, rief Emily. »Wurde der mit einem Kraken gekreuzt?«

»Wie soll ich denn ohne Hände Reparaturarbeiten ausführen?«, fragte Specht. »Hat das Lernprogramm bei dir etwa versagt?«

Emily seufzte. Wie befürchtet hatte sie bereits wieder Stress mit dem Hausmeister.

»Offenbar hat das Programm versäumt, euch Specht vorzustellen. Wir analysieren den Fehler später; jetzt fahren wir mit dem Start-Protokoll fort. Crew is ready to go. Specht, alle Systeme bereit machen! Treibstoff?«

»Okay«, piepste Specht. Nicht nur sein Körper war einem Specht nachempfunden worden, auch seine Stimme klang so, als hätte ein echter Vogel das Sprechen gelernt.

»Triebwerke?«

»Okay.«

»Instrumente?«

»Okay.«

»Druckausgleich?«

»Okay.«

»Sauerstoffversorgung für humanoide Besatzung?«

»Okay.«

Als alles abgeklärt war, verkündete VIUA: **»*Kids' Settlement One* is go for launch. Ready for countdown.«**

Eine Automatenstimme begann von zehn herunterzuzählen: »Ten, nine, eight ...«

»... one, zero. Liftoff. We have a liftoff!«

Perry hörte einen dumpfen Knall wie eine gedämpfte Explosion. Er wusste, die Triebwerke hatten gezündet. Die Raumfähre setzte sich vibrierend in Bewegung.

Die Beschleunigung übertraf alles, was Perry je in Fahrgeschäften oder Computersimulationen erlebt hatte. Er wurde in seinen Sitz gepresst und konnte nur ahnen, welche Bedeutung Druckausgleich und Sicherheitssysteme in dieser Raumfähre hatten. Specht, der ebendiese Systeme überwachte, war für nichts weniger verantwortlich als das Leben der Kinder. Von wegen *Hausmeister*, Specht war ein für die Technik verantwortlicher, hoch spezialisierter Roboter, ohne den hier an Bord vermutlich nichts lief.

Die Raumfähre hob kraftvoll von der Raumstation ab, schoss durch den Weltraum wie ein Komet, raste im All auf etwas zu, was Perry auf seinem Bildschirm einfach nur als das tiefste und dunkelste Schwarz wahrnahm, das er je zu Gesicht bekommen hatte.

In allen Science-Fiction-Filmen, die er bisher gesehen hatte, waren solche oder ähnliche Weltraumflüge immer als Reise durch gigantische Farbtunnel dargestellt worden. Die Film-Astronauten flogen stets wie durch überdimensionale Discokugeln. Alles Unsinn. Sie rasten einfach in ein unvorstellbar dunkles Schwarz hinein. Perry wusste von der Existenz sogenannter Schwarzer Löcher, Gebiete im All, die solch eine große Anziehungskraft besaßen, dass sie buchstäblich alles in sich hineinsogen.

Nichts von dem, was ein Schwarzes Loch einmal erfasst hatte, konnte je wieder heraus, auch kein Licht, woher eben der Name rührte: alles verschluckende *Schwarze Löcher*. Darum war es auch unmöglich, durch eines hindurchzufliegen. Und doch musste dieser Tunnel hier – ein sogenanntes Wurmloch –, durch den sie nun mit annähernder Lichtgeschwindigkeit hindurchrasten, so etwas Ähnliches sein wie ein Schwarzes Loch.

Im All waren Zeit und Raum gekrümmt. Das wusste man seit Albert Einstein. Flog man gerade hindurch, reiste man in der Zeit voraus. Aber eine Reise rückwärts in der Zeit war eigentlich auch nach Albert Einstein nicht möglich. Dennoch hatte VIUA behauptet, dass sie genau dazu in der Lage waren – die Kinder waren der Beweis dafür; schließlich hatte man sie aus der Vergangenheit geholt.

Um Energie zu sparen, hatte Specht alle Verbrauchsquellen, die gerade nicht benötigt wurden, abgeschaltet. Das einzige Licht innerhalb der Raumfähre kam von den zahlreichen kleinen Kontrolllämpchen der Instrumente. Perry staunte, wie hell sie leuchteten, wenn alles rundherum stockfinster war. Nachdem sich seine Augen an die Dunkelheit gewöhnt hatten, konnte er seine Schwester und seine Freunde neben sich gut erkennen. Sie saßen ebenso regungslos in der Kommandokapsel wie er, die Rücken an die Lehnen gepresst. Wenn sie auf diese Weise rückwärts in der Zeit reisten, dann mussten sie doch auch so oder so ähnlich hierhergekommen sein, überlegte Perry. Stattdessen aber waren sie einfach nur ins Wasser gehüpft und in dem Schwimmbecken wieder aufgetaucht. Für Perry gab es nur eine logische Erklärung: Sie waren zwischendurch bewusstlos gewesen und hatten ihre eigene Reise gar nicht mitbekommen.

»Eintritt ins Universum 2015 in zehn Sekunden!«, verkündete Specht.

Was für eine Ansage!, dachte Perry. *Eintritt ins Universum.*

»... eight, seven, six ...«, zählte Specht wieder herunter, ohne dass er zu sehen war. »Entry!«

Mit einem Mal flog die Raumfähre ruhiger, obwohl Perry nicht das Gefühl hatte, dass sie abgebremst worden war. Es fühlte sich eher so an, als wäre man mit dem Fahrrad über die Ziellinie gefahren und würde nun ausrollen – nur etwa eine Million Mal schneller. Specht schaltete ein leicht gedimmtes Licht ein. Auf den Monitoren wich das tiefe Schwarz einem klaren Sternenhimmel und auch durch die Fenster sahen die Kinder nun ein Meer von Sternen, aus dem ihnen ein blauer Planet entgegenstrahlte.

»Die Erde!«, rief Emily verzückt. »Wir sind zu Hause!«

»Nicht ganz!«, widersprach VIUA. »Das ist Planet K 1994-04-20-J. So ist er im astronomischen Verzeichnis bei seiner Entdeckung eingetragen worden. Wir nennen ihn der Einfachheit halber aber nur Kids' Planet.«

»Der sieht ja genau aus wie unsere Erde!«

»Natürlich!«, antwortete VIUA. »Deshalb ist er für unsere Mission ja auch so geeignet. Allerdings ist er kleiner als die Erde und besitzt zwei Monde.«

»Hä, hä!«, lachte Marvin. »Wäre ein Paradies für Werwölfe.«

»Warum?«, fragte VIUA allen Ernstes nach. Offenbar waren Gruselgeschichten nicht Teil seiner Programmierung gewesen.

Perry hatte die Anspielung natürlich verstanden und kicherte. Die Mädchen rollten dagegen mit den Augen.

»Ihr habt immer noch nicht kapiert, dass wir hier nicht im Vergnügungspark sind, was?«, fragte Emily schnippisch.

»Spaßbremse!«, meckerte Marvin zurück.

»Wir haben keine Bremsen, sondern nur Gegenschub!«, erklärte Specht.

Marvin seufzte. Witze und Sprüche liefen hier an Bord ins Nichts wie bei einem Schwarzen Loch.

»Wo ist denn die Erde?«, fragte Emily, obwohl sie das dank des Lernprogramms eigentlich wissen musste.

VIUAs Antwort kam wie auf Knopfdruck: »150 Lichtjahre entfernt!«

Mit einem Mal ertönte eine schrille Sirene und eine Leuchte begann rot zu blinken, sodass die ganze Kommandokapsel in rötliches Licht getaucht wurde.

»Meteoriten-Alarm?«, vermutete Perry.

»Weltraumschrott!«, entgegnete Specht. »Ausgediente Satelliten, defekte Teile von Raumfähren und Raumstationen, einfach alles fliegt hier herum. Und stürzt nun hin und wieder wie metallener Hagel auf uns ein.«

»Weltraumschrott?«, fragte Lea. »Woher denn? Ich denke, wir sind 150 Lichtjahre von der Erde entfernt? Wo soll denn da der Schrott von ausgedienten Satelliten herkommen?«

VIUA antwortete nicht. Perry musste plötzlich daran denken, wie der Androide gesagt hatte, man habe Emily für die Mission ausgewählt, weil man annahm, dass sie gut intuitiv mit außerirdischen Wesen in Kontakt treten könnte. War der Weltraumschrott etwa der Beweis für eine solche extraterrestrische Zivilisation hier ganz in ihrer Nähe? Perry stockte vor Aufregung der Atem.

»Haben wir denn keine Schutzschilde gegen die Schrottteile da draußen?«, fragte Marvin. Darüber hatte er in der Vorbereitungsphase nichts erfahren.

Specht reagierte heftig. »Was ist das denn für ein Unsinn?«, schimpfte er. »Woher soll denn bitte die Energie kommen, um so etwas wie stabile, bewegliche Wände mitten im All entstehen zu lassen?«

»Schon gut, schon gut!«, beschwichtigte Marvin. »Und was machen wir jetzt?«

»Na, was schon?«, fragte Specht zurück. »Abhauen natürlich. Captain Lea übernimmt das Kommando, Commander Perry die Steuerung, Commander Marvin die Navigation und Commander Emily die Kommunikation.«

In den individualisierten Lerneinheiten waren auch die jeweiligen konkreten Aufgabenbereiche der vier festgelegt worden, sodass es nun keine unnötigen Diskussionen darum gab.

Commander Perry übernimmt die Steuerung. Wie oft hatte Perry das am Computer gespielt oder sich beim Lesen seiner Science-Fiction-Bücher vorgestellt. Jetzt war es zum ersten Mal Realität. Er wusste genau, was zu tun war, und schaltete auf halbautomatische Steuerung, um von Hand den Kurs korrigieren zu können, falls bedrohlicher Weltraumschrott auf sie zuhielt.

»Wir nehmen Kurs auf Kids' Planet«, verkündete Marvin als Navigator. »Allerdings nicht wie geplant auf die Nordhälfte der Kugel, sondern wir fliegen zur Südhälfte und treten dort in die Atmosphäre ein. So dient uns der Planet gewissermaßen als Schutzschild gegen den Weltraumschrott, der weitgehend in der Atmosphäre verglühen wird.«

»Gute Idee«, lobte Captain Lea. »Allerdings fliegen wir dann nach Eintritt in die Atmosphäre wie ein Flugzeug über den Planeten. Unser Treibstoff reicht nicht, um so zu der Landestelle auf der Nordhälfte zu kommen. Wir müssen dann bereits auf der Südhälfte landen.«

»Das ist richtig, Captain«, bestätigte Marvin.

Das Vorbereitungsprogramm war ein hundertprozentiger Erfolg. Alle Abläufe funktionierten wie geschmiert und die Besatzung hatte die Lage unter Kontrolle.

»Commander Emily. Hast du Kontakt zum Bodenpersonal auf Kids' Planet?«

»Negativ, Captain!«, antwortete Emily. »Die Landung wird lediglich von der Raumfahrtzentrale überwacht. Wir haben Go für unser geplantes Vorgehen.«

»Dann los, Leute!«, rief Captain Lea. »Verschwinden wir, bevor uns irgend so ein Schrottteil noch ein Loch in die Hülle schlägt! Commander Perry: Volle Kraft! Aber nur, bis wir die Südhälfte des Planeten erreicht haben. Dann drosseln wir auf halbe Kraft und bereiten den Eintritt in die Atmosphäre vor.«

»Aye, aye, Captain!«, antwortete ihr Bruder.

Er drückte einen Hebel nach vorn, der genauso aussah wie in seinen zahlreichen Flugsimulationen. Durch den Schub, den er damit auslöste, wurden die vier wieder in ihre Sitze gepresst. Die höllischste Achterbahnfahrt war ein Spaziergang dagegen.

»Wow!«, rief Marvin begeistert. »Das nenne ich mal Beschleunigung!«

»Ich empfange Signale, die nicht von der Raumfahrtzentrale stammen!«, meldete Emily mit angestrengter Stimme.

»Was für Signale?«, fragte Lea.

»Weiß ich noch nicht. Ich kann sie nicht identifizieren!« Mit lang ausgestrecktem Arm drückte Emily ein paar Tasten, um die Frequenz, auf der sie die Signale hörte, klarer empfangen zu können. Der Monitor vor ihr blieb dunkel. »Also, es handelt sich um rein akustische Signale, so viel steht fest. Ähnlich wie Morsezeichen, wobei das keine sind. Das hier ist einfach nur ein Piepen, Pfeifen und Heulen.«

»So hört sich normalerweise auch ihre Lieblingsmusik an«, kicherte Marvin.

Auch Lea musste schmunzeln, aber sie wusste, dass jetzt nicht der richtige Zeitpunkt für Albereien war. »Leute, Funkdisziplin!«, mahnte sie.

Marvin verstummte. Sein Grinsen behielt er aber im Gesicht.

»Gibt es Lebewesen wie Wale oder Delphine auf dem Planeten?«, fragte Lea.

VIUA verneinte. »Bisher wurden keine entdeckt.«

»Okay, bleib dran, Commander Emily!«

»Mann, Scheiße!«, schrie Perry plötzlich. Er riss den Steuerknüppel zu sich heran, um einem heranrasenden Metallteil auszuweichen, und kam dabei vom Kurs ab.

»Kursänderung!«, rief Marvin und gab schnell die aktuelle Position bekannt; die neu eingeschlagene Richtung führte sie weg von Kids' Planet. »Allzu viele solcher Manöver können wir uns aber nicht erlauben. Sonst wird der Treibstoff knapp.«

»Zurück zum alten Kurs und halten!«, sagte Lea.

»Das geht aber nicht«, wandte Perry ein. »Der Weltraumschrott kommt nicht von vorn auf uns zu, sondern holt uns von hinten ein. Da können wir unmöglich ausweichen.«

»Mist! Okay. Dann ...« Lea musste einen Moment überlegen, bevor sie einen Entschluss fasste. »Um 90 Grad absenken, sodass wir unter die Schrottwelle kommen. Dort warten wir so lange, bis sie vorbei ist!«

»Das würde aber einen Umweg von schätzungsweise 10 000 Kilometern bedeuten!«, warnte Marvin. »So kommen wir zwar außer Reichweite des Schrotts, aber wenn es unter der Welle keine Tankstelle gibt, dann gute Nacht!«

»Trotzdem – absenken!«, wiederholte Lea. »Schnell! Wenn der Schrott bei uns einschlägt, brauchen wir uns über Treibstoff nämlich keine Gedanken mehr zu machen!«

Marvin gab die neuen Koordinaten an Perry weiter, der die Raumfähre quasi wie im Sturzflug senkrecht nach unten durch die Schrottwelle hindurchsteuerte. Durch die Fenster sahen sie, wie dicht die nunmehr von der Seite kommenden Trümmerteile an ihnen vorbeirasten und die Raumfähre dabei manches Mal nur um Haaresbreite verfehlten.

Etwa zehn bange Minuten katapultierten sie sich so durch die metallene Geschosssalve.

Dann wurde es ruhig. Sie hatten es geschafft, ohne auch nur den kleinsten Kratzer davonzutragen. Jetzt konnten sie durch das große Sichtfenster von unten auf die Welle schauen, die in nur rund 5000 Kilometern Entfernung über sie hinwegstürzte wie ein wild gewordener Kometenschwarm.

»Wie viel Treibstoff haben wir noch?«, fragte Lea.

»Halb so viel wie zur Landung benötigt«, verkündete Specht sachlich.

»Scheiße!«, fluchte Marvin. »Wieso schicken die uns mit so einem kleinen Tank auf die Reise?«

»Weil die Raumfähre für Zeitreisen ansonsten zu groß und zu schwer wäre«, erklärte VIUA.

»Und was machen wir jetzt?«, fragte Emily.

Lea lächelte sie an: »Segelfliegen, Baby!«

Aber vorher galt es noch eine andere Herausforderung zu meistern.

Bruchlandung

Ein dumpfer Knall.

Die Raumfähre ruckte und drehte sich mehrmals um die eigene Achse. Zum Glück waren die Kinder angeschnallt, sonst wären sie durch die Kapsel gewirbelt wie Wäsche im Schleudergang.

»Was war das?«, fragte Lea.

»Ein Treffer an der rechten Tragfläche!«, antwortete Perry. »Jedenfalls zeigt mein Monitor da eine Fehlermeldung an. Die Steuerung funktioniert nicht mehr! Ich versuche trotzdem, die Raumfähre gerade zu halten!«

»Specht? Schadensbericht!«, rief Lea.

Specht kam herbeigeflogen und konnte sofort exakte Angaben zu Größe und Lage der Stelle machen, wo ein Irrläufer die rechte Tragfläche erwischt hatte. »Der Schaden lässt sich leicht beheben. Allerdings muss ich dazu aussteigen!«

»Aussteigen?«, fragte Lea nach. Sie wusste, dass das Verlassen der Raumfähre immer noch – trotz Zukunftstechnologie – mit großen Risiken verbunden war. Vor allem, wenn ihr wichtigstes Besatzungsmitglied, der die

Technik überwachende Roboter Specht, selbst die Raumfähre für Reparaturarbeiten verlassen wollte.

»Kommt nicht infrage!«, entschied sie deshalb. »Marvin soll die Reparatur durchführen!«

»Wow! Cool!«, erwiderte Marvin begeistert.

Ganz anders hingegen war die Reaktion seiner Schwester. »Sagt mal, tickt ihr noch ganz richtig?«, schnauzte sie Lea und ihren Bruder gleichzeitig an. Dann riss sie sich augenblicklich wieder zusammen. »Lea ... ich meine Captain, Marvin ist mein Bruder! Was, wenn ihm etwas zustößt?«

»Das wäre furchtbar, Emily«, erwiderte Lea. »Aber für die Besatzung ist Specht nun mal von größerer Bedeutung. Falls ihm etwas zustößt, sind wir nicht nur alle aufgeschmissen, dann ist auch unsere Mission gescheitert, noch bevor sie richtig begonnen hat. Und unsere Mission heißt: die Menschheit retten!«

Emily schnappte nach Luft. »WAS? Lea, du kannst doch nicht ... Mensch, das ist mein Bruder! Schick doch *deinen* Bruder da raus, wenn du so cool und abgebrüht bist!«

»Okay!« Perry erklärte sich sofort bereit.

»Aber die Aufgaben des Navigators können nun mal am ehesten von uns mit übernommen werden!«, widersprach Lea. »Es bleibt dabei: Marvin geht. Basta!«

»Aber ...!«, setzte Emily ein letztes Mal zum Protest an.

»Ich bin so weit!«, rief Marvin, machte sich von seinem Sitz los und schwebte in die Nebenkammer, wo der Spezialanzug für den Außeneinsatz hing.

»Bleib hier!«, rief Emily ihm hinterher. »Du spinnst wohl!«

»Commander Emily! Willst du dich etwa meinen Befehlen widersetzen?«, stieß Lea gepresst hervor.

»Mann, Lea!«, konterte Emily. »Mach mal halblang. Wir sind beste Freundinnen. Wir haben immer alles beredet und ...«

Lea biss sich auf die Lippen und ballte die Fäuste. Sie wusste, Emily hatte recht, aber sie durfte jetzt keine Schwäche zeigen. Es stand einfach zu viel auf dem Spiel – die Mission und damit die gesamte Zukunft des Planeten Erde.

Sie holte tief Luft. »Ich bin hier aber der Captain des Raumschiffes!«, erwiderte sie. »Ich trage die Verantwortung für das Schiff. Es geht um unser aller Leben, Emily. Wir haben jetzt keine Zeit für lange Debatten!«

Emily blinzelte und schluckte.

»Aye, aye, Captain«, lenkte sie schließlich ein.

Erleichtert lehnte sich Lea in ihren Sitz zurück.

Marvin hatte sich bereits umgezogen, sämtliche Funktionen des Spezialanzugs aktiviert und begab sich nun in die Luftschleuse.

Specht überprüfte noch einmal alle technischen Daten, vor allem die Energiereserven. Hinten in Marvins Rucksack steckten die Batterien, Filter, Pumpen und Funkgeräte. Ebenso die Raketen, mit deren Hilfe er im Notfall zur Raumfähre zurückfliegen konnte. Wenn man so wollte, war der Anzug selbst ein kleines Raumschiff. Deshalb wog er auch über hundert Kilo, was in der Schwerelosigkeit aber keine Rolle spielte.

Specht gab grünes Licht für den Ausstieg.

Marvin drehte an dem großen Verschlussrad, um die Luke zu öffnen. Noch einmal kontrollierte er das Halteseil, das ihn mit der Raumfähre verband, und wappnete sich innerlich für die bevorstehende Aufgabe. Konzentriert und ehrfürchtig zugleich tauchte er in den Weltraum ein.

Durch das Fehlen der Schwerkraft schwebte er sanft, fühlte sich so frei und leicht wie nie zuvor in seinem Leben, obwohl er angeleint war. Doch davon merkte er nichts. Das Sicherheitsseil schwebte im All wie eine träge Wasserschlange, die ihm folgte. Die Raumfähre befand sich hinter ihm, sodass nichts seinen Blick in den unendlichen Weltraum behinderte. Marvin genoss diesen unbeschreiblichen Moment. Ein Gefühl, als ob man sich im Schwimmbad auf dem Rücken mit den Ohren unter Wasser treiben lässt und einfach nur in den Himmel schaut. Nur dass dieses Gefühl hier, allein im All, noch viel größer war, bedeutender – einfach gigantomanisch! Irgendwo in der Ferne – also ein paar hundert Lichtjahre entfernt – zeigte sich gerade ein unglaubliches Farbenspiel. Vor seinen Augen bildete sich ein leuchtender violetter Ring heraus, daneben zwei helle Lichter, so als würde mitten im Weltall eine Disco stattfinden.

»Marvin, alles okay?«, hörte er durch seinen Helmlautsprecher.

»Einen Moment bitte!«, antwortete Marvin. »Ich glaube, ich sehe gerade eine Supernova!«

Perry schwebte zum Fenster der Raumfähre. Er wusste, eine Supernova war nichts anderes als das letzte Aufleuchten eines sterbenden Sterns, hervorgerufen durch eine Explosion, die den Stern endgültig vernichtete. Kurz zuvor aber steigerte sich seine Leuchtkraft millionenfach. In diesem letzten Augenblick seiner Existenz konnte ein einzelner Stern so hell werden wie eine gesamte Galaxie. Aber halt nur für einen kurzen Moment. Wann bekam man so etwas schon mal zu sehen?

»Marvin, du musst loslegen!«, mahnte VIUA.

»Ja, gleich. Sofort!«, versprach Marvin, verharrte dann aber weiter in stummem Staunen über das bunt leuchtende Ereignis im All.

»Marvin!«, tönte Leas Stimme eindringlich per Funk. »Geh sofort an die Arbeit! Du musst die Tragfläche reparieren, sonst können wir nicht landen!«

»Ja! Klar!«, antwortete Marvin. Aber er bewegte sich nicht, sondern ließ sich einfach weiter treiben und genoss die Schönheit dieser Supernova. Er hatte schon etliche Bilder von solchen Sternenexplosionen gesehen – in Perrys Astronomie-Büchern, im Fernsehen oder auf YouTube, aber einer Supernova frei schwebend im All so nah zu sein wie vermutlich noch nie ein Mensch zuvor, das war etwas völlig anderes. Marvin versank immer tiefer in den Anblick dieses gewaltigen Naturschauspiels.

»MARVIN!«, brüllte Lea aus seinem Helmlautsprecher. »GEH JETZT AN DIE ARBEIT!«

»Ja!«, hauchte Marvin. Aber er konnte seine Augen nicht losreißen.

»Verdammt!«, fluchte Lea vor sich hin. Verzweifelt krallte sie sich in die Armlehnen ihres Sitzes. Was sollte sie tun? Was *konnte* sie tun? Nichts schien den gebannt staunenden Marvin dazu zu bewegen, sich endlich an die dringende Reparatur zu machen. Lea spürte, dass Drohungen nichts ausrichten würden. Sie hatte nicht den Eindruck, dass er sich absichtlich weigerte – er schaffte es einfach nicht, seinen Blick zu lösen.

Lea war unter anderem wegen ihrer Entschlossenheit zum Captain ernannt worden, nicht umsonst, wie sich jetzt herausstellte. Innerhalb von Sekunden hatte sie eine Entscheidung getroffen. Sie öffnete ihren Haltegurt, schwebte hinüber in die Druckkammer, zog sich den Raumanzug für den Außeneinsatz an und gab den Befehl, sie durch die Schleuse hinauszulassen.

»Emily, du übernimmst das Kommando!« Lea wollte Marvin jetzt eigenhändig an seinen Arbeitsplatz bringen.

Emily, die gerade eben noch mit ihrer Freundin – nein, mit dem Captain der Raumfähre – wegen der Befehlsgewalt aneinandergeraten war, hatte nun selbst das Sagen und spürte, welch große Verantwortung mit einem Mal auf ihren Schultern lastete. Dagegen half nicht mal die Schwerelosigkeit.

Draußen im All schwebte Lea auf ihren Navigator zu. »Marvin!«

Marvin zuckte zusammen. Nicht weil Lea ihn angesprochen hatte, sondern weil sie so plötzlich vor seinem Visier aufgetaucht war wie ein Flaschengeist. Lea versperrte ihm die Sicht auf die Supernova und Marvin sah weiter nichts als Leas verärgertes Gesicht.

»Was machst du denn hier?«, fragte er entgeistert.

»Ich bin hier, um dir einen Tritt in den Hintern zu verpassen!«, antwortete Lea. »Leider geht das in der Schwerelosigkeit ja nicht, aber ich rate dir, jetzt *sofort* an die Arbeit zu gehen.«

Marvin kam wieder zu sich. Er konnte sich selbst nicht erklären, wie ihn die Supernova dermaßen in Bann hatte ziehen können.

»'tschuldigung!«, stammelte er. So schnell, wie es ihm möglich war, krabbelte er an der Tragfläche entlang zur beschädigten Stelle. Er erkannte sofort, was passiert war.

»Einige der Keramikplatten am Hitzeschild sind zerstört!«, meldete er. Als Navigator des Raumschiffs wusste er sofort, was das bedeutete. »Wir müssen das reparieren, sonst könnte es passieren, dass die Steuerung beim Eintritt in die Atmosphäre aufgrund der veränderten Aerodynamik nicht richtig funktioniert oder gar ausfällt.«

»Die Steuerung ist bereits defekt!«, gab Lea zu bedenken.

»Ja«, antwortete Marvin. »Weil sich ein Gelenk des Steuerungsmechanismus verklemmt hat. Das ist aber im

Nu behoben. Die große Frage ist eher, ob wir Ersatz für die Keramikplatten an Bord haben.«

»Nein!«, kam die Antwort von Specht, der das Funkgespräch mitverfolgte. »Aber wir haben eine spezielle Folie, die man drüberziehen kann. Sie erhärtet sich von selbst und ersetzt die Funktion der Keramikplatten im Hitzeschild recht passabel. Damit werden wir auf jeden Fall sicher landen können.«

»Ich hole sie«, verkündete Lea. »Macht die Druckschleuse bereit!«

»Nein, nein!«, erwiderte Specht. »Am Bauch der Raumfähre befindet sich ein Lagerraum für Ersatzteile, an den man auch von außen herankommt. Extra so konstruiert, um beim Außeneinsatz Zeit zu sparen.«

»Okay!«, antwortete Lea und fragte sich, wieso ihr das Lernprogramm derart wichtige Details vorenthalten hatte. Offenbar war die Zeit zu knapp gewesen, um ihr jede Kleinigkeit einzuimpfen. Sie schob sich außen an der Hülle entlang, bis sie unten an der Raumfähre angelangt war, als sich plötzlich Emily mit einer neuen Warnung meldete: »Ich empfange wieder diese seltsamen Signale! Ich kann sie aber nach wie vor nicht entschlüsseln.«

»Woher kommen sie?«, fragte Lea. »Vom Kids' Planet?«

»Nein!«, erwiderte Emily. »Ich kann die Quelle der Signale nicht orten, aber von unserem Zielplaneten kommen sie mit Sicherheit nicht. Sie kommen ... irgendwie aus dem Nichts!«

Emily wartete auf eine Reaktion von Lea. Fehlanzeige.

»Captain?«, fragte Emily nach ein paar Sekunden des Schweigens.

Aber Lea antwortete nicht. Und ausgerechnet da, wo sie gerade war, wurde sie auch von keiner der Kameras erfasst – sie befand sich sozusagen im toten Winkel. Doch jeden Moment, sobald sie sich der Klappe zum Lagerraum näherte, würde sie wieder auf dem Monitor zu sehen sein, in den Emily und Perry jetzt wie gebannt hineinstarrten. Aber die beiden warteten vergeblich. Lea tauchte nicht auf.

»Lea?«, fragte Emily erneut.

Wieder keine Antwort.

»Marvin, hörst du mich?« Emily wollte prüfen, ob noch Funkkontakt bestand.

Marvin antwortete gut verständlich.

»Was ist mit Lea?«, fragte Emily.

»Keine Ahnung!«, entgegnete Marvin. »Ich kann sie nicht sehen. Soll ich zu ihr hin? Ohne die Folie kann ich hier sowieso nichts machen.«

»Ja, geh zu ihr. Dann können wir sie über deine Helmkamera wieder auf unseren Bildschirm kriegen«, gab Emily zurück.

Es war zwar auch ein Monitor auf Leas Helmkamera geschaltet, aber darauf war nur der Sternenhimmel und weiter hinten das Leuchten der Supernova zu sehen. Anhand dieser Bilder war nicht erkennbar, wo Lea sich befand und ob alles in Ordnung mit ihr war oder sie irgendwie in der Klemme steckte und deshalb nicht antwortete.

»Captain? Lea!«, hörten Emily und Perry Marvin jetzt nach ihr rufen.

Nichts.

»Captain! Captain Lea!« Noch immer nichts.

Plötzlich tauchte Lea wieder auf dem Monitor auf; Marvin war mit seiner Kamera in den toten Winkel eingedrungen. Die Kommandantin der *Kids' Settlement One* hing bewegungslos unter der Raumfähre und ließ sich treiben wie ein toter Fisch in einem verseuchten Gewässer.

»Was ist los mit ihr?«, rief Perry nervös. »Marvin, kannst du etwas erkennen?«

»Ich muss näher ran!«, erwiderte Marvin.

»Zoom sie ganz nah heran!«, bat Emily.

Auf dem Monitor erschien Leas behelmter Kopf in Nahaufnahme. Aber leider nur von der Seite, was nicht sehr aufschlussreich war. Marvin schwebte weiter auf sie zu, sodass das Bild von Leas Kopf nun viel zu groß wurde.

»Nimm den Zoom wieder raus!«, rief Emily.

Endlich konnten Emily und Perry Lea ganz sehen. Sie rührte sich immer noch nicht. Ihre Arme und Beine hingen schlaff herunter.

»Soweit ich es erkennen kann, ist ihr Blick auf die Supernova gerichtet!«, stellte Perry fest. »Ob es da einen Zusammenhang gibt?«

Erst hatte Marvin sich so seltsam benommen und jetzt Lea.

Marvin hatte Lea erreicht und stupste sie an. Doch auch das nützte nichts.

»Positioniere dich vor sie!«, rief Perry ihm zu. »Und zwar so, dass du ihr den Blick auf die Supernova versperrst!«

Marvin befolgte die Anweisung und rüttelte Lea an der Schulter. »Lea! Was ist los mit dir?«

Plötzlich war Lea wieder voll da.

»Wie? Was?«, stammelte sie. »Wo bin ich?«

Die Frage brauchte ihr niemand zu beantworten; fast augenblicklich fiel es ihr selbst wieder ein.

»Bist du irgendwo gegen geknallt?«, fragte Emily. Sie dachte an eine Gehirnerschütterung. Die Symptome deuteten darauf hin, fand sie. Das Lernprogramm hatte ihnen auch ein paar grundlegende medizinische Kenntnisse vermittelt. Allerdings nur das Nötigste. Für einen kurzen Moment kam Emily die Frage in den Sinn, was sie eigentlich machen sollten, wenn einer von ihnen ernsthaft erkrankte. Sie befürchtete, dass entweder VIUA oder – noch schlimmer – Specht mit Arztfunktionen programmiert worden waren. Von keinem der beiden hätte Emily sich gern behandeln lassen. Sie nahm sich vor, am besten nicht krank zu werden.

»Ich weiß nicht«, antwortete Lea. »Ich glaube nicht, dass ich mich irgendwo gestoßen habe. Außerdem hätte mich mein Helm doch geschützt.«

»Und ein Schrottteil?«, fragte Perry. »Hast du davon was abbekommen?«

»Nicht dass ich wüsste«, sagte Lea.

Marvin musterte Lea eingehend.

»Also, an ihrem Helm sind keine Spuren erkennbar, dass da irgendwas gegen geprallt wäre«, stellte er fest. »Der sieht aus wie neu.«

»Wie spät ist es?«, fragte Lea.

»22 Uhr 11!«, sagte VIUA.

»Elf nach zehn!«, überlegte Lea laut. »Um fünf nach zehn bin ich durch die Druckschleuse nach draußen. Dann hat mein Blackout gerade mal ein paar Minuten gedauert, vielleicht sogar nur eine. Aber wodurch wurde er ausgelöst?«

Emily gab die Frage an VIUA und Specht weiter. Keiner der beiden wusste darauf eine Antwort.

»Na prima!«, sagte Emily verärgert. »Wozu seid ihr zwei Schraubenköpfe eigentlich nütze, wenn ihr doch keine Ahnung habt, wenn's mal drauf ankommt?«

»Es wird nicht das einzige Phänomen bleiben, zu dem wir keine Einschätzung vornehmen können, weil es uns zuvor noch nie untergekommen ist«, entgegnete VIUA.

Und damit sollte er recht behalten.

Gefahr!

Nachdem auch Lea wieder bei klarem Verstand war, holte sie mit Marvin zusammen die Reparaturfolie aus dem Lagerraum und half, sie fachgerecht anzubringen. Sowohl der Hitzeschild als auch die Steuerung konnten sie ohne Komplikationen in der geplanten Zeit wieder instand setzen. Lea aber ließen die Vorfälle, bei denen erst Marvin und dann sie so plötzlich nicht mehr ansprechbar gewesen waren, keine Ruhe.

Sobald sie an ihren Platz zurückgekehrt war und wieder das Kommando übernommen hatte, fragte sie Emily, ob sie noch immer diese merkwürdigen Signale empfangen würde.

Emily verneinte.

Lea merkte auf. »Moment mal. Du hast die Signale also nur in dem Zeitraum gehört, als erst Marvin und dann ich weggetreten war?«

Emily ging die aufgezeichneten Daten durch und stellte fest: »Die Signale begannen unmittelbar vor den Aussetzern von dir und Marvin. Dann hörten sie auf und kurz darauf waren sowohl Marvin als auch du jeweils wieder voll ansprechbar.«

Lea zog die Augenbrauen hoch und wandte sich an VIUA und Specht: »Ist es möglich, dass die Signale unsere Aussetzer bewirkt haben?«

»Selbstverständlich. Auch akustische Wellen können Auswirkungen auf das somatische Nervensystem[1] haben und zu geistigen Aussetzern führen.«

»Akustische Wellen? Im All?«, wunderte sich Lea.

»Über unsere Empfänger«, präzisierte Specht.

»Es hatte sich angefühlt, als stünde man unter Hypnose«, sagte Marvin.

»Woher willst *du* denn wissen, wie sich Hypnose anfühlt?«, fragte Emily schnippisch.

»Ich habe schon oft von der Wirkung solcher Waffen in Science-Fiction-Geschichten gelesen!«, erläuterte Marvin.

»Waffen?«, fragte Emily entsetzt. »Willst du damit etwa sagen, wir wurden mit Strahlenwaffen angegriffen wie in so einem Hollywoodfilm?«

»**Keine Strahlen. Wellen. Durchaus möglich**«, klinkte VIUA sich ein.

»Es könnte wirklich so gewesen sein«, stimmte Lea zu. »Für mich hat es sich ganz ähnlich angefühlt. Als hätte mich jemand in Trance versetzt. Ich war vom Anblick

1 Sowohl alle bewussten Handlungen als auch unsere Kommunikation mit der Außenwelt werden vom sogenannten somatischen Nervensystem gesteuert, im Unterschied zum vegetativen Nervensystem, von dem alle unbewussten, »automatischen« Abläufe wie Atmung, Verdauung, Schwitzen usw. gesteuert werden.

der Supernova völlig in Bann geschlagen und wollte nur noch dahin schauen. Alles andere war in dem Moment egal. Dass Marvin und ich nicht mehr in der Lage waren, uns auf unsere eigentlichen Aufgaben zu konzentrieren, könnte gezielt von den Signalen hervorgerufen worden sein.«

»Ich sag ja, das war ein Angriff auf unsere Gehirne!«, rief Marvin aufgeregt. »Mit Radiowellen oder so etwas!«

Emily schlug die Hände an den Kopf und verzog das Gesicht. »Okay, zugegeben, ich kenne Radioprogramme, die sind echt ein Angriff, und zwar auf meine Ohren. Aber als richtige Waffe? Woher kommen die Signale? Wir sind Lichtjahre von der Erde entfernt. Wer sollte uns hier draußen angreifen? Hier im All ist doch niemand außer uns. Oder?«

Eine spannende Frage. Das fand Perry auch. »Wenn man die Fähigkeit besitzt, das Hirn eines Menschen in solcher Weise zu beeinflussen, kann das tatsächlich zu einer gefährlichen Waffe werden.«

»Ihr fangt doch nicht schon wieder mit euren Außerirdischen an! Ihr spinnt doch!« Emily schaute Hilfe suchend zu Lea. Doch ihre Freundin war diesmal nicht auf ihrer Seite, das erkannte Emily sofort an Leas Blick. »Glaubst du etwa auch …?«

»Es ist zumindest nicht ausgeschlossen«, antwortete Lea. »Wir müssen aufpassen.«

»Aufpassen?«, ereiferte sich Emily. »Aber warum sollte uns jemand angreifen wollen?«

»Gute Frage«, entgegnete Lea. »Solange wir das nicht wissen, sollten wir auf der Hut sein.«

Sofort erhöhte Emily die Sensibilität sämtlicher Sensoren am Raumschiff, die Signale aus dem Weltall empfangen konnten, und stellte ihren Kopfhörer auf volle Lautstärke. Aber da war nichts mehr. Im All herrschte Stille. Aufmerksam horchte sie das Universum nach Geräuschen und Signalen ab wie ein Arzt die Lunge eines Patienten. Doch alles blieb ruhig.

»Ach, und noch was«, warf Perry ein. »Wie wollen wir denn nun mit zu wenig Treibstoff auf dem Planeten landen?«

»Hab ich doch schon gesagt«, entgegnete Lea. »Wir geben Schub. Du steuerst uns in die richtige Richtung und wir treten in die Atmosphäre ein. Sobald wir hindurch sind, schalten wir alle Systeme ab, um Strom und Treibstoff zu sparen. Ab da musst du die Landung im Segelflug absolvieren.«

»Im Segelflug? Ich weiß nicht, ob ich das kann!«, gab Perry zu bedenken.

»Schon klar, dass du das nicht weißt«, antwortete Lea. »Keiner von uns weiß, welche Fähigkeiten er durch das Lernprogramm erworben hat. Aber eins steht fest: Wenn du's nicht kannst, dann kann's keiner. Denn nur du hast die speziellen Lerneinheiten für Piloten durchlaufen.«

»Und VIUA?«, fragte Perry.

»**Du bist der Pilot**«, gab VIUA zurück.

Perry seufzte. »Okay, ich werd's versuchen!«

»Ja, natürlich wirst du das!«, erklärte Lea ruhig.

Perry sah seine Schwester an. Seit dem Vorbereitungsprogramm hatte sie sich enorm verändert, fand er. Aus Lea, dem emotionsgeladenen Wirbelwind, war eine besonnene, kluge Raumschiffkommandantin geworden. Insgeheim bewunderte er sie jetzt ein bisschen, obwohl er gleichzeitig hoffte, dass dem Wirbelwind in ihr nicht völlig die Puste ausgegangen war.

»Also, Leute!«, rief Lea. »Wir haben nur einen Versuch. Specht, gib vollen Schub! VIUA, behalte die Kontrollanzeigen im ... äh ... Auge!«

Es kam ihr irgendwie komisch vor, bei einem Roboter von Augen zu sprechen, aber alles andere empfand sie als zu kompliziert.

»Marvin, gib Perry die Navigationskoordinaten durch. Emily, behalte die Signale im Ohr. Wer auch immer da etwas gegen uns hat, ich hoffe, er lässt uns in Ruhe landen. Na dann, auf geht's zu unserem neuen Zuhause!«

Perry hatte mit wenigen Tastenanschlägen die Koordinaten in sein Steuerungssystem eingegeben. Er schaltete auf Automatik und überließ den ersten Teil der Landung dem Computersystem, zumindest, bis das Raumschiff in die Atmosphäre eintrat. Dies war der turbulenteste und gefährlichste Teil auf dem Weg zum neuen Planeten. Ihre Bewegungsenergie würde sich in derart intensive Hitze umwandeln, dass die vor Kurzem geflickten Hitzeschilde im wahrsten Sinne des Wortes ihre Feuertaufe bestehen müssten. Der kleinste Haarriss im Hitzeschild und ihr Raumgleiter würde in Sekundenbruchteilen in alle Einzelteile zerfallen und verglühen.

Das heiße Plasma würde auch den Funk zusammenbrechen lassen. Für einen Moment würde keine wie auch immer geartete Raum- oder Bodenstation Kontakt zu ihnen aufnehmen können.

Beim Eintritt in die Atmosphäre würde das Raumschiff für einige Minuten derart durchgeschüttelt, dass im Vergleich dazu jedes noch so waghalsige Fahrgeschäft ein geruhsamer Wiegenschlummer wäre.

Die Kinder zogen ihre Gurte fester und warteten gespannt auf das, was gleich mit ihnen geschehen würde. Theoretisch wussten sie genau, was da auf sie zukam; das alles hautnah zu erleben, war aber ganz etwas anderes.

Perry sah zu seiner Schwester hinüber, Emily schielte mit angespanntem Gesicht zu ihrem Bruder. In diesem Moment beschäftigte alle vier dieselbe Frage: Hatten sie die Reparaturen sorgfältig genug ausgeführt, dass das Raumschiff den bevorstehenden extremen Belastungen standhalten würde?

»Reentry in ten seconds. Wiedereintritt in die Atmosphäre in zehn Sekunden!«, ertönte VIUAs Stimme. **»Zehn, neun ...«**

Das Raumschiff begann zu zittern. Perrys Hände krallten sich in die Lehnen seines Sitzes. Er musste besonders gut aufpassen, denn sobald sie den Wiedereintritt geschafft hätten, wäre er derjenige, der das Steuer übernehmen und die Raumfähre sauber wie einen Urlauberjumbo auf die Landebahn setzen müsste. Dabei hatte er keine einzige praktische Flugstunde absolviert und keinerlei Erfahrung, was das Landen anging, abgesehen von den Manövern, die er in Flugsimulationsspielen am Computer geflogen war. Perrys Qualifikation beschränkte sich auf Trainingseinheiten eines Schlaf-Lernprogramms aus der Zukunft. Und dennoch hatte er das Gefühl, besser vorbereitet und trainiert zu sein als jeder Pilotenanfänger einer Passagiermaschine. Nervös und angespannt war er ausschließlich wegen der Hitzeschilde. Über seine eigene Fähigkeit, die Raumfähre hinterher sanft landen zu können, machte er sich kaum noch Sorgen. Ob Lea und seine Freunde ebenso empfanden, wusste er allerdings nicht.

Perry, der schon immer alles über Raumfahrt gelesen hatte, was ihm in die Finger gekommen war, dachte für einen kurzen Augenblick an das Unglück aus dem Jahr 2003, als beim Spaceshuttle *Columbia* wegen eines Defekts im Hitzeschild beim Eintritt in die Erdatmosphäre heiße Gase in eine Tragfläche eingedrungen waren und sich dort entzündet hatten. Im Cockpit schlugen sämtliche Systeme Alarm und die Piloten versuchten alles, um den Spaceshuttle wieder unter Kontrolle zu kriegen. Dabei ahnten sie nicht, dass ihr Vorhaben wegen des defekten Hitzeschilds von vornherein zum Scheitern verurteilt war.

Das letzte Lebenszeichen der Astronauten war ein abgeschnittener Funkspruch gewesen. Aufgrund des rasanten Druckabfalls in der Kabine hatten sie alle das Bewusstsein verloren und bekamen nicht mehr mit, wie die *Columbia* explodierte. Der Spaceshuttle verglühte in der Atmosphäre. Alle Astronauten starben.

»Zero!«, sagte VIUA.

Ihr Raumschiff trat in die Atmosphäre ein. Perry konnte nichts mehr denken. Das Schiff zitterte und vibrierte, als würde es jeden Moment in tausend Stücke brechen.

Es klappt nicht! Verdammt, die Schilde halten nicht!, dachte Perry. Oder vielleicht schrie er es auch. Aber selbst wenn, vermutlich konnte ihn ohnehin niemand hören. Denn in der Kabine herrschte ein ohrenbetäubender Lärm. Perry wusste nicht, ob dies schon das Geräusch des berstenden Raumschiffs war. Vielleicht war ihnen ein Großteil ihrer Kapsel schon längst um die Ohren geflogen, nur wussten sie noch nichts davon. Perry hoffte, dass er sich fest genug angeschnallt hatte und nicht jeden Moment aus seinem Sitz gerissen und gegen die Wände geschleudert würde. Aber so oder so glaubte er schon nicht mehr, diesen Flug zu überleben.

Das war's!, dachte er. *Wieso jetzt? Wieso hier?* Wieso hatte er nicht älter als zwölf Jahre werden dürfen? Dies war sein Ende. So wie diese unvorstellbaren Kräfte auf das Raumschiff wirkten, war es unmöglich, ihnen standzuhalten. Im Gegensatz zu den *Columbia*-Astronauten wusste Perry, dass sie keine Chance mehr hatten. Er würde seine Eltern nie wiedersehen. Nie wieder sein schönes Zimmer betreten können. Er konnte nicht mal ein letztes Wort mit seiner Schwester sprechen, denn er brachte keinen Ton heraus. Der Funkverkehr war zusammengebrochen. Nichts als Rauschen. Lärm. Zittern und Beben. Aus! Vorbei! Adieu!

Und dann ...

... wurde es ruhig.

Perry schloss die Augen, lauschte in die wohltuende Stille hinein. Wartete auf einen engelsgleichen Gesang oder Ähnliches. Denn dies konnte eigentlich nur der Himmel sein, in dem er gelandet war.

Doch statt lieblicher Klänge ertönte VIUAs Stimme: **»Fünfzehn Minuten und zweiundzwanzig Sekunden bis zur Landung! Pilot Perry, alles in Ordnung?«**

Perry öffnete die Augen. Er schaute auf die Anzeigen und Monitore, die nicht mehr vor seinem Gesicht herumtanzten, als würden sie jeden Moment aus den Wänden platzen. Alles war ruhig, normal.

Perry drehte den Kopf und sah Marvin in dem Sitz neben sich. Auf der anderen Seite betätigte Emily schon wieder die ersten Knöpfe auf der Suche nach Geräuschen, Funksprüchen und akustischen Signalen. Hinter ihm prüfte Lea sämtliche Anzeigen und nickte schließlich zufrieden, als sie keinerlei fehlerhafte Funktionen feststellen konnte.

VIUA wiederholte seine Frage: **»Alles in Ordnung, Perry?«**

Perry schaute auf seinen Monitor. »Noch vierzehn Minuten und fünfundvierzig Sekunden bis zur Landung«, antwortete er. »Alles roger!«

Noch einmal schloss er die Augen, ihn überkam ein nie gekanntes Glücksgefühl. Dass die Raumfähre unbeschadet in die Atmosphäre eingetreten war und sie alle diese extrem gefährliche Situation überlebt hatten, bescherte ihm den schönsten, größten und bewegendsten Moment seines noch jungen Lebens.

Er blickte zu Marvin, seinem besten Freund, hinüber und hob den Daumen: *Gut gemacht, Alter. Das mit dem Hitzeschild da draußen.* Er sagte es nicht. Er zeigte nur den Daumen. Aber er war sicher, dass ihm Marvin in dieser Sekunde die Worte aus den Gedanken herauslesen konnte.

»Dann wollen wir das Schiff mal sachte auf die Piste setzen!«, rief Perry heiter und zuversichtlich.

Doch dann meldete sich Emily zu Wort: »Ich empfange wieder diese Signale!«

NEUE WELT!

»Die Signale?«, fragte Lea aufgeregt. »Woher? Kannst du sie orten? Und wie stark sind sie? Seid ihr alle okay, Leute?«

Der Reihe nach meldeten Marvin, Perry und Emily, dass alles in Ordnung war. Lea atmete kurz auf. Trotz der Signale handelte es sich anscheinend um keinen Angriff. Oder doch? Stand der ihnen womöglich noch bevor? Am Ende noch während ihres ohnehin schwierigen Landemanövers, das Perry zu bewältigen hatte?

»Perry, sei vorsichtig!«, warnte Lea. »Und lass alle dreißig Sekunden etwas von dir hören, damit wir wissen, dass du okay bist, alles klar?«

»Roger!«, antwortete Perry.

»Specht!«, rief Lea. »Flieg zu Perry und pass auf! Nicht auszudenken, wenn er während des Landemanövers ausfällt. VIUA, könntest du im Notfall die Landung übernehmen? Oder du, Specht?« Lea vermutete, dass die beiden gegen die gefährlichen Wellen oder Strahlen immun waren, weil sie kein Nervensystem besaßen.

»Nur im absoluten Notfall!«, antwortete VIUA.

Aber Lea befürchtete, dass genau ein solcher jeden

Moment eintreten könnte. »Okay. Emily. Was machen die Signale? Wie deutlich sind sie zu hören?«

»Sie werden ein wenig schwächer«, verkündete Emily.

»Gut, sehr gut!«, kommentierte Lea und hoffte, dass es auch weiterhin so bleiben würde. »Also los, Perry. Gib dein Bestes!«

»Sowieso!«, antwortete Perry. Routiniert, als hätte er es schon unzählige Male gemacht, lenkte er das Raumschiff mit ausgeschalteten Triebwerken wie einen leichten Segelflieger durch die Luft und glitt über den neuen Planeten hinweg. Specht schickte ihm fortwährend Daten zu Windverhältnissen und Thermik auf den Monitor, damit Perry die für den Segelflug richtigen Entscheidungen treffen konnte. Die Landebahn, die sie ursprünglich hatten anfliegen wollen, lag einige Hundert Kilometer entfernt. Doch mithilfe der Kameras und Sensoren, die die Oberfläche scannten und die Daten zur Auswertung an den Zentralcomputer schickten, fanden sie schnell den Weg zu einem ausreichend großen und vor allem ebenen Stück Gelände, auf dem Perry die Raumfähre problemlos aufsetzen konnte.

Die akustischen Signale waren währenddessen immer schwächer geworden, bis sie zum Zeitpunkt der Landung ganz und gar verstummt waren.

Marvin, Lea und Emily klatschten Beifall, so wie es manche Touristen noch immer im Urlaubsflieger nach einer geglückten Landung taten. Die Eltern von Perry und Lea amüsierten sich jedes Mal aufs Neue darüber, aber hier war es etwas anderes. Die drei wussten, dass es Perrys erster echter Flug gewesen war, und staunten mit großer Erleichterung, wie gut ihn das Lernprogramm ausgebildet hatte.

Die Raumfähre kam zum Stehen. Perry schaltete sämtliche Funktionen aus. Die Anzeigen erloschen. Nur Lüftung und Klimaanlage blieben in Betrieb.

»Willkommen auf dem Planeten K 1994-04-20-J, auch geläufig unter dem Namen Kids' Planet«, verkündete VIUA beinah feierlich.

Na, der ist vielleicht lustig!, dachte Perry. *Was heißt denn hier »geläufig«.* Niemand außer der Crew und den Verantwortlichen der Mission kannte diesen Planeten.

»Die Sphäre auf K 1994-04-20-J besteht im Wesentlichen aus 78,1 Prozent Stickstoff, 20,3 Prozent Sauerstoff und 0,934 Prozent Argon. Außerdem kommen noch Aerosole und Spurengase vor, darunter Kohlenstoffdioxid, Methan, Ozon, Fluorchlorkohlenwasserstoffe, Schwefeldioxid und Stickstoffverbindungen. Also, alles in allem so ähnlich wie die Homosphäre[2] des Planeten Erde. Der Ausstieg ohne weitere Schutzvorrichtungen ist kein Problem. Es herrscht eine Außentemperatur von 25 Grad Celsius, bei 70 Prozent Luft-

2 Meteorologen unterteilen die (Erd)atmosphäre in zwei weitere Sphären: die Homosphäre, in der die Atmosphärengase gut durchmischt sind, und die darüberliegende Heterosphäre, in der sich die Bestandteile der Atmosphäre zunehmend entmischen. Der Übergang zwischen beiden liegt etwa in einer Höhe von 80–120 Kilometern.

feuchtigkeit und einer durchschnittlichen Windstärke von 6 Kilometern pro Stunde, also nahezu windstill.«

»Das klingt nach angenehmem Sommerwetter!«, rief Emily erfreut, musste im selben Moment aber daran denken, wie sie noch vor Kurzem im schönsten Sonnenschein unbedarft und fröhlich ins Schwimmbad marschiert waren, um einen ausgelassenen Ferientag zu verbringen. Sie fragte sich, ob sie wohl noch immer zu Hause wären, wenn sie an jenem Tag nicht schwimmen gegangen wären, sondern irgendetwas anderes unternommen hätten. VIUA hatte zwar angedeutet, dass sie gezielt ausgesucht worden waren, aber vielleicht stimmte das gar nicht?

Specht betätigte einen Schalter, woraufhin sich die Außentür der Raumfähre öffnete. Emily war die Erste, die den Kopf hinausreckte und einen Blick nach draußen wagte.

»Wow!«, rief sie überwältigt.

Die Ebene erstreckte sich bis an den Rand eines dichten Dschungels, den sie, wenn sie ihn im Fernsehen gesehen hätte, glatt für den brasilianischen Regenwald gehalten hätte. Riesige Bäume säumten den Urwaldrand, mit Stämmen, so dick wie Burgmauern, hoch wie Wolkenkratzer und dazu noch in allen erdenklichen Farben. Nur wenige Bäume trugen wie auf der Erde grüne Blätter oder gelbbraune so wie im Herbst. So als hätte eine japanische Spielzeugfirma den Dschungel extra für ihren Empfang in grellen Farben besprayt, leuchteten die Baumkronen in knalligem Neongelb, Pink, Gold,

Silber, Bronze, Dunkelblau, Weiß, Blutrot und dunklem Violett bis hin zu Pechschwarz, als wären die Blätter verkohlt.

Perry, der noch an seinem Platz im Cockpit saß, schaute seitlich aus dem Fenster und sah einen stattlichen See, auf dem man locker mit Zwei- oder Dreimastern hätte segeln können.

»Gibt es hier wilde Tiere?«, fragte Emily. Sie zögerte auszusteigen.

»Ja!«, antwortete VIUA. »Auf diesem Planeten existieren Lebensformen, die Tieren ähnlich sind, und da es hier keine Menschen oder menschenartige Wesen gibt, um diese zu domestizieren, können sie folglich als wild bezeichnet werden.«

»Klugscheißer!«, brummte Lea genervt. »Emily meinte, ob es hier Tiere oder Lebewesen gibt, die für uns gefährlich sind!«

VIUA schaute Lea ausdruckslos an. »Die Wahrscheinlichkeit eines Angriffs durch hier existierende Lebewesen liegt bei 10 Prozent.«

»Na, das klingt doch friedlich«, befand Emily und wollte gerade die ausgefahrene Gangway hinuntersteigen, um als Erste einen Fuß auf den fremden Planeten zu setzen, als Perry tönte: »Die Wahrscheinlichkeit, in der afrikanischen Wildnis von einem Löwen angegriffen und zerfetzt zu werden, ist vermutlich auch nicht höher!«

»Niedriger!«, bestätigte VIUA.

Emily zog den Fuß wieder zurück. »Was?«, fragte sie entsetzt. »Wirklich? Und hier sollen wir aussteigen? Spinnt ihr?«

»Mit neunzigprozentiger Wahrscheinlichkeit passiert euch nichts«, versicherte VIUA.

Doch das beruhigte Emily keineswegs. »Wieso *euch?*«, fragte sie. »Was ist denn mit *dir?*«

»Angst vor einem möglichen Ableben ist uns Androiden fremd!«, erklärte VIUA.

»Na toll!«, meckerte Emily. »Jetzt müssen wir uns schon auf einen lebensmüden Roboter verlassen!«

Sie holte tief Luft, gab sich einen Ruck und ging dann die Gangway hinunter. Unten angekommen verharrte sie kurz, um den Moment, wenn sie den ersten Schritt auf dem neuen Planeten machen würde, gebührend zu würdigen.

»Ein historischer Augenblick!«, rief sie pathetisch. »Lasst uns gemeinsam ...«

Weiter kam sie nicht.

Marvin hüpfte an ihr vorbei wie ein Dschungelhörnchen, machte einen Satz und landete mit beiden Füßen gleichzeitig auf dem Boden.

»Jöööh!«, grölte er. »Ein neuer Planet! Voll cool, Leute!«

Damit war er der Erste, der den neuen Planeten berührt hatte.

Wütend zog Emily die Augenbrauen zusammen und giftete ihren Bruder an. »Oh Mann, du Eierkopf! Jetzt hast du uns die ganze Ankunft versaut!«

»Nö, nur dir!«, stellte Marvin klar. »Ab jetzt können wir alle Bewohner dieses Planeten Marvianer nennen!«

»Ab jetzt können wir dich alle Knalltüte nennen!«, schimpfte Emily.

Lea und Perry stiegen nun ebenfalls die Gangway hinunter. Allerdings deutlich besonnener als ihre Freunde. Perry überprüfte seinen Raumanzug in der neuen Umgebung. Funktionierte die Funkverbindung zur Raumfahrtzentrale? Zeigte das Display alle Informationen an? Liefen die Akkus?

Lea blieb einen Moment auf der Gangway stehen und atmete tief ein. Obwohl hier doch einiges anders aussah als auf ihrem Heimatplaneten, roch und schmeckte die Luft so ähnlich wie auf der Erde, stellte sie zufrieden fest. Es herrschte eine Temperatur wie an einem sonnigen Frühsommertag, die Luftfeuchtigkeit empfand sie als angenehm.

Lea war erleichtert. Sie war nicht sicher, ob sie so ohne Weiteres damit klargekommen wäre, wenn auf diesem Planeten alles ganz anders gewesen wäre als zu Hause auf der Erde. Die Luft hier hätte auch stinken können, begleitet von einer drückenden Schwüle, die sich wie ein klebriger Film auf die Haut legte, so, wie sie es aus dem Tropenhaus im Botanischen Garten kannte. Doch nichts von alledem war der Fall. Die neue Heimat fühlte sich gut an.

»Was war das?«, riss Marvin sie plötzlich aus den Gedanken.

Alle merkten auf. Sie hatten nichts gehört. Was meinte Marvin?

»Ich habe eben so ein komisches Geräusch gehört«, behauptete er.

»Emily?«, fragte Lea.

Schlagartig vergaß Emily alle Wut auf ihren Bruder und schlüpfte wieder in die Rolle der gut ausgebildeten Kinder-Astronautin. Mit einem Handgriff aktivierte sie an ihrem Raumanzug das System, das mit den Audio-Vorrichtungen im Raumschiff verbunden war. Der Login dauerte einige Sekunden, bis sie erneut sowohl ins All lauschen als auch den Planeten nach akustischen Zeichen abhorchen konnte. Und Marvin hatte recht! Da waren Geräusche in nicht allzu weiter Ferne, die sie allerdings nicht identifizieren konnte.

»Dieselben Signale wie vorhin im All?«, fragte Lea nach.

»Nein«, erwiderte Emily umgehend. »Diese Geräusche stammen eindeutig von dem Planeten hier und kommen von Lebewesen. Die Signale vorhin waren dagegen völlig undefinierbar.«

»Was sind das für Lebewesen?« Lea schaute fragend in die Runde.

»Außerirdische?«, schlug Marvin aufgeregt vor.

»Tiere!«, vermutete Emily. »VIUA hat doch vorhin von tierähnlichen Lebensformen gesprochen.«

Wie aufs Stichwort kam Specht aus der Raumfähre geflattert.

»Wieso hat niemand seine Waffe dabei?«, fragte er.

Perry glaubte sich verhört zu haben. »Unsere was?«, hakte er nach.

Marvin wollte schon anmerken, dass er seine neue Wasserpistole beim Sprung in den Badesee verloren hatte, als ihm aufging, dass Specht mit Sicherheit von anderen Waffen gesprochen hatte.

»Wofür sollten wir denn Waffen ...«, setzte Lea gerade an, als plötzlich aus dem dichten bunten Dschungelgeflecht vor ihnen ein gewaltiges Ungetüm hervorbrach: so groß wie ein Elefant und mit dem Körper einer Raubkatze, doch statt seidigem Fell hatte es eine echsenhafte, giftgrüne Schrumpelhaut und dazu einen fischähnlichen Kopf.

»Was ist *das* denn?«, quiekte Marvin auf.

»Da hast du deinen Außerirdischen«, presste Emily zwischen zusammengebissenen Zähnen hervor. »Himmel, ist der hässlich!«

»*Dafür* könnt ihr zum Beispiel eure Waffen gebrauchen!«, beantwortete Specht Leas abgebrochene Frage.

Das große Fischmaul öffnete sich und ein unbeschreiblich widerlicher Gestank schlug ihnen entgegen.

»Wenigstens spuckt er kein Feuer!«, wollte Lea ihre Crew gerade ein wenig beruhigen, da quoll aus dem offenen Maul ein Schwall violetter Flüssigkeit.

»Uähhh!«, machte Emily. »Das ist ja voll eklig!«

Specht richtete einen seiner Tentakelarme auf das Ungetüm. Ein paar leise Piepstöne ertönten, während die

Sensoren des Roboters die abgesonderte Substanz analysierten.

»Vorsicht ist geboten«, erklärte Specht knapp. »Die violette Flüssigkeit ist hochgiftig und aggressiv.«

Was für die Kinder keine große Überraschung war, denn vom Boden stiegen kleine Dampfwölkchen auf, die einen scharfen, beißenden Geruch verströmten. Perry meinte sogar, ein leises Zischen zu hören, so als würde etwas wegätzen.

»Was ist das für ein Vieh?«, fragte Emily. Ihre Analysegeräte spuckten keine relevanten Daten aus.

»Keine Informationen verfügbar. Nichts gespeichert!«, erklärte VIUA, nachdem er in wenigen Millisekunden seine gesamten Wissensspeicher durchforstet hatte.

»Ihr solltet eure Waffen holen«, schlug Specht vor.

Langsam setzten sich Marvin, Perry und Emily rückwärts in Bewegung, um möglichst unbemerkt die Gangway hinauf zurück in die Raumfähre zu gelangen.

Nur Lea blieb stehen und ging sogar vorsichtig einen Schritt auf das seltsame Wesen zu.

»Hast du Hunger?«, fragte sie.

»Was tust du da?«, fuhr Emily sie aufgebracht an. »Bist du wahnsinnig! Dinosauriern kann man nicht gut zureden! Mach, dass du wegkommst!«

Der riesige Fischkopf neigte sich zu Lea hinab. Die großen Glubschaugen starrten sie kalt an, das Fischmaul klappte auf und wieder zu, als ob es gierig nach Luft schnappte. Die katzenartigen Hinterbeine machten sich zum Sprung bereit, während die krallenbewehrten Vorderpfoten nervös über den Boden scharrten und entsetzlich tiefe Furchen ins weiche Erdreich gruben.

»Komm da weg!«, brüllte Emily.

»Wenn er mich töten wollte, hätte er es doch längst getan!«, erwiderte Lea, ohne sich zu Emily umzudrehen.

Emily schnaubte verächtlich. »Die Frage ist nur, ob er das auch weiß. Vielleicht checkt er nur, was du so draufhast. Und wenn er sich überlegen fühlt, schlägt er zu. So machen das doch die meisten Raubtiere!«

»Überprüfe du lieber mal, ob wir mit ihm kommunizieren können!«, verlangte Lea.

Lea schaute dem Ungetüm weiterhin entschlossen in die fischigen Glubschaugen, rührte sich nicht vom Fleck und streckte ihm vorsichtig die Hand entgegen.

»Dazu müsste das Vieh erst mal irgendwas von sich geben«, rief Emily von hinten. »Solange es keinen Mucks macht, kann ich auch nichts analysieren.«

Lea begriff. Langsam und ruhig begann sie auf das Tier einzureden. »Na, mein Kleiner. Kannst du mich verstehen?«

Das Ungetüm antwortete mit einem erstaunlich hohen Piepsen, das man eher von einem kolibrikleinen Vogel erwartet hätte, aber nicht von solch einem elefantengroßen Monstrum.

Emily jagte den Ton durch den Audioscanner.

»Nichts!«, verkündete sie. »Der Laut ist mit keinem auf der Erde bekannten Laut identisch. Und anscheinend ist er auch keiner der Sprachen aus der Zukunft zuzuordnen, zumindest nicht, soweit sie in unserem System gespeichert sind. Das war offenbar wirklich einfach nur ein Piepsen.«

Wie zur Antwort piepste das Ungetüm aufs Neue. »Der will mir doch was sagen!«, meinte Lea.

»Oder auch nicht!«, warnte Emily. »Geh lieber da weg! Ich glaube auch nicht, dass er dich versteht.«

Wieder ertönte ein Piepsen. Diesmal klang es allerdings ganz anders und kam auch nicht vom Ungetüm, sondern von irgendwo anders her. Mehr aus Richtung des Dschungels. Ein lang anhaltender, greller Pfiff. So als würde ein Mensch nach seinem Hund rufen. Und tatsächlich drehte sich das Ungetüm ruckartig um, hob den Fischkopf und stampfte zurück in den Dschungel.

Lea atmete auf. Sie hatte zwar stark und unerschrocken gewirkt, aber das war nur Fassade gewesen. In Wahrheit hatten ihr gehörig die Knie geschlottert. Alle Anspannung fiel nun von ihr ab.

Doch kaum war das seltsame Ungetüm im Dschungel verschwunden, raschelte es erneut in den Büschen.

Marvin fiel es als Erster auf. »Seht ihr das? Da ist jemand!«

Ohne die Reaktion der anderen abzuwarten, stürmte er los Richtung Dschungel, um nachzusehen. Wieder war es Emily, die mahnend hinterherrief, er solle vorsichtig sein, aufpassen, am besten zurückkommen und …

… Schon war Marvin im Dickicht verschwunden.

»Verdammt!« Perry erschrak. Zu spät hatte er begriffen, was da eigentlich vor sich ging. Er lief ein paar Schritte auf den Dschungel zu, blieb dann aber in sicherer Entfernung davor stehen.

»Marvin?«, rief er in die bunte Wildnis hinein.

Keine Antwort. Auch Lea wurde zunehmend nervös, Emily sowieso.

»Ich kann nachsehen gehen«, schlug VIUA vor.

Lea hielt ihn zurück. »Dich brauchen wir am nötigsten«, erklärte sie. »Du verfügst über alle Informationen, die für uns wichtig sind.«

»Ich bin ein Androide und im Notfall am leichtesten zu reparieren«, wandte VIUA ein. »Außerdem: Sollten die Kreaturen Appetit auf Fleisch haben, sind sie bei mir falsch. Kaum ein Lebewesen verspürt Hunger auf Drähte, Kabel, Platinen und Silikonmasse.«

Lea musste zugeben, dass das ein überzeugendes Argument war. Wohl war ihr bei der Sache trotzdem nicht. VIUA bewegte sich auf den Dschungelrand zu. Aber noch bevor er ihn erreicht hatte, tauchte Marvin plötzlich aus dem Dickicht wieder auf und flüsterte aufgeregt: »Kommt mal schnell! Ich habe da etwas entdeckt.«

Mit einer knappen Handbewegung forderte er die anderen auf, ihm zu folgen, und huschte wieder zurück in den Urwald. Keine Chance, ihn noch zurückzuhalten.

»Seid vorsichtig!«, warnte Lea, als sie Marvin zu dritt folgten und sich Schritt für Schritt zwischen den Bäumen vorwärtswagten. Specht und VIUA blieben am Rand des Dschungels zurück.

»Marvin?«, rief Perry seinen Freund mit gedämpfter Stimme. »Marvin, wo steckst du?«

Nach nur wenigen Schritten standen sie inmitten einer dichten, knallbunten Wildnis und sahen nichts mehr außer Blättern und Geäst.

»Pst!«, zischte Marvin leise. »Hier! Rechts von euch!«

Perry stutzte. Er hätte schwören können, Marvins Stimme ganz in seiner Nähe gehört zu haben. Aber er konnte ihn nirgends entdecken. Auf einmal schnellte ein Arm aus einer Pflanze hervor, die aussah wie eine üppige Palme, nur dass die Blätter rot-gelb kariert waren.

»Hier!«, flüsterte Marvin. Er bog die Zweige der bunt schillernden Palme auseinander und gab den Blick frei auf ein Ei, das beinah so groß war wie er selbst und in einem Nest lag von rund zwei Metern Durchmesser.

»Ach du Scheiße!«, hauchte Perry. »Auf diesem Planeten gibt's ja noch Dinosaurier!«

Auch Lea und Emily besahen sich das Ei, blieben aber skeptisch.

»Das kann gar nicht sein!«, widersprach Lea. »Dann hätten die Androiden in der Raumfahrtzentrale doch davon gewusst und uns gewarnt. VIUA hat nichts Derartiges erwähnt.«

»Na ja, aber das da ist weder ein Hühner- noch ein Straußenei«, stellte Perry ganz sachlich fest.

»Wir fragen am besten VIUA!«, schlug Lea vor.

In dem Moment hörte Emily ein Geräusch. Irgendwas huschte durchs Dickicht. Hastig wandte sie sich um.

»Oh Mist, und wenn jetzt Mama Dino zu ihrem Nest zurückkommt?«, jammerte sie. »Nichts wie weg hier, Leute!«

Sie machte auf dem Absatz kehrt und war – schwups – im dichten Pflanzengewirr verschwunden.

»Emily, bleib hier!«, rief Lea ihr nach. »Du gehst in die falsche Richtung!«

Sie reckte den Hals, schaute sich nach allen Seiten um, aber von ihrer Freundin war nichts mehr zu sehen.

»Verdammt!«, fluchte Lea. »Hier kann man sich doch höllisch leicht verirren! Emily! Komm zurück!«

»Wo seid ihr?«, hörte sie Emily rufen.

»Hier!«

»Wo ist denn hier?«, fragte Emily.

Zu allem Übel spielte ihnen nun auch noch die Akustik einen Streich. Mal hallten ihre Stimmen wie in einer Kirche, dann wieder klangen sie so dumpf, als hätte man den Kopf in einen Umzugskarton gesteckt.

»Hier!«, wiederholte Lea und rüttelte an dem zitronengelb-rot gestreiften Busch vor ihr, um Emily so anzuzeigen, wo sie waren.

»Pst!«, tönte es von irgendwoher. »Da ist etwas!«

»Was ...?«

»Pst!«

Lea verstummte und lauschte.

Perry und Marvin standen dicht hinter ihr. Auch sie gaben keinen Mucks von sich, um besser hören zu können. Marvin hielt sogar kurz den Atem an.

Dann tauchte wie aus dem Nichts Emily hinter den dreien auf.

»Ich hab da eben jemanden gesehen!«, stieß sie atemlos hervor.

Marvin, Lea und Perry fuhren erschrocken zusammen. »Verdammt!«, meckerte Marvin. »Musst du uns einen solchen Schreck einjagen!«

Emily ging nicht weiter auf Marvins Vorwurf ein, dazu war sie viel zu aufgeregt.

»Da war jemand«, wiederholte sie. »Ein Kind. In unserem Alter. Aber dann war es plötzlich wieder weg. Ich wollte noch hinterher, aber nichts zu machen. Ich musste stehen bleiben, um mich nicht total zu verlaufen. Ich bin froh, dass ich euch wiedergefunden habe.«

»Ein Kind?«, wunderte sich Lea. »Jetzt reicht's. Kommt mit!«

Sie hatte eine Menge Fragen an VIUA. Zum Glück war ein Stück der Lichtung zu erspähen, sodass sie problemlos aus dem knallbunten Dschungel wieder herausfanden.

VIUA nahm sie am Rand des Urwalds in Empfang.

»Ich denke, dieser Planet hier ist unbewohnt?«, polterte Lea ohne Umschweife los. »Emily hat gerade ein Kind gesehen! Sind schon andere Kinder von unserer Mission hier? Die aus Asien vielleicht? Du hast doch erzählt, dass sie zeitgleich mit uns geholt wurden.«

»**Nein, das ist unmöglich**«, erklärte VIUA. »**Das asiatische Raumschiff ist noch unterwegs.**«

»Aber wer war dann dieses Kind, das ich gesehen habe?«, hakte Emily nach.

VIUA wusste es nicht, wie er überhaupt so einiges nicht wusste. Auch er war zum ersten Mal auf Kids' Planet. Zwar hatte man ihn mit sämtlichen Daten versorgt, die zu diesem Planeten verfügbar waren, dennoch war nicht auszuschließen, dass sich Lea und ihre Crew auf so manche Überraschung gefasst machen müssten, wie sie bereits bei den Fischkopf-Ungetümen, dem Nest mit Riesen-Ei oder jetzt dem Kind erlebt hatten.

»Mann, dieses riesige Ei, aus dem die Ungetüme schlüpfen! Wie Dinosaurier. Sind wir hier etwa in einer Urlandschaft gelandet?«, überlegte Lea laut.

Marvin zog die Augenbrauen hoch. »Ey, Leute, wenn das hier so etwas wie *Jurassic Park* ist, dann nichts wie weg, sage ich euch. Also, lieber im Weltall verschimmeln, als von einem Tyrannosaurus Rex gefressen zu werden!«

»Langsam, langsam!«, versuchte VIUA die Kinder zu beruhigen. **»Entweder sind bei der Übertragung durch die Zeittunnel wichtige Informationen verloren gegangen oder der Planet wurde nicht so gründlich erforscht, wie man behauptet hat.«**

Lea legte die Stirn in Falten und betrachtete VIUA mit skeptischem Blick. Sollte der Androide mit seiner letzten Bemerkung recht haben, hieß das, man hatte sie auf einem weitgehend unerforschten Planeten abgesetzt, um diesen zu besiedeln. Das wäre von der Zentrale nicht nur vollkommen verantwortungslos, sondern könnte für Lea und ihre Freunde auch verdammt brenzlig werden. Mit welchen gefahrvollen Überraschungen mussten sie da noch rechnen?

»Das wird sich sicher alles aufklären«, entgegnete VIUA. »Und dieses seltsame Geschöpf, dem wir begegnet sind, muss eine Ausnahmeerscheinung sein. Sonst hätte die Zentrale uns darüber informiert.«

»Und das Riesen-Ei in dem Nest?«, hakte Marvin nach. »Das bedeutet doch, die Viecher nisten hier und vermehren sich. Wer weiß, wie viele davon hier rumlaufen. Vielleicht wimmelt es ja nur so von denen!«

»Die Androiden, die schon seit Langem an diesem Projekt arbeiten, haben noch nie von etwas Derartigem berichtet«, versicherte VIUA. »Deshalb muss diese Kreatur sehr selten und auch äußerst scheu sein.«

Lea dachte daran, wer da in der Zentrale saß und ihre Mission steuerte: Androiden. Sie ging zwar nicht davon aus, dass sie etwas Böses im Schilde führten, aber sie waren eben nicht dafür gemacht, *menschliche* Entscheidungen zu treffen, sondern *richtige*. Und *richtig* bedeutete in diesem Fall zum Wohle der gesamten Menschheit, selbst wenn das für Einzelne zum Nachteil wäre. Ein Androide reagierte nicht mitfühlend, sondern seine Handlungen folgten den Gesetzen der Logik. Und wenn sich die ganze Menschheit retten ließe, indem man diesen Planeten besiedelungsfähig machte, würden sie keine Sekunde zögern, zum Erreichen dieses Ziels vier Kinder größten Gefahren auszusetzen, und dabei unter Umständen sogar ihren möglichen Tod in Kauf nehmen.

Lea biss sich auf die Lippen und sagte lieber erst einmal nichts. Sie wollte die anderen nicht unnötig beunruhigen. Wenn sie nicht sowieso schon die gleichen Befürchtungen hegten. Fürs Erste hatten sie allerdings ganz andere Probleme zu lösen.

»Na gut!«, lenkte Lea schließlich ein. »Versuchen wir jetzt erst mal, unser Quartier zu erreichen. Wo ist es?«

»Da wir nicht mehr genug Treibstoff hatten, haben wir 125 Kilometer südlich von unserem eigentlichen Landeplatz aufgesetzt«, informierte Perry die anderen.

»**Es gibt ein Roving Vehicle!**«, sagte VIUA.

Marvins Augen begannen zu leuchten. »So eines wie das *Lunar Roving Vehicle?*«

»**Natürlich technisch sehr viel weiter entwickelt!**«, erklärte VIUA.

Emily verzog die Mundwinkel. »Könnt ihr Nerds uns normale Menschen vielleicht mal einweihen, worüber ihr da redet?«

Jetzt zog auch Marvin einen Flunsch. War ja klar, dass seine Schwester das legendäre Mondfahrzeug der damaligen Apollo-Mission, mit dem die Astronauten die Oberfläche des Mondes untersucht und Gesteinsproben eingesammelt hatten, nicht kannte. Das Gefährt hatte Ähnlichkeit mit einem coolen Jeep.

»Und wir haben so ein Ding an Bord?«, wunderte sich Lea. Keines der Kinder wusste etwas davon – offenbar eine weitere Lücke in dem so ausgefeilten Lernprogramm.

»Na prima!«, meckerte Lea. »Jetzt haben wir also ein Fahrzeug und niemand kann damit umgehen, oder wie sehe ich das?«

Doch VIUA konnte sie halbwegs beruhigen. »Ich kann Rover bedienen.«

»*Rover*!«, stieß Emily verächtlich aus. »Jetzt hat unser Auto also auch noch einen Namen!«

Sie hatte Glück, dass Androiden nicht beleidigt sein konnten, sonst hätten ihre Worte VIUA sicher empfindlich getroffen. Denn auch er trug einen Namen, obwohl er ›nur‹ ein Androide war. Und Rover war deutlich mehr als nur ein Auto. Erstens brauchte es keinen Fahrer; einmal programmiert, fuhr es selbstständig. Und darüber hinaus war das Gefährt mit einer Menge Funktionen und ausgeklügelter Technik ausgestattet.

Da VIUA als Androide selbst wie eine Fernbedienung funktionieren konnte, öffnete sich an der Raumfähre wie von Geisterhand eine Klappe und Rover kam herausgefahren. Zum Einstieg bereit, blieb das Vehikel vor den Kindern stehen. Rover war zwar nur ein Zweisitzer, aber auf den Lehnen, dem Heck und dem Überrollbügel fanden irgendwie alle Platz. Specht ließ sich auf VIUAs Schulter nieder.

»Ach, lässt du dich auch mal wieder blicken?«, bemerkte Emily spitz. »Als das Ungetüm kam, hast du dich ja anscheinend gleich in Luft aufgelöst.«

»Ich bin hier doch nicht als Kämpfer vorgesehen«, stellte Specht klar.

»Nee, nur als feige Socke, oder wie?«, blaffte Emily ihn an.

Specht stieß einen schrillen Pfiff aus.

Emily verdrehte die Augen. »Jetzt macht der hier auch noch einen auf Vogel«, schimpfte sie. »Wir wissen, dass du eine Maschine bist. Also, was soll das Theater?«

»Er kann nichts dafür«, warf VIUA ein. »Das Pfeifen ist das Signal für eine neu eingegangene Nachricht von der Zentrale. Sie teilt uns mit, dass es dort, wo wir jetzt hinfahren, ein Tanklager gibt. Wir können also nachher mit ein paar Fässern Treibstoff hierher zurückkommen, um die Raumfähre zu unserer Basis zu fliegen.«

»Wir haben eine Basis?«, fragte Perry. »Wie sieht die aus? Und wo ist sie genau?«

»Das werdet ihr alles sehen«, entgegnete VIUA. »Zuerst müssen wir durch den Dschungel.«

Rover setzte sich in Bewegung.

Holpernd fuhren sie einen schmalen Dschungelpfad entlang. Perry hielt die ganze Zeit Ausschau nach wilden Tieren, die ihnen möglicherweise gefährlich werden konnten, doch er entdeckte keines. Trotzdem wurde er das Gefühl nicht los, beobachtet zu werden. Als ob der Dschungel Augen hätte. Und wenn Emily nun vorhin wirklich ein Kind gesehen hatte?

»Ich höre jetzt wieder die Signale. Genaue Ortung und Identifizierung ist leider nicht möglich!«, verkündete Emily plötzlich.

Hat mich mein Gefühl also nicht getäuscht, dachte Perry.

Sie waren nicht allein auf diesem Planeten. Aber wer war außer ihnen noch da? Und warum gaben sie sich nicht einfach zu erkennen?

Die Fahrt verlief ohne weitere Zwischenfälle. Mit großer Verwunderung betrachteten die Kinder ihre neue Umgebung. Verwundert vor allem deshalb, weil sich der Dschungel – abgesehen von den knallbunten Blättern, an deren Anblick man sich aber erstaunlich schnell gewöhnte – in nichts unterschied von Urwäldern, wie man sie auch auf der Erde fand. Wären die Bäume nicht so bunt gewesen, hätte Perry glatt glauben können, sich auf der Erde im Urlaub zu befinden.

Rover rumpelte über Stock und Stein, überquerte Bachläufe und kleine Flüsse. Sie fuhren an einem wunderschönen See vorbei, der Perry und die anderen sofort wieder an das Freibad erinnerte, wo sie ihre seltsame Reise begonnen hatten. Nur der Sprungturm in der Mitte fehlte. Stattdessen sprang plötzlich etwas aus dem Wasser und tauchte sofort wieder unter. Emily behauptete, einen Delphin erkannt zu haben. Ein Delphin in einem Dschungelsee?

Marvin tippte sich an die Stirn. »Gleich entdeckt sie noch einen Tintenfisch auf dem Baum!«, kicherte er.

Emily ärgerte sich über die Reaktion ihres Bruders. Natürlich wusste sie, dass Delphine nicht in Flüssen oder Binnenseen schwammen. Na und? Trotzdem hatte sie einen gesehen. Schließlich waren sie auch einem elefantengroßen Wesen mit Fischkopf und Raubkatzenkörper begegnet.

Ihr Fahrzeug beschleunigte auf ein beachtliches Tempo und kurze Zeit später hatten sie ihr Ziel erreicht.

Rover kam zum Stehen und den Kindern fiel vor Staunen die Kinnlade herunter. Vor ihnen lag eine kleine Fußgängerzone, die fast genauso aussah wie die in ihrem Stadtteil: eine gepflasterte Straße, in die bunte Blumenkübel hineingesetzt worden waren, um Autos am Hindurchfahren zu hindern. Zu beiden Seiten standen Häuser, die sich nur dadurch von jenen zu Hause unterschieden, dass es sich um schmucke, kleine Fachwerkbauten handelte wie in einer historischen Altstadt, mit Giebeldächern, Fensterläden und hier und da sogar einem Willkommenssprüchlein in Schnörkelschrift über dem Eingang. In den Erdgeschossen waren Läden untergebracht, die allerdings fast alle leer standen, sodass die Straße eher einer Filmkulisse ohne Requisiten glich.

»So habe ich mir eine Stadt auf einem fremden Planeten aber nicht vorgestellt!«, sprach Marvin laut aus, was alle anderen dachten.

»Das Programm unserer Mission zielt darauf ab, dass sich die hierher ausgesiedelten Menschen schnell hei-

misch fühlen«, erläuterte VIUA. »**Es ist ja auch noch nicht fertig.**«

»Wer hat das alles gebaut?«, fragte Emily.

»**Androiden und Roboter natürlich**«, antwortete VIUA.

»Sind die noch hier?«, wollte Perry wissen.

»**Sicher. Sie sind dort hinten im Technik-Dorf untergebracht, wo sie sich gegenseitig instandhalten und reparieren, wenn nötig. Alles selbsttätig. Im Grunde ist es ein Werkstattbetrieb.**« Und um weiteren Fragen der Kinder zuvorzukommen, fügte VIUA noch hinzu: »**Das gilt natürlich nur für die Arbeitsroboter. Wir Androiden leben selbstverständlich mit den Menschen zusammen.**«

»Selbstverständlich«, wiederholte Emily in leicht schnippischem Ton. »Und wo wohnen wir *Menschen*?«

»**Da hinten!**« Rover setzte sich in Bewegung, umfuhr die kleine Fußgängerzone und hielt an.

Lea verschlug es die Sprache. »Das ...!«, stotterte sie. »Das gibt es doch nicht!«

Auch Perry schien fassungslos. »Das ist ja unser Haus!«, rief er.

VIUA nickte. »**Wie ich soeben erklärt habe, sollt ihr euch hier möglichst schnell wie zu Hause fühlen!**«

»Moment mal. Mir schwant da was!« Mit einem Satz sprang Lea aus dem Fahrzeug, rannte zum Haus, stürmte durch den Eingang, ließ den Fahrstuhl links liegen und nahm die Treppe nach oben in den dritten Stock. Die Haustür stand offen, der Schlüssel steckte. Sie betrat den Flur. Ihr stockte der Atem.

Das ... war doch nicht möglich! Langsam ging sie den Flur entlang bis zur vorletzten Tür auf der linken Seite, die lediglich angelehnt war. Vorsichtig stieß sie mit der Fußspitze dagegen und die Tür schwang langsam auf. Lea schaute in ihr eigenes Zimmer! Es sah genauso aus, wie sie es an jenem Morgen verlassen hatte, als sie mit ihrem Bruder ins Freibad gefahren war.

»Das ... das gibt's doch nicht!«, stammelte sie. Selbst das Terrarium mit Kim und Kim stand da, direkt neben ihrer Heuschreckenzüchtung. »Wie ...? Nein! Unmöglich!«

Jetzt hörte sie die Schritte der anderen im Treppenhaus.

Als Perry die Wohnung betrat, war er genauso fassungslos wie seine Schwester. Auch Marvin und Emily, die das Zuhause ihrer Freunde natürlich gut kannten, staunten wie über einen sensationellen Zaubertrick.

»Wie habt ihr das gemacht?«, fragte Lea den Androiden.

»3-D-Baumaschinen!«, antwortete VIUA ungerührt. **»Ihr kennt das noch als 3-D-Drucker. Aber was ist daran so sensationell?«**

»Das alles? Jeden Stuhl, jeden Schrank, jeden Bleistift ...?« Lea konnte es kaum glauben.

Schon klar, VIUA hatte mehrfach erwähnt, dass sie mit Zukunftstechnologie arbeiteten, aber wenn man es dann so konkret vor sich sah ... Alles hier glich bis ins kleinste Detail den Originalen in ihrem Zimmer auf der Erde. Der pure Wahnsinn, fand sie.

»Und …?« Sie musste sich erst einmal räuspern, bevor sie die Frage stellen konnte. »Und Kim und Kim? Sind die etwa auch …?«

VIUA winkte ab. »Nein, zugegeben, das sind zwei neue Eidechsen. Aber kaum von deinen zu unterscheiden, oder?«

Lea nickte. Tiere konnte man ihrer Meinung nach nicht einfach im 3-D-Drucker kopieren oder austauschen wie Malstifte und meinen, es wäre das Gleiche. Sie war froh, dass sie es hier nicht mit Kopien oder Klonen zu tun hatte, sondern einfach mit zwei neuen Exemplaren.

»Ich nenne sie Conny und Conny!«, entschied sie. Wenn es andere Tiere waren, brauchten sie auch eigene Namen. Auch Conny war sowohl ein weiblicher als auch männlicher Spitzname. Das passte also.

Nach VIUAs Erklärung war Perry über sein eigenes Zimmer nicht mehr so großartig erstaunt. Nicht einmal darüber, dass sein dicker Weltraum-Bildband genau dort auf dem Bett lag, wo er ihn hingeworfen hatte, als sie zum Schwimmen losgefahren waren. Wie ihm jetzt klar wurde, bedeutete das aber auch, dass man sie bereits über einen längeren Zeitraum beobachtet hatte. Sie waren also tatsächlich gezielt ausgewählt und geholt worden.

»Ist unser Zuhause hier auch irgendwo?«, fragte Marvin. Obwohl er sich die Antwort schon denken konnte. Bestimmt war die Wohnung von ihnen ebenso rekonstruiert worden wie die von Perry und Lea.

»Willkommen in eurer Heimat!«, sagte VIUA beinah feierlich.

Aber zum Feiern war keinem der Kinder so wirklich zumute. Zwar überkam sie tatsächlich ein heimeliges Gefühl, wieder inmitten ihrer eigenen, voll eingerichteten Zimmer zu sitzen, dennoch löste das Wissen, dass es sich bei allen Sachen nur um Kopien handelte, auch ein gewisses Unbehagen aus. Und vor allem: Es fehlten ihre Eltern.

»Eine wichtige Meldung!«, sagte VIUA plötzlich. »Ich habe soeben eine Nachricht erhalten. Gerade sind zwanzig Kinder angekommen, die offenbar nicht zur Mission gehören!«

»Was? Wie? Die nicht zur Mission gehören? Wie kommen die dann hierher? Und woher sind sie? Wer hat sie geschickt? Und wie?« Lea wusste gar nicht, was sie zuerst fragen sollte.

»Ich verfüge über keine Informationen!«, erklärte VIUA lapidar. »Soweit ich weiß, sollte die Ansiedlung gewöhnlicher, nicht speziell ausgebildeter Kinder frühestens in einem Jahr beginnen. Nachdem hier auf Kids' Planet die erste Stadt errichtet worden ist. Aber Tatsache ist, dass für uns unerwartet soeben zwanzig Kinder eingetroffen sind, die nicht zu unserer Mission gehören.«

»Eingetroffen?«, fragte Lea. »Wo denn eingetroffen?«

»Am Weltraumbahnhof«, antwortete VIUA wie immer sachlich.

»Ich verstehe immer Bahnhof!«, meckerte Emily. »Wir haben einen Weltraumbahnhof?«

Die gleiche Frage hatte Marvin auch stellen wollen. Allerdings bedeutend enthusiastischer. Ein Weltraumbahnhof! Irre! Sofort wollte er dorthin!

Lea blieb nachdenklich. Wie konnte es sein, dass eine Gruppe Kinder hier ankam, ohne dass VIUA etwas davon wusste? Die Informationen, die sie von der Zentrale erhielten, erschienen äußerst lückenhaft. Erst die Ungetüme, jetzt diese Kinder. Die konnten ja wohl schlecht eigenmächtig in ein Raumschiff gestiegen und hierhergeflogen sein! Außerdem hätte Lea gern gewusst, ob die Neuankömmlinge ebenfalls den Umweg über die Zukunft genommen hatten oder direkt von der Erde im Jahre 2015 hierhergeflogen worden waren. Und wenn, wie war so etwas möglich?

Noch während Lea sich über diese Fragen den Kopf zerbrach, erreichten sie auch schon den Weltraumbahnhof. Vor den Kindern tat sich ein riesiges Gelände auf, so groß wie ein normaler Flughafen in einer kleineren Stadt auf der Erde. Es gab eine Landebahn und dahinter einige Garagen, vor denen in einer Reihe geparkt fünf Raumfähren standen. Marvin geriet bei dem Anblick total aus dem Häuschen.

»Wow!«, rief er. »Wow! Wow! Wow!«

»Manchmal glaubt man, du bist nicht mein Bruder, sondern mein Hund, mit deinem ewigen Wow!«, schimpfte Emily.

Doch Marvin ließ seiner Begeisterung keinen Dämpfer aufsetzen. Neben der Landebahn erhob sich ein weißes Gebäude mit Flachdach, auf dem mehrere Radarschirme und riesige Satellitenschüsseln montiert waren. Marvin vermutete, dass sich darin die Flugkommandozentrale befand, die garantiert von Computern und Androiden bedient wurde. Nie hätte er sich träumen lassen, einmal einen solchen Weltraumbahnhof zu sehen zu bekommen. Und nun hatte er sogar selbst auf einem zu tun.

Emily, die direkt neben Lea stand, fragte: »Wo sind denn die Kinder?«

Auf der Landebahn stand kein Raumgleiter mehr, anscheinend waren die Kinder bereits ausgestiegen und befanden sich jetzt irgendwo im Bahnhofgebäude. Kurz kam ihr der Gedanke, wie absurd sie es fand, dass es Weltraum*bahnhof* und nicht -flughafen hieß.

Emily fiel das Kind ein, das sie im Dschungel gesehen hatte. Falls es zu der Gruppe der Neulinge gehörte, würde das sein Erscheinen erklären. Aber dann mussten sie schon vor einer ganzen Weile hier gelandet sein und nicht erst jetzt, da VIUA davon erfahren hatte.

»**Sie sind in der Wartehalle, wurde mir gerade mitgeteilt**«, erklärte VIUA. »**Es handelt sich bei den Neuen um gewöhnliche Kinder, die kein Lernprogramm durchlaufen haben.**«

»Warum hat die Zentrale uns nicht eher informiert?«, wollte Lea wissen.

»**Diese Information kam nicht von der Zentrale, son-**

dern von Androiden des Weltraumbahnhofs. Sie haben die Ankömmlinge überprüft. Sie stehen nicht auf der Warteliste für unsere Mission. Sie sind den Empfangs-Androiden und damit uns vollkommen unbekannt. Aber sie wurden jetzt mit Namen und Herkunftsort registriert.«

»Woher kommen sie denn?«, fragte Lea.

»Aus Lateinamerika«, antwortete VIUA. »Aber von dort war kein Flug geplant. Es findet gerade der dritte Durchlauf zum Datenabgleich mit der Zentrale statt. Hier müssen irgendwelche Informationen verloren gegangen sein.«

»Sie sind also keine Astronauten?«, fragte Lea.

»Offenbar nicht«, erwiderte VIUA. »Wir haben sie jedenfalls nicht ausgebildet. Es sind, wenn ihr so wollt, ganz normale Kinder. Alle Waisen, die auf der Straße gelebt haben, heißt es. Sie werden hier ein besseres Leben haben als auf der Erde und euch beim Besiedeln der neuen Stadt helfen.«

Lea fand, dass VIUA sich die Sache zu einfach machte. »Aber wie konnten sie denn hierherkommen, wenn die Zentrale sie nicht geholt hat?«

»Auf diese Frage gibt es noch keine Antwort«, stellte VIUA sachlich fest.

Lea schüttelte fassungslos den Kopf und nahm sich vor, die Kinder so schnell wie möglich selbst zu befragen. Die würden ja wohl hoffentlich wissen, wie und warum sie hierhergekommen waren.

Dann stutzte sie. Sie und ihre Freunde hatten das auch

nicht gewusst. Aber sie waren ja auch von der Raumfahrtzentrale geholt worden. Und diese Kinder hier? Verheimlichte ihnen die Zentrale etwas? Hielt man womöglich bewusst Informationen zurück?

Wie auch immer, an der Sache ließ sich nun nichts mehr ändern: Sie waren jetzt alle hier, also würden sie auch zusehen müssen, wie sie miteinander klarkamen.

»Sie kommen in einer Minute und zweiunddreißig Sekunden heraus«, teilte VIUA ihnen mit.

Emily, die zusammen mit den anderen draußen vorm Gebäude stand und auf die Neuankömmlinge wartete, verzog das Gesicht. Diese schon beinah pingelige Genauigkeit des Androiden ging ihr teilweise mächtig auf den Keks.

Die Kinder waren alle gespannt und nervös. Keiner von ihnen hatte eine Vorstellung davon, wie ihr neues Leben auf dem unbekannten Planeten mit einer Handvoll fremder Kinder funktionieren sollte. Die Probleme fingen ja schon bei ganz grundlegenden Dingen an: Wie zum Beispiel kamen sie an Essen? Der Planet war ja noch vollkommen unbesiedelt. Mussten sie erst mal als Bauern tätig werden, die Getreide anbauten, bevor sie ihr eigenes Brot backen konnten? Oder hatten die Androiden das Land schon urbar gemacht und Felder bestellt? Lea fiel es schwer, sich eine Schar Roboter bei der Feldarbeit vorzustellen. Andererseits, wenn sie sich VIUA so ansah, wieso eigentlich nicht?

Sie wollte gerade danach fragen, als die ersten neuen

Kinder auftauchten. Ein kleines schwarzhaariges Mädchen blieb an der Glastür stehen und schaute schüchtern durch die Scheibe zu ihnen hinaus. Lea schätzte es auf maximal zehn Jahre.

Sie seufzte. Lea hatte gehofft, die Kinder wären schon ein bisschen älter, sodass sie ihnen eine echte Hilfe wären und keine zusätzliche Belastung wie kleinere Geschwister. Marvin war zwar auch erst elf, aber er hatte wenigstens das Lernprogramm durchlaufen. Wenn diese Kinder hier aber, so wie VIUA gesagt hatte, ganz normale Zehnjährige waren mit dem Wissensstand von Dritt- oder Viertklässlern und ohne missionsbezogene Ausbildung, würden ihnen noch so einige Schwierigkeiten bevorstehen.

Nach und nach versammelten sich immer mehr Kinder an der Glastür. VIUA öffnete sie von außen und hieß die Neuen genauso willkommen, wie er es bei Lea, Marvin, Emily und Perry getan hatte.

Ein kleiner blonder Junge erwiderte den Gruß und Lea stellte erfreut fest, dass er Deutsch sprach. Zwar konnten sie und ihre Freunde sich seit dem Lernprogramm auch fließend auf Englisch verständigen, dennoch unterhielt sie sich viel lieber in ihrer Muttersprache. Ob die anderen Neulinge auch Deutsch konnten? *Woher eigentlich, wenn sie doch kein Lernprogramm durchlaufen haben?*, überlegte Lea.

»**Habt ihr Hunger?**«, fragte VIUA. »**Es sind Lebensmittel vorrätig, zum größten Teil in gleicher Form wie im**

Raumschiff. Sie lagern hier in der Nähe in einer großen Halle. Die Menge sollte reichen, um davon mehrere Monate lang satt werden zu können.«

»Wir können später essen«, antwortete der Junge.

Lea fiel auf, dass er mit starkem Akzent sprach. Aber okay, er kam ja auch aus Lateinamerika. Obwohl die spanischen Akzente, die sie bislang gehört hatte, irgendwie anders geklungen hatten.

Im Gegensatz zu den Kindern verspürte Emily allmählich ein deutliches Hungergefühl, aber auf Astronautennahrung hatte sie nun gar keinen Appetit.

»In gleicher Form wie im Raumschiff?«, fragte sie. »Soll das etwa heißen, hier gibt's wieder so schlabbrige Fertigpampe in der Plastiktüte?«

»Auch«, antwortete VIUA. »Aber auch andere Sachen, allerdings sind die nur begrenzt verfügbar. Die genaue Bestandsliste findet man am Eingang der Lagerhalle. Für Nachschub wird rechtzeitig gesorgt. Auf diesem Planeten gibt es aber auch eine reichliche Vegetation, die man nutzen sollte.«

Das klang nach Feldarbeit, fand Lea. Genau so, wie sie es sich bereits gedacht hatte. Mehr und mehr beschlich sie das Gefühl, dass das Leben hier ihnen noch so einiges abverlangen würde.

»Okay, Leute. Dann machen wir uns erst mal etwas zu essen. Wo ist denn diese Lagerhalle? Und gibt es hier irgendwo auch so etwas wie eine Küche, wo wir das Essen kochen oder warm machen können?«

»Gleich in der Nähe eurer Wohnhäuser«, erklärte VIUA.

Schon kam ein Bus vorgefahren, hinter dessen Lenkrad niemand saß. Der Bus fuhr selbsttätig. Oben auf dem Dach hockte Specht, offenbar hatte er das Fahrzeug aktiviert.

»Wieso hat der Bus überhaupt ein Lenkrad, wenn er doch ohnehin von selbst fährt?«, wunderte sich Marvin.

Perry kam VIUAs Erklärung zuvor. »Ich vermute mal, der Buscomputer kann nur auf Kamerasicht fahren und bloß eine Handvoll eingespeister Routen abrufen. Auf dem Planeten gibt's ja noch kein Straßen- und Wegenetz, das entsprechend kartografiert von einem Navigationsgerät genutzt werden könnte. Auf unbekannten Strecken oder weiteren Touren werden wir also sicher selbst lenken müssen. Dazu brauchen wir aber eine manuelle Steuerung.«

»Sehr richtig!«, bestätigte VIUA.

»Wow!« Marvin staunte über Perrys breit gefächertes Wissen.

»Ich bin hier der Pilot«, sagte Perry, »und wurde offenbar nicht nur für die Raumfähre ausgebildet, sondern für sämtliche Fahrzeuge.«

»Richtig«, bekräftigte VIUA erneut.

»Oh Mann!«, beschwerte sich Marvin. »Und wieso ich nicht? So was muss ich doch auch wissen. Schließlich bin ich der Navigator!«

»Richtig«, entgegnete VIUA nochmals. »Darum bist du

auch dafür zuständig, die eingespeisten Routen des Busses zu erweitern und neue einzuprogrammieren.«

Marvin verzog die Mundwinkel. »Na toll! Perry darf fahren und ich bin bloß sein Navi, oder wie?«

»Richtig«, tönte VIUA wieder.

Emily und Lea prusteten los.

»Wenn möglich, bitte wenden!«, ahmte Emily eine Navi-Stimme nach und kicherte.

Specht stieß einen lauten Pfiff aus.

»Eine neue Nachricht?«, fragte Lea.

»Nein. Alle einsteigen!«, sagte Specht.

Die vierundzwanzig Kinder sowie VIUA nahmen Platz. Bei genauerem Hinsehen erwiesen sich die Neuankömmlinge sogar als noch jünger als zunächst vermutet – sie waren eher neun oder zehn statt elf Jahre alt.

Lea stellte sich kurz jedem Kind einzeln vor, während ihr komischerweise keines von ihnen seinen Namen nannte. Aber sie kam nicht mehr dazu, sich weiter darüber zu wundern oder gar irgendwelche Fragen zu stellen. Denn plötzlich wurde der Bus von einem gewaltigen Stoß erschüttert. Das Fahrzeug kippte nach rechts zur Seite und drohte fast umzufallen. Die Kinder schrien laut vor Schreck, als auch schon der nächste Rums den Bus ins Wanken brachte. Etwas rammte das Fahrzeug mit großer Wucht. Als ob ein überdimensioniertes Nashorn die Jagd auf sie eröffnet hatte. Doch es war kein Nashorn, das sie angriff, sondern ...

»Das Ungeheuer ist zurück!«, brüllte Perry. »Da!«

Mit ausgestrecktem Arm zeigte er durchs Fenster nach draußen, wo die elefantengroße Raubkatze mit dem Fischkopf und der schrumpeligen Echsenhaut gerade Anlauf nahm für die nächste Attacke.

»Und da!«, rief Marvin. »Da ist noch einer. Die sind zu mehreren!«

Jetzt sah Lea es auch; es waren mindestens drei dieser Ungetüme, nein vier ... fünf!

»Ach du Scheiße!«, entfuhr es ihr. In Sekundenbruchteilen überlegte sie, was zu tun war.

»Wir müssen den Bus selbst lenken, um ihnen auszuweichen!«, entschied sie blitzartig. »Perry, los! Ran ans Lenkrad!«

Zu spät. Da kam schon die nächste Attacke. Es knallte gewaltig. Die Scheiben auf der rechten Seite zersplitterten. Der Bus bebte und wackelte und schien jeden Moment auseinanderzubrechen.

»Schnell!«, schrie Lea. »Tu etwas, Perry!«

Aber Perry war bei dem Aufprall zu Boden gestürzt und rappelte sich gerade erst hoch.

»Oder Specht, kannst du etwas unternehmen?«, rief Lea dem Roboter-Vogel zu.

Sie hörte, wie der Bus mit lautem Krachen einen Gang einlegte, was vermutlich Specht veranlasst hatte.

Die Räder drehten quietschend durch, dann setzte sich das Fahrzeug rückwärts in Bewegung und nahm Tempo auf.

Doch die Ungetüme ließen sich davon nicht abschütteln. Erneut nahmen sie Kurs auf den Bus, hielten auf die bereits stark demolierte Seite zu.

Jetzt hatte Perry es endlich ans Lenkrad geschafft.

»Manuelle Steuerung!«, brüllte er.

Specht schaltete um.

Perry hatte die Kontrolle über den Bus. Er versuchte auszuweichen. Der Bus schlingerte, doch schon traf ihn der nächste Hieb. Der Fischkopf des Ungetüms schien aus Stahl zu sein. Es war, als ob man von einem Panzer gerammt würde. Noch ein oder zwei Stöße und der Bus wäre nur noch ein Haufen Schrott.

»Das hat keinen Sinn. Alle raus hier!«, befahl Lea kurzerhand.

»Aber dann sind wir den Ungetümen schutzlos ausgeliefert!«, wandte Perry ein.

»Nein, wir sind wendiger und können einzeln besser entkommen!«, widersprach Lea. »Alle raus! Los, Beeilung!«

Emily zerrte die ersten Kinder von den Sitzen hoch und schob sie zum Ausstieg, der noch immer geschlossen war.

»TÜR AUF!«, brüllte sie.

Perry suchte nach dem passenden Knopf. Er fand einen und drückte drauf, doch die Tür blieb zu, weil der Bus noch fuhr.

»Verdammt! Anhalten und Tür öffnen!«, befahl Lea.

RUMS! Die nächste Attacke hatte es in sich gehabt. Lea und die Kinder wurden von den Füßen gerissen und wild durcheinandergeworfen. Perry verlor das Lenkrad aus den Händen und purzelte in den Gang hinein. Die Bustür war mittlerweile vollkommen zerquetscht und würde sich so weder öffnen noch schließen lassen.

Perry hievte sich wieder hoch und erfasste die Lage mit einem Blick.

»Los, durch die Fenster!«, rief er. »Nehmt die Nothämmer und zerschlagt die Scheiben auf der linken Seite. Und dann nichts wie raus.«

Marvin reagierte als Erster; schon hatte er mit dem Nothammer die erste Scheibe zertrümmert. Die neuen Kinder begriffen schnell – mit gezielten, kraftvollen Tritten zerschlugen sie die Scheiben, ohne sich dabei zu verletzen. In Sekundenschnelle hatten sie drei der großen Scheiben kaputt gehauen und sprangen hinaus. Lea und Perry verließen als Letzte den Bus und schafften es gerade noch rechtzeitig nach draußen, bevor zwei der Ungetüme Anlauf nahmen, auf den Bus sprangen und ihn laut knirschend unter sich zermalmten.

»Wahnsinn!«, stieß Marvin staunend hervor.

Aber noch waren sie nicht in Sicherheit.

»Haben wir keine Waffen dabei?«, fragte Marvin.

Lea schaute mit entsetztem Gesicht zu ihm hinüber. Specht hatte sie noch an die Waffen an Bord des Raumschiffes erinnert, aber dann war nach der ersten Begegnung mit dem Fischkopfmonster alles so schnell gegangen, dass sie darüber die Waffen total vergessen hatten. Und jetzt fehlten sie ihnen.

Wie absurd!, dachte sie. In ihrer bisherigen Umgebung von Schule und Elternhaus wäre es völlig undenkbar gewesen, Waffen in Kinderhände zu legen. Aber hier war das natürlich etwas anderes.

»Eure Anzüge sind mit einer Notwehrvorrichtung ausgestattet!«, meldete sich VIUA zu Wort.

»Und das sagst du erst jetzt, wo uns diese Ungeheuer schon halb zerquetscht haben?«, empörte sich Lea.

Auch Marvin war fassungslos.

»Was ist das für eine Vorrichtung?«, herrschte er den Androiden an. »Und wie aktiviert man die?« Und warum hatte das Vorbereitungsprogramm sie nicht darüber informiert?

»Für die richtige Handhabung der Notwehrvorrichtung ist eine praktische Einweisung erforderlich. Und die sollte nächste Woche stattfinden«, erklärte VIUA.

»Nächste Woche?«, schnaubte Marvin. »Bist du bescheuert? Schau hin: Die Ungeheuer formieren sich gerade zum nächsten Angriff! Wir brauchen die Waffen jetzt! Sofort!«

Er zeigte auf die Fischköpfe, die sich auf der anderen Seite des Busses zusammengeschart hatten und offenbar miteinander kommunizierten. Lea erschrak bei diesem Anblick. Bislang hatte sie die Kreaturen für wilde Bestien gehalten, die ohne Sinn und Verstand auf sie losgingen. Jetzt aber erweckten sie den Eindruck, intelligente Wesen zu sein, die planvoll und mit System Jagd auf die Kinder machen wollten.

Panik überkam sie. »Wir haben keine Zeit mehr, VIUA. Jetzt sag endlich, was wir machen müssen!«

»Eure Anzüge verfügen über integrierte Schutzschilde«, erklärte VIUA. »An den Ärmeln sitzen Manschettenknöpfe – die müsst ihr betätigen.«

»Was zum Henker sind Manschettenknöpfe?«, fragte Marvin. Er warf einen Blick zu den Ungeheuern hinüber, die gerade Aufstellung nahmen. »Schnell, VIUA!«, schrie er halb hysterisch.

»Manschettenknöpfe trägt man zur Zierde an den Abschlüssen von Hemdenärmeln. Anstelle von Knöpfen«, erklärte Lea eilig.

»Dann meint er den Knopf hier?«, rief Marvin. »Warum sagt er das nicht gleich? Ich ...!«

»NICHT!«, rief VIUA dazwischen.

Doch zu spät. Schon hatte Marvin besagten Knopf gedrückt. In Sekundenbruchteilen bildete sich ein großer Plexiglas-Würfel, der Marvin ganz und gar umschloss wie ein transparenter Käfig.

»Was ist das denn?«, rief Lea entsetzt. Sie nahm an, dass Marvin genau die gleiche Frage stellte, zumindest seinen Mundbewegungen nach zu urteilen. Hören oder verstehen konnte Lea ihn nämlich nicht mehr.

»Ich wollte ihn noch davon abhalten«, bemerkte VIUA. »Er hat nicht zugehört.«

»Zugehört?«, schimpfte Lea. »Mann, woher soll er das denn wissen? Was ist das für ein Mist?«

»Das ist ein Schutzschild!«, erläuterte VIUA. »Ich hab

doch gesagt, dass die Handhabung etwas Übung bedarf. Unter anderem, damit sich der Schild nur an der dem Angreifer zugewandten Seite ausformt und nicht an allen sechs Seiten quasi als Würfel. Denn dann ist man darin gefangen.«

»Na toll!«, motzte Lea. »Und wie macht man das rückgängig?«

»Gar nicht. Nach einer halben Stunde löst sich der Würfel von selbst wieder auf«, erwiderte VIUA.

»Eine halbe Stunde? Oh Mann!«, stöhnte Lea.

Sie ahnte sofort, was das bedeutete. So lange konnte Marvin sich nicht von der Stelle rühren. Und so lange mussten auch sie hierbleiben, weil sie ihn nie und nimmer allein zurücklassen würden. Ihr Plan, so schnell wie möglich von hier abzuhauen, hatte sich damit erledigt. Sie mussten sich der Situation stellen und den Kampf gegen die unheimlichen Kreaturen aufnehmen. Allein schon, um Marvin zu schützen.

Die fischköpfigen Ungetüme setzten sich in Bewegung. Sie hatten eine breite Kette gebildet und rückten unaufhaltsam auf die Kinder zu. Fast schien es, als wollten sie ihren Angriff genussvoll auskosten und ließen sich deshalb Zeit mit dem Vormarsch. Sie fühlten sich siegessicher. Lag darin vielleicht eine Chance für die Kinder?

»Schnell, VIUA!«, flehte Lea den Androiden förmlich an. »Haben wir noch irgendwelche anderen Waffen in unseren Anzügen? Wenigstens Leuchtraketen, die wir abschießen könnten oder so etwas?«

»Sie kommen!«, rief Perry, obwohl das alle längst mitbekommen hatten.

Die zwanzig Neuankömmlinge liefen laut schreiend in Richtung Dschungel davon. Lea hielt sie nicht zurück. Diese Kinder waren nicht zu Astronauten ausgebildet worden und trugen keine Spezialanzüge. Flucht war für sie die beste, ja wohl die einzige Chance, sich vor den Ungetümen zu retten.

Lea, Emily und Perry jedoch mussten gegen die Kreaturen kämpfen, wenn sie selbst überleben und gleichzeitig Marvin und die Schar neuer Kinder schützen und retten wollten.

Unter den Füßen des Rudels begann der Boden zu schwingen und zu beben. Wie eine wild gewordene Büffelherde stampften sie auf die drei Kinder zu, die sich ihnen tapfer entgegenstellten. Specht stieg flatternd in die Luft hoch, um sich aus der Gefahrenzone zu bringen.

Lea tastete panisch ihren Anzug ab, um irgendeinen Knopf oder Schalter zu finden, der entfernt danach aussah, als könnte man damit eine Waffe aktivieren.

»VIUA!«, schrie sie. »Jetzt sag schon! Wie zum Teufel kommen wir an Waffen?«

»Es ist gefährlich!«, warnte VIUA.

»DAS DA VOR UNS IST GEFÄRHLICH! MACH, VERDAMMT!!«, brüllte Lea ihn an.

»Strecke den linken Arm aus und drücke mit der rechten Hand auf den Knopf unter der linken Achsel. Aber

Achtung, den Arm nicht absenken, solange die Waffe aktiviert ist!«

Sofort taten die Kinder, was VIUA gesagt hatte. Lea suchte hektisch nach dem Knopf unter ihrer Achsel. Aber da war nichts. Auch Emily und Perry konnten nichts finden.

Währenddessen stampften die furchterregenden Kreaturen weiter auf sie zu. Die ersten senkten bereits ihre Köpfe, öffneten die Mäuler und fuhren die raubkatzenartigen Krallen aus, um ihre Opfer erst zu zerfetzen und dann gierig zu verschlingen.

»DA IST KEIN KNOPF!«, kreischte Lea.

»Zuerst die Sicherheitslasche entfernen!«, erwiderte VIUA mit unerschütterlicher Ruhe.

»So ein Mist, VIUA!«, brüllte Lea.

Sie ertastete eine kleine Lasche, zog daran und spürte endlich den besagten Knopf. Mit zittrigen Fingern drückte sie darauf und wurde im selben Moment nach hinten geschleudert.

Perry und Emily, die jede von Leas Bewegungen aufmerksam verfolgt hatten, waren erstaunt, dass bei einem derartigen Rückstoß kein Knall, Blitz oder Rauch zu sehen war. Aber da war absolut rein gar nichts.

»Arm nach vorn!«, wies VIUA sie an.

Lea, die sich gerade wieder aufrappeln wollte, riss den linken Arm hoch und hielt ihn auf die Ungeheuer gerichtet, woraufhin zwei von ihnen auf der Stelle zusammenbrachen.

»Was ist denn nun passiert ...?«, wunderte Lea sich laut.

Perry und Emily wussten darauf zwar auch keine Antwort, beeilten sich aber, Leas Beispiel zu folgen. Als der Rückstoß kam, waren sie besser darauf vorbereitet als ihre Freundin, die vollkommen ahnungslos gewesen war. Sie taumelten ein Stück zurück, hielten sich aber auf den Beinen. Vor ihnen gingen vier weitere Kreaturen zu Boden und rührten sich nicht mehr.

Lea, Perry und Emily zielten nun auf die übrigen vier Ungetüme, die ebenfalls sofort zusammenbrachen und reglos liegen blieben. Noch einmal wurde der Boden durch den Sturz von den elefantengroßen, tonnenschweren Tieren erschüttert. Dann herrschte Ruhe.

»Was ist passiert?«, fragte Lea noch einmal.

»Stellt erst mal die Waffen aus, indem ihr erneut auf den Knopf drückt!«, forderte VIUA sie auf. »Bevor ihr euch noch gegenseitig zerstört.«

Schnell befolgten die drei Kinder den Rat des Androiden.

»Also, es handelt sich um eine schlichte Weiterentwicklung des Elektroschockers, wie ihr ihn noch aus eurer Zeit von der Erde her kennt«, erklärte VIUA. »Mit dem Unterschied, dass er jetzt eine Wirkreichweite von fünfzig Metern hat.«

»Elektroschocker?«, stammelte Lea fassungslos.

»Na ja. Sie funktionieren nicht mit Stromschlägen, sondern mit nicht-thermischen Mikrowellen.«

»Wow!«, sagte Perry stellvertretend für Marvin, der das Ganze aus seinem sicheren Käfig heraus beobachtet hatte.

»Das ist doch schnurzpiepegal«, giftete Emily. »Auf jeden Fall hat es geholfen, die Biester zu töten!«

»**Oh nein!**«, widersprach VIUA. »**Sie sind nicht tot. Dafür hätte die Energie eurer Anzüge nicht ausgereicht. Aber in Anbetracht von Körpergröße und Gewicht der Wesen dürften sie für etwa fünfundvierzig Minuten außer Gefecht gesetzt sein.**«

»Was denn?«, hakte Lea nach. »Nur für fünfundvierzig Minuten? Das heißt im Klartext, fünfzehn Minuten nachdem sich Marvins Glaskäfig aufgelöst hat, wachen die Viecher wieder auf?«

»**Das genügt doch**«, entgegnete VIUA.

»Oh Mann!«, stieß Lea aus.

Sie sah sich um. »Also, Leute, ihr habt's gehört – uns bleibt nur wenig Zeit. Wir müssen die Kinder zusammentrommeln und uns zum Aufbruch bereit machen. Und sobald Marvin wieder frei ist, nichts wie weg von hier.«

»Aber womit?«, fragte Perry. Er zeigte auf den völlig demolierten Bus, der platt wie eine Crêpe vor sich hin qualmend vor ihnen lag.

»Zu Fuß!«, entschied Lea. »Perry und Emily, ihr geht mit den Kindern voraus. Ich warte hier auf Marvin und komme mit ihm im Rover nach. VIUA begleitet euch. Specht bleibt hier bei uns.« Sie schaute in den Himmel. »Specht? Wo steckst du eigentlich, du feige Krähe?«

»Hier bin ich!«

Der elektronische Vogelkopf schaute hinter einem der bewusstlosen Ungeheuer hervor. »Um ein Haar hättet ihr mir mit euren Mikrowellen einen Kurzschluss verpasst. Ich konnte gerade noch in Deckung gehen. Beim nächsten Mal bitte mit Vorwarnung, ja?«, meckerte der Roboter-Vogel.

»Pah!«, entgegnete Lea. »Wie wär's denn, wenn du elektronisches Superhirn uns rechtzeitig auf Gefahren hinweisen würdest? Kannst du jetzt wenigstens noch mal hochfliegen und nachschauen, wo die Kinder hingelaufen sind?«

»Natürlich kann ich das!«, antwortete Specht.

»Wer den programmiert hat, muss echt schlechte Laune gehabt haben«, nörgelte Emily, während Specht losflatterte, um seinen Auftrag auszuführen. »Der ist ja schlimmer als jeder Hausmeister.«

»Solange er darauf programmiert ist, uns zu helfen, ist doch alles in Butter«, kommentierte Perry.

Emily sah ihn an. »Was willst du denn damit sagen?«

»Ach, nichts.« Perry winkte ab, aber in einem war er sich sicher: Auch wenn Specht ständig meckerte, machte ihn seine Programmierung zu einem verlässlichen Gefährten. Natürlich nur solange es keinem Feind gelang, den Roboter umzuprogrammieren. In solch einem Fall ließe sich der Roboter-Vogel von einer Sekunde zur nächsten in einen gefährlichen Gegner verwandeln. Perrys Ansicht nach bestand diese Gefahr momentan zwar nicht, dennoch nahm er sich vor, Specht im Auge zu behalten. Zurzeit allerdings waren sie ja noch weitgehend allein auf diesem Planeten. Da waren sie am ehesten von wilden Tieren bedroht.

Specht war in die Luft aufgestiegen und übertrug alles, was er von oben erblickte, auf die integrierten Monitore in den Raumanzügen der Kinder. Mithilfe dieser fliegenden, intelligenten Kamera konnten die vier nun systematisch die Umgebung absuchen. Mühelos entdeckten sie die neuen Kinder im Dschungel, die sich hinter Bäumen versteckt hielten, allerdings ziemlich halbherzig, fast nachlässig, wie Lea fand. Auffällig war auch, dass jedes Kind allein hinter einem Baum stand, nie waren sie zu zweit oder zu dritt. Merkwürdig. Sie an ihrer Stelle hätte sich zusammen mit Emily oder ihrem Bruder verkrochen – niemals hätte sie in solch einer Situation allein bleiben wollen.

Komische Kinder, dachte Lea, riss sich dann aber wieder von diesem Gedanken los und wies Specht per Funk an, dass er die Kinder im Dschungel zusammentrommeln und dann zu ihnen bringen sollte.

Specht flog im Sturzflug herab, sauste in den Dschungel hinein, krächzte dabei eher wie ein Papagei als wie ein Specht und rief den Kindern zu, dass sie sich schnell auf der Lichtung versammeln sollten. Ohne Widerspruch kamen sie sofort hinter den Bäumen hervor und liefen zu Lea und ihren Freunden. Es dauerte keine Minute, bis sie vollzählig und zum Abmarsch bereit waren.

Auch das kam Lea reichlich komisch vor. Sie kannte das aus der Schule, wenn sich die Schüler ihrer Klasse irgendwo sammeln sollten. Das ging nie reibungslos vonstatten. Im Gegenteil, die Kinder rannten kreuz und quer, hin und her, rangelten, tobten, grölten, sodass die Lehrer sie meist zehnmal oder öfter auffordern mussten, sich aufzustellen und ruhig zu sein. Hier aber hatten sich zwanzig Kinder sofort in zwei Zehnerreihen formiert, beinah so wie bei einem Militärappell zu Ehren des Präsidenten. Das Erstaunlichste aber war, dass keines der Kinder dabei ein einziges Wort gesprochen hatte. Das Ganze war nicht nur in rekordverdächtigem Tempo, sondern auch vollkommen lautlos passiert.

Lea räusperte sich kurz, um ihre Verwunderung zu überspielen, und sagte dann: »Äh ... ja ... Alles okay bei euch?«

Niemand antwortete.

Lea wandte sich an einen Jungen, der mit seinen dunklen Wuschelhaaren richtig niedlich aussah: »Wie heißt du?«

»Marc!«

»Alles okay mit dir?«

»Wieso nicht?«, gab Marc knapp zurück.

»Äh, ich weiß nicht«, stotterte Lea. »Ich meine ... der Angriff der Ungeheuer, die Flucht in den Dschungel ...«

»Es ist mir doch nichts passiert.«

»Ja, das stimmt«, erwiderte Lea. »Und das freut mich natürlich ...«

»Was fragst du dann?«, entgegnete Marc.

Lea war ziemlich perplex. »Was ist denn mit dir los?«, brummte sie. »Ich werde ja wohl mal fragen dürfen, wie's dir geht?«

»Wozu?«, wollte Marc wissen.

»Ach, vergiss es!« Lea machte eine wegwerfende Handbewegung und schaute verunsichert zu ihren Freunden. Mit diesen Kindern hier auf dem fremden Planeten leben und eine Stadt aufbauen zu müssen, könnte ja heiter werden.

Lea nahm ihren Bruder und Emily kurz beiseite und flüsterte ihnen zu: »Seid vorsichtig. Irgendetwas ist seltsam an diesen Kindern.«

Perry musste ihr recht geben. Auch er hatte von Anfang an ein komisches Gefühl gehabt, hätte aber nicht so klar wie seine Schwester zum Ausdruck bringen können, was ihn an den Kindern störte. Aber jetzt, wo Lea es sagte, fiel es ihm auch auf: Irgendwie hatten diese Kinder so gar nichts ... Kindliches an sich.

»Geht klar!«, flüsterte er seiner Schwester zu. Dann warf er einen Blick zu Marvin hinüber, der noch immer in seinem eigenen Schutzschild-Würfel gefangen war. »Hoffentlich geht alles gut.«

Lea nickte. »Wird schon. Jetzt bringt die Kinder in ihre Quartiere und sagt ihnen, sie sollen sich alle um ...« Sie schaute auf die Uhr im Ärmel ihres Raumanzugs. »... neunzehn Uhr zusammenfinden.«

»Wo?«, fragte Perry.

Das wusste Lea selbst nicht. Sie hatten noch keine Zeit gehabt, die kleine Stadt, die die Androiden für sie aufgebaut hatten, zu erkunden.

»Irgendwo, wo man etwas zu essen zubereiten kann«, schlug sie schließlich vor. »Am besten eine große Küche oder so was in der Art. Und ein paar Lebensmittel bräuchten wir auch noch.«

»Alles klar!«, antwortete Perry. Dann gab er das Signal zum Aufbruch. »Los geht's!«

Angeführt von Perry setzte sich der kleine Tross in Bewegung. Emily bildete das Schlusslicht und passte auf, dass keiner auf dem Weg verloren ging. Auch sie verspürte in der Nähe der neuen Kinder ein ungutes Gefühl. So ähnlich, wie wenn man nachts allein zu Hause war und plötzlich meinte, ein Geräusch zu hören. Man spitzte die Ohren, hellwach und alle Sinne geschärft, und lauschte angestrengt, bis man herausgekriegt hatte, woher das Geräusch kam. In gleicher Weise fühlte sie sich auch jetzt in Alarmbereitschaft versetzt. Zuerst hatte sie vermutet, das wäre einfach eine Nachwirkung des Ungeheuer-Angriffs. Aber nachdem Lea ihnen ihre Beobachtungen mitgeteilt hatte, maß sie diesem vagen Bauchgefühl mehr Bedeutung zu. Irgendwas stimmte nicht mit diesen Kindern, da war sie sich mit den anderen einig.

»Hey!« Emily sprach den Jungen, der vor ihr ging, direkt an. »Wie heißt du?«

Der Junge, der wie die meisten der Neuankömmlinge schwarzes, gewelltes Haar und dunkle Augen hatte, drehte sich kaum zu Emily um, als er antwortete: »Yo.«

»Yo?«

»Yo!«

Emily stutzte. Hatte er nun »Ja« sagen wollen oder nur seinen Namen wiederholt? »Woher kommt der Name?«

»Von meinen Eltern.«

Ach was! Klugscheißer!, dachte Emily. »Ich wollte wissen, aus welchem Land.«

»Amerika«, antwortete Yo. Er wandte seinen Kopf wieder ganz nach vorn um und trottete den anderen hinterher.

»Lateinamerika, ich weiß«, sagte Emily. »Aber welches Land dort? Uruguay, Argentinien, Peru?«

»Keins davon.«

Emily seufzte. »Dir muss man wohl alles aus der Nase ziehen. Wie alt bist du denn?«

»4135 Tage!«, erwiderte Yo, ohne sie anzusehen.

Was für eine schräge Antwort auf ihre Frage! Entweder hatte sie es mit einem ganz besonderen Scherzkeks zu tun oder hinter seiner widerwilligen Art steckte irgendetwas anderes. Emily beschloss, auf der Hut zu sein.

»Da vorn um die Ecke herum und wir sind da.« VIUA zeigte in die Richtung, die er meinte.

»Gibt's irgendwo die Möglichkeit, dass wir alle zusammen etwas kochen?«, fragte Perry.

»Sicher«, antwortete VIUA.

»Und wo?«, fasste Perry nach.

»Im Saloon!«, entgegnete VIUA und sorgte mit dieser Antwort für erneutes Erstaunen.

»Im *wo?*«, fragte Perry, der glaubte, sich verhört zu haben.

»Wir haben uns das vom Disneyland abgeguckt«, erklärte VIUA. »Kinder mögen Saloons.«

»Vom Disneyland!«, wiederholte Emily und rümpfte die Nase. »Kann es sein, dass ihr Androiden manchmal eine Schraube locker habt?«

Kaum waren sie um die Ecke gebogen, standen sie tatsächlich vor einem Holzhaus, an dessen Fassade der Schriftzug *Saloon* prangte und das auch ansonsten aussah wie einem Spielzeug-Westernfort entsprungen.

Emily zuckte die Achseln. »Na schön, wenn die Androiden meinen ... Hauptsache, drinnen gibt's auch eine ordentliche Küche und wir müssen nicht wie früher die echten Cowboys in der Prärie über offenem Feuer kochen.«

»Also, Strom gibt es jedenfalls, wie wir am Weltraumbahnhof gesehen haben«, stellte Perry fest.

Im Haus selbst fühlte man sich ebenfalls wie in eine Wildwest-Filmkulisse versetzt. Da hatte Emily die Raumstation bedeutend besser gefallen. Außerdem kam sie sich hier in ihrem Hightech-Astronautenanzug reichlich blöd vor.

Doch zum Glück war nur der vordere Raum, der Speisesaal sozusagen, wie ein Saloon hergerichtet. Als Emily durch eine Schwingtür in den hinteren Gebäudeteil trat, fielen ihr fast die Augen aus dem Kopf – sie stand in einer hochmodernen Küche mit allem Drum und Dran.

»Das sind der Kühlschrank und die Vorratskammer«, erläuterte VIUA und zeigte auf zwei riesige weiße Kästen an der rechten Wand, die Emily für Schrankwandteile gehalten hätte, wären da nicht die Schaltpaneele mit den vielen blinkenden Lämpchen gewesen.

»Beide sind so programmiert, dass sie immer einen Drei-Tage-Vorrat für dreißig Kinder beinhalten. Sobald etwas fehlt, wird automatisch eine Bestellung an zwei Roboter gesendet, die für Nachschub sorgen.«

»Praktisch!«, fand Perry. Doch dann fiel ihm ein: »Und woher kriegen die die Sachen? Läden gibt's ja keine, oder?«

»Noch nicht«, antwortete VIUA. »Ihr müsst welche eröffnen. Solange holen die Roboter die benötigten Lebensmittel direkt aus dem großen Vorratslager in der Nähe des Weltraumbahnhofs. Oder vom Erzeuger: Einige Roboter arbeiten draußen auf dem Feld. Sie bauen Gemüse, Obst und Kartoffeln an.«

»Die Bauern hier sind Roboter?«, fragte Perry nach. Seine Schwester hatte vorhin noch Mühe mit dieser Vorstellung gehabt.

»Nicht die Bauern, die Landmaschinen«, korrigierte VIUA ihn. »Niemand braucht Bauern, wenn die Maschinen intelligent genug sind, die Arbeiten von selbst zu verrichten.«

»Na, wenn das mal gut geht!«, unkte Emily.

»Dafür, dass es gut geht, seid ihr zuständig«, stellte VIUA sachlich fest.

Während sich Perry und Emily zusammen mit den Neuankömmlingen mit ihrer neuen Umgebung vertraut machten, hockte Lea immer noch vor dem Glaskasten, in dem Marvin festsaß, und wartete darauf, dass er sich endlich auflöste.

Aber noch vorher und früher als von VIUA prognostiziert, regten sich bereits die Ungetüme. Lea bemerkte es, als das erste der elefantengroßen Tiere kurz seinen Fischkopf hob, einen dieser merkwürdigen Piepstöne von sich gab, den Kopf wieder sinken ließ und – so sah es jedenfalls aus – noch einmal einschlief. Doch der Schein trog. Schon wenige Sekunden später bewegte es sich erneut.

Nervös schaute Lea erst auf ihre Uhr, dann auf den Glaskasten. Eine Minute und fünfunddreißig Sekunden, bis er sich auflösen sollte.

Wieso wachen diese Biester jetzt schon wieder auf?, fragte sie sich. VIUA hatte doch gesagt, sie hätten eine Viertelstunde Vorsprung vor den Ungetümen. Entweder der Androide hatte sich vertan oder die Viecher waren einfach zu unbekannt, um exakt berechnen zu können, wie lange die Bewusstlosigkeit bei ihnen anhielt.

»Komm schon. Mach!«, drängelte Lea.

Sie schlug mit der flachen Hand gegen eine der durchsichtigen Wände. Auch Marvin donnerte von innen nervös gegen sein Gefängnis. Er hatte beobachtet, dass das erste Ungeheuer im Begriff war aufzuwachen.

»Die Schutzschilde arbeiten sehr zuverlässig«, erklärte Specht, der sich auf dem Käfig niedergelassen hatte. »Die Auflösung beginnt auf die Zehntelsekunde genau.«

»Verdammt!«, fluchte Lea.

Nun erwachte das Ungetüm tatsächlich. Es hob seinen gewaltigen Fischkopf, öffnete und schloss immer wieder sein Maul, so als würde es tief Luft holen.

»Haben die denn keine Kiemen?«, fragte Lea. »Wieso können die überhaupt an Land atmen?«

»Nach erster Analyse scheint es sich um Amphibien zu handeln«, antwortete Specht. »Sie atmen sowohl an Land als auch unter Wasser.«

Das Ungetüm erhob sich, bis es auf allen vier Raubkatzenbeinen stand, und fuhr seine scharfen Krallen aus, die so lang waren wie Brotmesser. Nun regten sich auch die anderen gewaltigen Tiere und rappelten sich auf.

Leas Blick huschte ängstlich zum Glaskäfig hinüber. Sie hatte die Wartezeit dazu genutzt, sich von Specht zeigen zu lassen, wie sie den Rover direkt daneben parken konnte. Wenn sich der Käfig pünktlich auflöste, brauchte Marvin nur in das Fahrzeug zu springen und sie konnten davonbrausen. Lea hatte keine Ahnung, ob die Zeit reichen würde. Denn sie wusste nicht, wie schnell die Ungetüme waren. Vorhin hatten sie nicht besonders behände gewirkt, aber das musste nichts heißen. Immerhin besaßen sie die Körper von großen Raubkatzen. Es stand also zu befürchten, dass sie verdammt schnell laufen und weit springen konnten.

Vorsorglich startete Lea den Rover schon mal. Mehr brauchte sie nicht zu tun. Den Rest erledigte das Gefährt selbstständig auf Sprachbefehl – sie musste nur Richtungsanweisungen geben und das Tempo bestimmen.

»Oh Mann, hoffentlich ist das Ding auch schnell genug!« Lea schaute zu den Ungetümen hinüber, die sich bereits wieder formierten. Genau wie vorhin, kurz bevor sie ihren Angriff auf den Bus gestartet und ihn so mühelos zerquetscht hatten wie eine reife Banane. Der Countdown lief. Lea sah auf ihre Uhr. Noch zwanzig Sekunden, bis Marvin endlich wieder frei wäre.

»Wir schaffen es nicht!«, murmelte Lea angespannt.

Aber die Ungetüme schienen sich mit ihrem Angriff Zeit lassen zu wollen. Vielleicht, so schoss es Lea plötzlich durch den Kopf, warteten die ja bloß darauf, dass der Kasten sich auflöste? Sie wollten gleich zweimal Beute auf einen Schlag machen und wussten offenbar sehr genau, dass sie gegen den Schutzschild, von dem Marvin umhüllt war, nichts ausrichten konnten.

»Weißt du, wie man den Schutzschild zu nur einer Seite hin aktiviert?«, fragte sie Specht.

Keine Antwort.

»Specht?« Wo steckte dieser Roboter-Vogel schon wieder? Sie schaute hoch in den Himmel, wo sie Specht über sich in der Luft kreisen sah.

»Verdammt, komm her, du Feigling. Sofort! Setz dich auf meine Schulter!«

»Aber ...!«, wollte Specht widersprechen.

»Nix da!«, schnitt Lea ihm das Wort ab. Sie besann sich wieder darauf, dass sie die Kommandantin war. Sie hatte hier das Sagen. Und Roboter und Androiden hatten ihre Befehlen zu befolgen. Darauf waren sie programmiert.

Noch zehn Sekunden, bis sich Marvins Gefängnis auflösen würde. Die Ungetüme machten sich bereit. Specht landete endlich auf Leas Schulter.

»Los, jetzt sag schnell, was muss ich tun, damit sich der Schutzschild nur an der Seite ausformt, an der ich einen Angreifer abwehren will!«, sagte Lea hastig.

Wenn sie es noch rechtzeitig schaffte, könnten Marvin und sie so im Schutz des Schildes vor den Ungetümen im Rover fliehen.

»Nicht einfach auf den Knopf drücken, so wie Marvin es gemacht hat«, erklärte Specht, »sondern den Knopf so weit drehen, bis die kleine Einkerbung dahin zeigt, wo du den Schild hinhaben willst. Und dann drückst du drauf.«

»Das ist alles?« Lea konnte es nicht fassen. »Das geht ja so leicht, wie einen Toaster einzustellen. Und darum macht VIUA so viel Wind?«

Ein schriller Ton erklang. Der Countdown war abgelaufen. Der Glaskasten löste sich auf. Aber nicht langsam wie ein dahinschmelzender Eiswürfel, sondern eher wie von Zauberhand innerhalb einer Sekunde. Marvin war frei und die Ungetüme liefen sofort los.

»Spring rein!«, brüllte Lea Marvin zu, während sie ihren Arm in Richtung der näher kommenden Ungeheuer ausstreckte, den Knopf entsprechend weit herumdrehte und ihn dann betätigte. Ebenso prompt, wie sich der Glaskasten aufgelöst hatte, baute sich jetzt die Schutzwand hinter ihnen auf. Unsichtbar. Man nahm sie erst wahr, als eines der Riesentiere mit voller Wucht dagegenknallte und benommen zu Boden sank. Die anderen Ungetüme reagierten sofort, änderten die Taktik und schwärmten zu beiden Seiten aus.

Lea begriff. Sie wollten um den Schild herumlaufen.

»Fahr los Richtung ...«, wollte Lea dem Rover befehlen. Doch sie wusste nicht, wohin sie überhaupt fahren sollten. »Specht! Die Koordinaten!«

Specht antwortete wie aus der Pistole geschossen und Lea gab die Information an Rover weiter. »Volles Tempo!«, fügte sie hinzu.

Der Rover machte eine schnelle 45-Grad-Drehung und sauste dann los. Lea konnte sich gerade noch im letzten Moment festhalten, um nicht vom Fahrzeug zu fallen.

»Was ist das denn für ein Höllengefährt?«, rief Marvin, obwohl er wegen des Fahrtwindes, der ihm ins Gesicht schlug, kaum atmen konnte. Er wusste alles über den alten Rover, der in den 60er-Jahren des letzten Jahrhunderts über den Mond gegondelt war. Gegondelt, das war der richtige Ausdruck, denn *Lunar Rover* hatte lediglich eine Höchstgeschwindigkeit von 13 km pro Stunde geschafft. Ihr Rover hier aber jagte durch die Landschaft wie ein Formel-1-Bolide.

Lea warf einen Blick auf die Bordanzeigen und konnte kaum glauben, was sie da sah.

»Ist das die Geschwindigkeit?«, fragte sie. Das Display zeigte 250 km/h an.

»Nein!«, erwiderte Specht. »Das ist die Zielgeschwindigkeit, das tatsächliche Fahrtempo steht links daneben.«

Lea schaute auf die Anzeige: 165 km/h.

»Er wird so lange beschleunigen, bis die Zielgeschwindigkeit erreicht ist«, erklärte Specht.

»WOW!«, rief Marvin begeistert.

»Um Gottes willen!«, brüllte Lea. »Drosseln. Geschwindigkeit drosseln auf 25 Prozent der Höchstgeschwindigkeit!«

Rover bremste ab und kurz danach zeigte das Display exakt 62,5 km/h an.

»Meinst du, wir sind jetzt noch schnell genug?«, fragte Marvin unsicher. Sein Blick ging nach hinten, wo er ihre Verfolger vermutete. Aber da war niemand.

»Die Viecher sind weg!«, rief er.

Lea drehte sich um. Tatsächlich. Nicht eines der großen Tiere war mehr zu sehen.

»Wir haben sie abgehängt!«, freute sich Marvin.

Aber Lea war sich da nicht so sicher.

»Wollen wir's hoffen!«, sagte sie. Während der weiteren Fahrt schaute sie immer wieder über ihre Schulter, halb damit rechnend, dass die Ungetüme jeden Moment von irgendwo wieder hervorbrechen würden.

Chaos

Auf dem Weg bis zum Saloon gab es zum Glück keine weiteren bösen Überraschungen. Am Ziel angekommen, stiegen Lea und Marvin aus dem Rover aus, erleichtert darüber, dass ihnen nichts passiert war.

Lea nahm sich vor, mit den anderen zu beratschlagen, wie sie sich am besten vor möglichen Ungetüm-Angriffen auf ihren kleinen Wohnort schützen könnten. Noch hatte ihr neues Zuhause nicht einmal die Größe eines Dorfes und die Hauptstraße, in der auch der Saloon lag, war nicht mehr als ein staubiger Weg. Rechts und links vom Saloon standen jeweils drei Häuser, die irgendwann später mal Läden beherbergen sollten. Auf der anderen Straßenseite bot sich das gleiche Bild, nur der kleine Heimwerkerladen war bereits fertig und voll ausgestattet, aber verschlossen.

Das ist dann wohl das Zentrallager für Werkzeuge aller Art. Gut zu wissen, dachte Lea. Sie las die übrigen Ladenschilder. *Gemüse, Fisch, Fleisch* ... Lea stutzte. Dass ein paar der Kinder fischen gehen würden, konnte sie sich ja noch vorstellen, aber Tiere schlachten? Oder erledigten die Androiden solche unappetitlichen Aufgaben? Und würde es überhaupt so etwas wie Tierhaltung geben oder müssten sie in freier Wildbahn auf Jagd gehen? Lea hoffte, dass ihnen genügend Tiefkühl- oder Dosenfleisch geliefert würde.

Bäcker, Apotheke ... Meine Güte, wer sollte sich denn bloß um die Kranken kümmern?

Werkstatt, las sie weiter und vermutete, dass ausschließlich Androiden dort arbeiten würden. Als sie näher heranging, sah sie, dass auch hier schon alles fertig eingerichtet war, genau wie beim dazugehörigen Laden nebenan, in dem Fahrräder, Scuddys – also Elektroroller –, Segways, GoKarts und andere Fahrzeuge standen. Sie hatten offenbar einen ganzen Fuhrpark zur Verfügung. Lea überlegte, dass sie irgendwann wohl auch Geld einführen müssten, aber solange sie noch so wenige waren, schien das nicht nötig zu sein. Jeder sollte sich nehmen, was er brauchte. Hoffentlich klappte das auch. Aber die neuen Kinder schienen ja trotz ihrer gewöhnungsbedürftigen Art alle recht diszipliniert und vernünftig zu sein.

Ein Schrei erklang aus dem Saloon.

Lea fuhr erschrocken herum und sah, wie eines der neuen Kinder in hohem Bogen durch die Schwingtür hinaus auf die Straße flog – eine Szene wie aus einem Westernfilm, aber das Ganze war keineswegs nur gespielt. Ein zweites Kind, Marc, kam aus dem Saloon gerannt, stürzte sich auf den am Boden liegenden Yo und begann wütend auf ihn einzuprügeln.

»HEY!«, schrie Lea und rannte zu ihnen hinüber. »Aufhören!«

Marvin, der schon ein Stück vorausgegangen war und in unmittelbarer Nähe der beiden stand, wollte gerade dazwischengehen, doch kaum hatte er sich zu ihnen heruntergebeugt, ließen sie voneinander ab und gingen stattdessen auf ihn los, rissen ihn fauchend an den Haaren zu Boden und traten wie wild auf ihn ein.

»HEY! HEY! HEY!«, brüllte Lea.

Marvin hielt sich schützend die Hände über den Kopf. »Stopp!«, schrie er. »Seid ihr bescheuert?«

Lea erreichte die kämpfenden Jungen zur gleichen Zeit wie Emily und Perry, die ebenfalls herbeigeeilt waren. Mit vereinten Kräften versuchten sie Marc und Yo von Marvin wegzuziehen, aber das war schwieriger als gedacht. Die beiden wehrten sich, schlugen, traten um sich und bissen, als ob sie tollwütig wären.

»Hey!«, rief Lea in Richtung Saloon. »Helft uns!«

Doch keines der Kinder im Saloon interessierte sich für die Schlägerei draußen vor der Tür. Geschäftig verteilten sie Besteck und Geschirr auf den Tischen, als ob nichts wäre.

Endlich gelang es den Kindern, die beiden wilden Jungen fest- und in Schach zu halten. Marvin und Lea hatten Yo gepackt, Emily und Perry Marc.

»Was ist denn hier los?«, schimpfte Lea. »Seid ihr vollkommen übergeschnappt? Wir müssen hier gemeinsam überleben und ihr geht aufeinander los?«

Marc und Yo schwiegen und starrten Lea mit tödlichen Blicken an.

»Was machen wir jetzt mit ihnen?«, fragte Emily.

Marc versuchte noch immer, sich zappelnd aus den Händen seiner beiden Bewacher zu winden. Nur mit größter Mühe konnten Emily und Perry ihn festhalten.

Noch bevor Lea sich eine Antwort überlegt hatte, kam auch schon das nächste Problem auf sie zu.

»Meldung von der Zentrale!«, teilte VIUA den Kindern mit. »Der Raumgleiter mit den asiatischen Kindern ist im Anflug!«

»Wie schön!«, entgegnete Lea spitz. »Aber wir haben jetzt wirklich andere Probleme, VIUA!«

»Nein. Der asiatische Raumgleiter hat die Probleme!«, widersprach VIUA. »Die Steuerung ist ausgefallen. Sie können nicht navigieren, um zu landen. Ihr müsst sie abholen!«

»Abholen?«, fragte Lea.

Von dieser Neuigkeit abgelenkt lockerte sie kurz den Griff um Yos Arm, woraufhin sich der Junge prompt von ihr losriss und zum Tritt gegen Marvins Schienbein ausholte. Zu seinem eigenen Schutz ließ Marvin von dem Jungen ab und schon war Yo frei.

Sofort wollte er auf Emily losgehen, um Marc zu befreien, doch VIUA reagierte schnell, packte den Jungen am Genick und drückte fest zu. Yo sank bewusstlos zu Boden.

»Wow!«, staunte Marvin. »Den Griff kannte ich bisher nur von Mr Spock!«

»Das ist keine Erfindung von *Star Trek*«, erklärte VIUA. »Würgegriffe, bei denen Druck auf die Halsschlagader ausgeübt wird, sind schon seit Jahrhunderten Bestandteil verschiedener Kampfkünste. Ich bin entsprechend programmiert und als Androide in der Lage, diese Technik hundertprozentig korrekt auszuführen.«

Noch während er darüber sprach, ging er wie nebenbei auf Marc zu und wandte bei ihm den gleichen Griff an. Marc sackte Emily und Perry unter den Händen weg und blieb regungslos vor ihren Füßen liegen.

»Mann, hättest du uns nicht gleich helfen können?«, herrschte Emily ihn an.

»Ich habe vorher keine Notwendigkeit gesehen, einzugreifen.«

»Na, hör mal ...!«, ereiferte sich Emily.

Doch Lea unterbrach sie. »Schluss jetzt! Dafür haben wir keine Zeit. Was ist mit dem asiatischen Raumgleiter? Wie sollen wir die Kinder abholen?«

»Ihr müsst dort hinfliegen, bei ihnen andocken und die Kinder in die *Kids' Settlement One* herüberholen. Geplante Andockzeit: morgen 16 Uhr. Eure morgige Abflugzeit: 9 Uhr«, erklärte VIUA.

»Andocken?«, wiederholte Lea und schaute ihren Bruder an. »Weißt du, wie das geht, Perry?«

»Ich denke schon. Es war jedenfalls Teil meines Lernprogramms.«

»Wow! Ein Andockmanöver!«, rief Marvin und kassierte wieder einen Klaps von seiner großen Schwester.

»Hör doch endlich mal auf mit deinem ewigen Wow!«, meckerte sie. »VIUA, sag uns lieber, wie lange die beiden hier außer Gefecht sein werden?«

»Und was wir mit ihnen machen sollen, wenn sie wieder zu sich kommen«, beeilte Perry sich hinzuzufügen. »Die waren ja völlig von der Rolle!«

»Mit dergleichen kenne ich mich nicht aus«, entgegnete VIUA trocken. »Da müsst ihr euch selbst etwas überlegen.«

»Einsperren!«, schlug Marvin vor.

Wieder traf ihn ein leichter Schlag am Hinterkopf. »Einsperren?«, fragte Emily. »Hast du sie noch alle? Nur, weil sie mal ausgetickt sind?«

»Und wie lautet dein Vorschlag?«, fragte Marvin zurück.

»Strafarbeit!«, antwortete Emily. »Ich hoffe ja mal, dass die anderen Kinder verständiger sind. Dann können wir gemeinsam durchsetzen, dass die beiden – ich weiß nicht – die Klos putzen müssen oder so.«

Marvin konnte sich nicht vorstellen, dass das genügen würde. Noch nie hatte er sich mit derart wilden Kindern auseinandersetzen müssen. Es war regelrecht ein kleiner Schock für ihn. In der Schule konnte man irgendwelchen Hirnis und Schlägern aus dem Weg gehen. Hier aber waren sie gezwungen, mit ihnen zusammenzuleben und auszukommen. Er hoffte wie seine

Schwester, dass die übrigen Kinder vernünftiger waren als Yo und Marc.

Noch während sich Marvin diesen Gedanken durch den Kopf gehen ließ, war zu hören, wie drinnen im Saloon irgendetwas unter lautem Geschepper zu Bruch ging.

»Das war der Kronleuchter!«, vermutete Emily. Der große Deckenleuchter im Speisesaal hatte sie von der ersten Sekunde an mächtig beeindruckt.

Emily und die anderen drei rannten los Richtung Saloon.

Als sie durch die Tür sahen, trauten sie ihren Augen nicht. Drinnen bot sich ein Bild der Verwüstung. Sämtliche Möbel lagen zu Kleinholz gehauen kreuz und quer im Raum verteilt, Gläser und Flaschen waren in Scherben, der Kronleuchter kaputt.

Und mitten in dem Chaos hopsten, tanzten und sprangen die Kinder wie vom Teufel besessen herum, gackerten, feixten und kicherten, gaben sich High Fives und beglückwünschten sich, offenbar stolz auf ihr zerstörerisches Werk.

»Sagt mal, spinnt ihr?«, brüllte Lea durch den Raum. »Was soll denn das? Aufräumen! Sofort!«

Doch sie erntete nur müdes Gelächter.

»Halt die Klappe!«, rief eines der Kinder laut.

»Ich bin der Captain!«, stellte Lea klar. »Und zwar nicht nur im Raumschiff, sondern auch hier auf diesem Planeten!«

Das Gelächter wurde noch lauter.

Lea war fassungslos – die Kinder lachten sie aus.

»Captain Blödbacke!«, rief jemand.

Die anderen johlten.

Mit einem Mal befiel Emily eine schlimme Ahnung. Sie lief nach hinten in die Küche und sah ihre Befürchtung bestätigt. Aufgebracht rannte sie zu den anderen zurück.

»Die haben alle Esssachen aus den Schränken geholt und zunichtegemacht«, stieß sie hervor.

Augenblicklich stürzten Lea, Perry und Marvin in die Küche, um sich selbst ein Bild zu machen. Alle Dosen, Schachteln, Päckchen und Tüten, einfach alles, worin sich etwas Essbares befunden hatte, waren aufgerissen und der Inhalt über die ganze Küche verteilt. Doch damit noch nicht genug. Die Kinder hatten alles mit einer widerlich stinkenden Flüssigkeit übergossen. Was war das? Säure, Benzin ...? Lea wusste es nicht; sie wusste nur, dass die Lebensmittel jetzt unwiederbringlich verdorben waren. Bis auf einen aufgerissenen Sack Zucker. Der war zwar halb leer, schien ansonsten aber vollkommen in Ordnung zu sein.

»Was um alles in der Welt geht bloß in den Köpfen dieser Kinder vor?«, fragte Lea laut. »Die können doch nicht unser Essen vernichten!«

»Ich sag's ja: einsperren!«, knurrte Marvin.

Doch Lea sah ihn nur an. »Wir sind zu viert. Die sind zwanzig Kinder und, wie es scheint, alle vollkommen durchgeknallt. Wir sind machtlos gegen die. Du hast es doch eben erlebt – die nehmen uns gar nicht ernst!«

»Scheiße!«, entfuhr es Perry.

Vorn im Saloon schien sich die Lage mittlerweile wieder beruhigt zu haben. Keines der wild gewordenen Kinder ließ sich in der Küche blicken und vom Speisesaal drang auch kein Krach mehr herüber. So als hätten sie sich, zufrieden mit ihrem Tagwerk, nunmehr zur Ruhe begeben.

»Irgendwas ist da faul«, überlegte Lea. »So führen sich doch keine Kinder auf, nirgendwo auf der Welt.«

»In der Parallelwelt offenbar schon!«, entgegnete Perry. Er hatte es einfach nur so dahingesagt, ohne sich dabei groß etwas zu denken, doch Lea merkte auf.

»Das wäre eine Erklärung!«, sagte sie bedeutungsvoll.

»Was?« Perry kapierte nicht, worauf seine Schwester hinauswollte.

»Wenn nun die Kinder gar nicht von der Erde kommen, sondern von hier sind?«, fragte Lea mit gedämpfter Stimme in die Runde.

Perry, Emily und Marvin mussten Leas Worte erst einmal kurz sacken lassen.

Marvin fand als Erster die Sprache wieder: »Du meinst ... das sind ... Außerirdische?«

Perry zog die Augenbrauen hoch. *Außerirdische?* Und das aus dem Mund seiner Schwester, die sich deswegen immer über ihn lustig machte?

»Na, wir sind doch hier bereits auf einem fremden

Planeten, da ist das ja wohl etwas anderes!«, verteidigte sich Lea und kam gleich wieder aufs eigentliche Thema zurück. »Damit würden sich jedenfalls alle Eigentümlichkeiten erklären lassen«, überlegte sie laut und zählte an den Fingern ab: »Die Zentrale wusste nichts von ihrem Kommen. Sie reden kaum mit uns. Sie sind uns feindlich gesinnt und machen unsere Lebensmittel zunichte!«

»Und genau das begreife ich nicht«, warf Marvin ein. »Damit schaden sie sich doch selbst. Die müssen doch auch etwas essen!«

»Na, denk mal scharf nach«, entgegnete Lea. »*Du* bist hier zusammen mit Perry der Experte für Außerirdische. Also? Glaubst du, Außerirdische essen das Gleiche wie wir? Wer weiß, vielleicht ernähren die sich ja auch ganz anders!«

So weit hatte Marvin noch gar nicht gedacht. Lea hatte natürlich recht ...

»Sie vernichten unsere Lebensmittel, weil sie uns loswerden wollen, selbst essen sie aber ganz andere Sachen!«

Lea nickte. »Genau!«

»Ich weiß nicht«, grübelte Emily. »Mir kamen die Kinder zwar auch komisch vor, aber Außerirdische, die genauso aussehen wie wir?« Sie ließ ihren Blick Richtung Saloon wandern. »Also bei meiner Cousine an der Schule sind die Kids genauso krass drauf!«

»Auf jeden Fall müssen wir aufpassen«, warnte Lea.

»Wir sollten sie im Auge behalten. Heute Nacht, meine ich. Wir schieben abwechselnd Wache.«

»Was glaubst du denn, was die heute Nacht machen außer schlafen?«, fragte Emily.

Lea zuckte mit den Schultern. »Keine Ahnung. Vielleicht gehen sie heimlich etwas essen, damit wir es nicht sehen?«

Perry kratzte sich am Kopf. Bisher war immer er derjenige gewesen, der an die Existenz von Außerirdischen geglaubt hatte, aber die Theorie seiner Schwester erschien ihm nun doch eine Spur zu abgefahren. Andererseits war alles, was sie seit ihrem Sprung in den Badesee erlebt hatten, absolut haarsträubend gewesen. Warum also nun nicht auch noch feindliche Außerirdische, die es darauf anlegten, sie loszuwerden?

»Wenn die wirklich von hier sind, müssen die ja auch irgendwo wohnen«, fiel ihm ein. »Vielleicht finden wir ihre Siedlung?«

»Aber eine Siedlung hätten die Androiden doch bemerkt, nur wie's aussieht, wusste die Zentrale ja nichts von den Kindern. Demnach müssten sie hier irgendwo im Verborgenen leben«, gab Lea zu bedenken. »Ich würde vorschlagen, dass wir einfach mal eine Suche starten, sobald wir das asiatische Raumschiff abgeholt haben. Wir könnten Specht losschicken, um die Gegend auszukundschaften.«

»Gute Idee!«, lobte Perry.

»Hoffentlich sind die Kinder aus Asien besser drauf

als diese Knalltüten hier«, seufzte Emily. »Und was machen wir nun mit der wilden Horde da vorne?« Sie deutete mit dem Kopf in Richtung Speisesaal. Dann sah sie ihren Bruder scharf an: »Sag jetzt nicht wieder *einsperren*!«

»Wir tun einfach gar nichts!«, schlug Lea vor. »Wir lassen uns nichts anmerken, gehen jeglichem Ärger aus dem Weg und erledigen unsere Aufgaben. Heute Nacht beginnen wir mit der Observierung. Und dann sehen wir weiter.«

Die anderen waren einverstanden. Nur Marvin hatte noch eine Frage: »Dann sollen *wir* jetzt aufräumen, was *die* kaputt gemacht haben?«

Lea schüttelte den Kopf. »Nein, wir sehen jetzt erst mal beim Lebensmittellager nach dem Rechten!«

Fast schien es, als hätte Lea mit dieser Idee eine Eingebung gehabt. Als sie nach vorn in den Saloon zurückkehrten, war von den Kindern nichts mehr zu sehen. Der große Raum war leer.

»Wo sind die hin?«, wunderte sich Emily.

»Ich fürchte, ich weiß wohin!«, antwortete Lea mit düsterer Miene.

Die Lebensmittel in der Lagerhalle! Wenn die wild gewordenen Kinder diese ebenso vernichteten wie die Vorräte hier im Saloon, dann drohte Lea und ihren Freunden womöglich der Hungertod.

»Schnell, zum Rover!«, entschied Lea.

Die vier liefen hinaus zu ihrem Fahrzeug, vorbei an

Marc und Yo, die immer noch bewusstlos auf dem Boden lagen.

Lea blieb stehen. »Wartet! Wir fesseln sie an Händen und Füßen und nehmen sie mit. Bis auf Weiteres setzen wir sie erst einmal fest!«

»Wie bitte?«, fragte Emily mit entsetzter Miene.

»Sag ich doch!« Marvin freute sich, dass sein Vorschlag endlich auf offene Ohren stieß.

»Wenn diese Chaos-Kinder wirklich unsere Vorräte plündern wollen, dann sind sie unsere Feinde. Wir dürfen ihnen nicht tatenlos zusehen, sondern müssen sie irgendwie aufhalten«, erläuterte Lea.

Marvin nickte zufrieden.

Emily gab einen Stoßseufzer von sich. »Puh! Knallharte Sache! Aber wahrscheinlich hast du recht!«

Perry schaute sich suchend um. »Fesseln ...«, sagte er. »Aber womit?«

Emily zeigte auf einen der leeren Läden. »Kann man sie nicht auch dort irgendwo einschließen? Das wäre doch besser als fesseln.«

Lea stimmte ihr zu. So gefährlich diese Kinder auch sein mochten, sie zu fesseln erschien ihr dann doch eine Spur zu drastisch.

»Und Essen hinstellen nicht vergessen«, ergänzte Marvin. Doch dann fiel ihm wieder ein: »Ach so, vielleicht essen die ja gar nichts?«

Emily und Perry verschwanden in einem der noch leer stehenden Geschäfte und fanden dort, was sie suchten.

»Volltreffer!«, rief Perry den anderen zu. »In dem Laden hier gibt es so eine Art Kammer.«

»Mit Fenstern?«, fragte Lea.

Perry schüttelte den Kopf. »Nein. Ohne.«

»Okay!« Lea stimmte zu, obwohl ihr klar war, dass solch eine Kammer nur ein Notbehelf sein konnte. Spätestens am nächsten Morgen mussten sie eine komfortablere Unterkunft für die beiden finden.

»Wartet mal«, sagte Emily. Sie kniete sich hin und legte ein Ohr an Marcs Brust. »Ich will mich nur vergewissern, dass sie überhaupt noch atmen. Nicht dass VIUA ihnen versehentlich den Garaus gemacht hat!«

»Das habe ich nicht getan!«, meldete sich VIUA zu Wort.

Emily wollte dennoch bei Marc und Yo den Puls fühlen.

»Und wenn die gar keinen Puls haben?«, fragte Marvin. »Wer weiß, wie die im Körperinneren aussehen?«

»Also Marc atmet jedenfalls«, stellte Emily fest.

»Und Yo bewegt sich schon. Seht ihr?« Perry zeigte auf Yos Bein.

»Los, dann schnell!«, sagte Lea.

Alle vier packten mit an, um die beiden Jungen in die Kammer zu tragen, bevor sie wieder aufwachten. Vorsichtig legten sie sie dort auf den Boden, dann eilten sie wieder ins Freie und schlossen die Ladentür ab. Den Schlüssel steckte Lea in die Tasche ihres Raumanzugs.

Schließlich stiegen alle in den Rover und VIUA wies ihnen den Weg zur Lagerhalle mit den Lebensmittelvorräten, wo eine weitere Überraschung auf sie wartete.

Venomier!

VIUA brachte den Rover einige Hundert Meter vor der Lebensmittellagerhalle zum Stehen. Denn bereits von hier aus war das Problem erkennbar: Vor der großen verschlossenen Hallentür hatten sich die Ungetüme wie Wachhunde postiert und machten unmissverständlich klar, dass sie niemanden an die Vorräte heranlassen würden.

»Jetzt wissen wir auch, warum sie Marvin und mich nicht weiter verfolgt haben«, sagte Lea. »Sie sind irgendwann abgedreht, um hier den Eingang zu belagern. Sie wussten, wir würden über kurz oder lang Lebensmittel brauchen.«

»Dann müssen sie aber auch gewusst haben, dass das hier unser einziges Lager ist«, ergänzte Perry.

Er öffnete eine Klappe im Rover, hinter der sich eine Kiste mit nützlichen Gerätschaften befand. Perry holte ein Fernglas hervor und besah sich die Gruppe der Ungetüme genauer.

»Für so intelligent hätte ich die nicht gehalten«, sagte Marvin.

»Sind sie vielleicht auch gar nicht«, bemerkte Perry.

Denn er sah, dass die Ungetüme nicht allein waren. Was da genau los war, konnte er allerdings noch nicht erkennen. Die riesigen Tiere lagen vor der Halle und hatten die Köpfe abgewandt. Anscheinend ging hinter ihnen irgendwas vor sich.

»Wartet mal!«, sagte Perry.

Die anderen reckten neugierig die Hälse.

»Haben wir nur *ein* Fernglas an Bord?«, nörgelte Marvin.

»Merkt euch mal mit, dass wir die Ausrüstung des Rovers aufstocken und verbessern müssen«, bat Lea.

»Registriert!«, antwortete VIUA. So brauchten es sich die anderen nicht mehr zu merken. Wozu hatte VIUA ein Elektronengehirn?

»Was siehst du?«, fragte Lea und hob die Hand, um das Fernglas von Perry entgegenzunehmen, als ihr Bruder wie versteinert innehielt.

»Warte! Da! Jetzt seh ich's!«, rief er aufgeregt.

»Was?«, fragte Lea erneut. »Mann, nun sag schon! Was siehst du?«

»Die Ungetüme werden gefüttert!« Perry sah noch einmal genau hin. »Und zwar von ...« Er war fassungslos. »... einem Kind. Das ist eines der wilden Kinder. Und da ist noch eins!«

»Was?«, quiekte Emily auf. »Die machen mit den Ungetümen gemeinsame Sache? Das kann doch wohl nicht wahr sein!«

»Ihre Flucht aus dem Bus war also nur Theater!«, stellte

Lea fest. »Die haben von Anfang an einen Plan verfolgt. Bei dem Angriff vorhin sind die Kinder nämlich gar nicht vor den Ungetümen geflohen. In Wahrheit haben sie das Feld geräumt, damit wir in aller Ruhe zermalmt werden konnten. Und weil das nicht geklappt hat, haben sie es jetzt auf unsere Essensvorräte abgesehen – erst waren die in der Saloon-Küche dran und jetzt lassen sie die Lagerhalle von den Viechern bewachen, damit wir nicht mehr hineinkönnen. Die wollen uns aushungern!«

»Oh Mann!«, stöhnte Perry. »Dann hast du also recht gehabt, Lea. Das sind gar keine Kinder von der Erde?«

Lea schüttelte den Kopf. »Nein, die sind entweder von hier oder von einem anderen Planeten und haben bereits vor uns begonnen, K 1994-04-20-J zu besiedeln. VIUA, findest du in deinen Datensätzen denn wirklich rein gar nichts über diese Wesen?«

»Nach derartigen Informationen habe ich noch nicht gesucht«, erwiderte VIUA. »Bisher ist nur eine Abfrage zu den bis dato unbekannten Fisch-Raubtier-Wesen erfolgt.«

»Und was ist mit den Kindern?«

»Eine Sekunde!«, sagte VIUA.

Lea wusste inzwischen, dass das bei VIUA keine bloße Redewendung war, sondern vielmehr eine genaue Zeitangabe, wie lange er brauchte, um die Gestalt der Kinder mit seinem Augenscanner abzutasten, die biologischen Daten, soweit von außen erkennbar, abzufragen, alle erhobenen Daten in die Datenbank der Zentrale einzuspeisen und das Ergebnis abzufragen.

»Der Datenabgleich war erfolgreich«, verkündete VIUA nach exakt einer Sekunde. »Die Wesen kommen von einem benachbarten Planeten, der nur 17,5 Lichtjahre von hier entfernt liegt. Planet Venom, annähernd vergleichbar mit der Erde, aber halb so groß, mit sehr viel raueren Bedingungen, extremen Temperaturschwankungen, kargen Landschaften und unfruchtbaren Böden. Ein Großteil der Venom-Oberfläche ist verseuchtes Gebiet, woher auch der Name des Planeten rührt: Venom wie Gift. Bis vor Kurzem war nicht bekannt, dass der Planet überhaupt bewohnt ist. Insgesamt 1,6 Millionen Wesen, die äußerlich dem Menschen im kindlichen Stadium sehr ähneln, paradoxerweise aber keine Kindheit kennen. Wie auf dem Planeten Erde eher von Wildtieren bekannt, können Venomier schon nach wenigen Stunden laufen, nach einem Tag sprechen und sind nach zwei Wochen autark lebensfähig. Vom Wesen her gelten sie als feindlich gegenüber allem Fremden. Sie haben einen gehässigen Charakter, sind böse, bissig und hinterhältig.«

»Na prima!«, stöhnte Emily. »Und mit diesen Giftzwergen haben wir es jetzt hier zu tun? Na, dann gute Nacht.«

»Wie viele von denen sind denn hier?«, wollte Perry wissen.

VIUA wusste es nicht. »Bis eben war noch völlig unbekannt, dass sie sich überhaupt hier angesiedelt haben – oder ansiedeln wollen. Anscheinend haben die Venomier auf ihrem Planeten mit ähnlichen Problemen zu kämpfen wie die Menschen auf der Erde. Sie suchen einen Ausweichplaneten und haben ihn offenbar hier gefunden.«

»Und deshalb wollen sie uns loswerden«, kombinierte Lea. »Und zwar so schnell und radikal wie möglich.«

»Mit anderen Worten«, versuchte Perry zusammenzufassen, »wir sind hier zu viert gegen zwanzig Venomier, die uns an den Kragen wollen?«

»Vergiss nicht die zehn Kinder aus Asien, die wir morgen abholen sollen«, sagte Lea.

»Wenigstens sind wir dann zahlenmäßig nicht mehr ganz so krass unterlegen«, bemerkte Marvin. Obwohl sie überhaupt nicht wussten, ob nicht noch viel mehr Venomier auf diesem Planeten lebten.

»Wir wollen hier doch aber keinen Krieg!«, ging Emily aufgeregt dazwischen. »Das ist doch total bekloppt. Wir sind sowieso schon nur eine Handvoll Bewohner auf diesem Planeten und dann bekämpfen sich diese paar Hansel noch untereinander? Ich glaube, es hackt!«

»Du hast recht«, stimmte Perry ihr zu. »Nur, was sollen wir machen, wenn die auf Krawall gebürstet sind? Du hast es ja gehört: *Vom Wesen her gelten sie als feindlich gegenüber allem Fremden. Sie haben einen gehässigen Charakter, sind böse, bissig und hinterhältig.*«

»Und die Fischkopfmonster?«, überlegte Emily. »Haben die Venomier sie mitgebracht oder wie haben sie die so handzahm bekommen?«

»Das wüsste ich auch gern«, gestand Lea. »Was wir aber mit Sicherheit sagen können: Wir vier sind im Moment auf uns allein gestellt und haben es mit einem schwierigen Gegner zu tun, der außerdem noch in der Überzahl ist. Morgen holen wir die asiatischen Kinder ab, aber wie die so drauf sind, wissen wir ja auch noch nicht. Wenn wir aber nicht verhungern wollen, müssen wir uns schnell etwas einfallen lassen.«

»Und was?«, fragte Emily.

»Die Giftzwerge haben zum Glück noch keine Ahnung, dass wir sie enttarnt haben«, sagte Lea. »Marc und Yo haben wir ja letztlich nur wegen der Rauferei festgesetzt. Wobei ich gar nicht weiß, ob die anderen Venomier davon überhaupt etwas mitgekriegt haben. Also, wir sollten fürs Erste einfach weiter so tun, als wüssten wir von nichts. Umso wichtiger, dass wir sie heute Nacht beobachten. Für den Fall, dass sie etwas im Schilde führen, um morgen die Abholung der asiatischen Kinder zu sabotieren. Aber vorher müssen wir noch unsere Lebensmittel zurückerobern.«

»Allerdings«, stimmte Marvin ihr zu. »Ich habe einen Mordshunger.«

»Am besten, wir warten, bis die Giftzwerge sich zurückziehen«, schlug Lea vor. »Specht soll sich dann an ihre Fersen heften und sie observieren.«

»Das sollte er doch sowieso tun«, fiel Marvin ein. »Wieso hat der uns eigentlich nicht Bescheid gegeben?«

»Er ist noch auf Erkundung«, erklärte VIUA.

Perry nahm wieder das Fernglas und suchte die Umgebung vor der Lagerhalle ab. Tatsächlich entdeckte er den Roboter-Vogel.

»Da ist er!«, rief Perry. »Dort oben in dem blauen Baum neben dem Lebensmittellager.«

»Okay«, sagte Lea. »Specht übernimmt also die Observierung. Er soll uns regelmäßig melden, wo sich die Venomier gerade aufhalten. Sobald sie hier weg sind, müssen wir an den Fischkopfmonstern vorbei in die Lagerhalle.«

»Und wie willst du das anstellen?« Emily streckte die Hand nach dem Fernglas aus. Perry gab es ihr.

Endlich konnte sie sich ein eigenes Bild von der Situation machen. Immerhin war sie für diese Mission ausgesucht worden, weil sie angeblich einen besonderen Draht zu extraterrestrischen Wesen hatte. Dieser Meinung waren jedenfalls die Androiden in der Zentrale. Und tatsächlich hatte sie in der Nähe der Venomier so ein merkwürdiges Gefühl verspürt. Vielleicht war ja wirklich etwas dran an dieser vermeintlichen Begabung? Denn auch bei dem Angriff war ihr ...

»Wow!«, rief sie plötzlich.

Ihr Bruder Marvin staunte sie mit großen Augen an. *Wow? Aus dem Munde meiner Schwester?*

»Jetzt weiß ich, wie die Venomier die Fischkopfviecher

unter Kontrolle gekriegt haben! Indem sie ihre Gedanken manipulieren«, behauptete Emily.

»Wie das denn?«, fragte Marvin, aber dann dachte er wieder daran, wie er halb weggetreten draußen am Raumschiff gehangen hatte und zu nichts anderem fähig gewesen war, als in die Supernova zu schauen. Und als dann Lea gekommen war, um ihn aus seiner Gedankenstarre zu befreien, war es ihr genauso ergangen. »Das gibt's nicht! Du meinst, dieser Zwischenfall im All war ...«

»... auch schon das Werk der Giftzwerge«, vollendete Emily den Satz ihres Bruders. »Ja, das wäre doch immerhin möglich.«

Lea spann den Faden weiter. »Möglicherweise geht dann der Steuerungsausfall auf dem asiatischen Raumschiff auch aufs Konto der Venomier!«

Emily nickte ernst und Perry sprach aus, was alle dachten. »Wenn das stimmt, Leute, dann sind diese Venomier noch gefährlicher, als wir bis eben vermutet haben.«

»So sieht's aus!« Lea klatschte in die Hände. »Also, wir müssen höllisch aufpassen, dürfen uns aber auch nicht gleich schon geschlagen geben. Als Erstes holen wir uns die Lebensmittel.«

»Aber wie denn?«, fragte Marvin. »Wir können weder Gedanken lesen noch Gedanken manipulieren, und schon gar nicht die Spatzenhirne der Fischköpfe!«

»He, he!«, lachte Lea kurz auf. »Spatzenhirne der Fischköpfe ist gut!« Doch dann wurde sie wieder ernst. »Wir könnten sie zusammentreiben wie eine Herde Wildpferde und wenn wir sie dann quasi im Gatter haben, flitzen wir an ihnen vorbei und holen unsere Lebensmittel aus dem Lager.«

»Zusammentreiben?«, fragte Emily. »Mit Lassos, oder wie?«

»Quatsch!«, widersprach Lea. »Unser Lasso ist das hier!« Sie hob zur Verdeutlichung ihren linken Arm. »Die unsichtbaren Schilde, die wir errichten können. Ich weiß mittlerweile doch, wie man einen einzelnen Schild entstehen lassen kann, statt wie Marvin alle auf einmal. Wir sind vier Leute, haben also vier Schilde, mit deren Hilfe wir sie einkesseln und am Ende in einen unsichtbaren Käfig pferchen können.«

»Gute Idee!«, lobte Perry. »Theoretisch ganz einfach, aber in der Praxis, na ja, wir werden sehen. Doch einen Versuch ist es allemal wert.«

»Ja«, sagte Lea. »Wir müssen nur als Erstes mit dem hinteren Schild an der Lagerhallentür beginnen, um die Viecher vom Eingang fernzuhalten. Also muss sich einer von uns von hinten an das Lagerhaus heranschleichen und angreifen.«

»Das mache ich!«, erklärte Perry ohne zu zögern.

»Die Venomier ziehen ab!«, verkündete VIUA. **»Eben kam die Meldung von Specht.«**

»Wohin verschwinden sie?«, wollte Lea wissen.

»In den bunten Dschungel!«, antwortete VIUA.

»Okay!« Lea hoffte, dass die Venomier fürs Erste dort bleiben und ihr Quartier aufschlagen würden. Dann hätten sie im Dorf vorübergehend Ruhe vor ihnen und könnten sich ungestört ihre nächsten Schritte überlegen.

»Dann starten wir unseren Angriff in fünf Minuten!«, entschied Lea.

Angriff!

Perry hatte die Aufgabe, sich an der Lagerhalle vorbei- und dann von hinten an die Ungetüme heranzuschleichen. Dazu musste er erst mal in einem weiten Bogen um die Halle herumlaufen. Der Weg führte durch ein üppiges Pflanzendickicht. Einerseits war das von Vorteil, weil er auf diese Weise gut getarnt war, andererseits aber befürchtete er, dass irgendwo in der dichten Vegetation neue Gefahren auf ihn lauerten.

Vorsichtig tastete er sich durch das knallbunte Gestrüpp. Er drückte die Äste eines hellblauen Strauchs zur Seite und schob sich daran vorbei, musste dann aber zwei Schritte weiter schon wieder stehen bleiben, weil ihm ein goldfarbener Busch, der mindestens fünf Meter breit war, den Weg versperrte. Auch hier wollte Perry die Äste und Zweige auseinanderbiegen, um sich einen Weg hindurch zu bahnen, doch kaum war er mit dem Busch in Berührung gekommen, zog er seine Hand mit einem unterdrückten Schrei zurück.

Es war, als hätte ihn ein Stromschlag erwischt. Besorgt betrachtete er seine schmerzenden Fingerkuppen. Zum Glück schien er sich nicht ernsthaft verletzt zu haben. Doch das brennende Gefühl blieb. Instinktiv wollte er sich gerade die Finger in den Mund stecken, wie man es oft tat, wenn man sich irgendwo geschnitten oder gestochen hatte, hielt dann aber gerade noch rechtzeitig inne. Wenn die goldene Pflanze nun giftig war und noch Spuren des Gifts an seinen Fingern hafteten? Zu dumm, dass er vergessen hatte, seine Handschuhe anzuziehen. Auf der Stelle holte er das nach. Dabei warf er einen Blick auf den Monitor in seinem Ärmel mit den Übertragungsbildern von Spechts Kamera, die zeigten, wo sich die Venomier zurzeit befanden. Auch sie kämpften sich durch ein Pflanzengewirr, wobei Perry vermutete – oder besser gesagt, hoffte –, dass es sich um ein weiter entferntes Dickicht handelte und er ihnen nicht jeden Moment in die Arme laufen würde.

Perry verfluchte sich dafür, dass er nicht daran gedacht hatte, im Rover nach einer Machete oder Ähnlichem zu suchen. Aber wahrscheinlich wäre ohnehin nichts Dergleichen an Bord gewesen. Und soweit er wusste, war sein Raumanzug auch mit nichts ausgestattet, was ihm in seiner jetzigen Situation von Nutzen hätte sein können.

Er untersuchte den großen, goldenen Busch genauer. Dabei fiel ihm auf, dass das Geäst erst relativ weit oben ansetzte, darunter war ein gutes Stück dicker, kahler Stamm. Wenn er schon nicht durch den Strauch hindurch- und auch nicht drumherum konnte, dann vielleicht wenigstens drunter durch? Er legte sich flach auf den Bauch und begann, sich vorsichtig am Stamm vorbeizuschieben.

Mit einem Mal bewegte sich etwas direkt vor seiner Nase. Perry hielt still. Sofort dachte er an eine Schlange oder ähnliches Getier.

Bloß keine Panik!, beruhigte er sich selbst.

Das Etwas kam auf ihn zu. Eine kleine Beule unter dem bunten Laub am Dschungelboden, die sich hin und her bewegte. Für eine Schlange war die Beule zu kompakt. Vielleicht eher eine Ratte oder eine Maus?

Perry überlegte, was er tun sollte: still liegen bleiben oder abhauen? Seine Intuition riet ihm, liegen zu bleiben. Wenn doch jetzt nur die Mädchen bei ihm sein könnten! Lea mit ihrem Händchen für Tiere oder Emily mit ihrem angeblichen Talent, mit Außerirdischen zu kommunizieren, wären ihm jetzt eine willkommene Hilfe. Doch er lag hier allein.

Die Beule unter dem Laub kam direkt vor seiner Nase zum Stehen. Perry hatte nun keinen Zweifel mehr, dass es sich dabei um ein Tier handelte, das ihn gewittert hatte und nun vermutlich genauso unsicher war wie er: hierbleiben oder abhauen?

Perry widerstand der Versuchung, nach dem Tier zu greifen. Er wartete einfach nur ab. Plötzlich raschelte es wieder im Laub und zum Vorschein kam ein kleiner nackter weißer Kopf mit riesigen schwarzen, mangamäßigen Augen und großen spitzen Ohren, dazu ein kleines Stupsnäschen und ein süßer kleiner Mund.

Perry schmunzelte. Er musste sofort an die Bilder des *Goodman-Mausmaki* denken, eine von Göttinger Forschern neu identifizierte Affenart, von der ihm Lea mal Bilder im Internet gezeigt hatte. Der Kopf des Äffchens hatte ganz ähnlich ausgesehen, nur dass er mit braunem Fell bedeckt und nicht nackt und weiß gewesen war. Der restliche Körper des fremden Wesens erinnerte jedoch mehr an einen Miniaturdrachen, mit einem langen Hals und Zacken, die sich über den Rücken bis zur Schwanzspitze zogen, so wie man es nur von Echsen kannte. Die kleinen Hände mit den zierlichen Fingern dagegen sahen wieder so aus wie die eines Affen.

»Was bist du denn für ein süßes Ding?«, fragte Perry in sanftem Ton, um das kleine Wesen nicht zu erschrecken. »Was machst du hier?«

Das Tierchen antwortete ihm, wenn auch mit eigentümlichen Lauten, die Perry aber seltsam bekannt vorkamen. Sie erinnerten ihn an das Fiepen des alten Faxgeräts, das noch immer im Büro der Schulsekretärin stand. Perry und Marvin hatten das Teil mal in Aktion erlebt und sich gewundert, weshalb die Schule überhaupt noch Faxe verschickte, statt E-Mails zu nutzen. Wie auch immer, das kleine Wesen klang genau wie dieses Fax und Perry ahnte, dass es sich bei den Tönen tatsächlich um eine Sprache handelte.

»Kannst du mich verstehen?«, fragte er.

Vielleicht war das Wesen in Wahrheit aber auch gar kein possierliches Tierchen, sondern ein Ureinwohner dieses fremden Planeten, schoss es ihm durch den Kopf. Der Anblick konnte täuschen, die Venomier waren auch Außerirdische, sahen aber aus wie harmlose Menschenkinder. Nur weil das Wesen so niedlich schien, musste es nicht ungefährlich sein. Sein Herz pochte wie verrückt, doch Perry beruhigte sich schnell wieder. Das Tier machte partout nicht den Eindruck, als wollte es ihn gleich angreifen wie vorhin die fischköpfigen Ungetüme.

Verdammt! Perry fiel wieder ein, aus welchem Grund er hier über den Boden robbte. Seine Freunde warteten ungeduldig darauf, dass er sich von hinten an die Lagerhalle anschlich und den Angriff eröffnete. Es wurde Zeit. Er musste weiter. Was aber sollte er mit dem seltsamen Äffchen tun? Es sah ihn irgendwie auffordernd an, fand er. Ob es ihn wirklich verstand? Perry beschloss, es auf einen Versuch ankommen zu lassen, und erzählte dem Tier von seinem Vorhaben.

Perry traute seinen Augen nicht. Kaum hatte er zu Ende gesprochen, trippelte das Äffchen vorneweg, blieb stehen, drehte sich zu ihm um, wartete und trippelte dann wieder ein Stück weiter.

Es will mir zeigen, wo's langgeht!, dachte Perry. *Das ist ja total irre!*

Der Weg führte ihn zwar abseits von der Route, die er eigentlich hatte einschlagen wollen, aber Perry entschied, dem Maki zu vertrauen, und krabbelte ihm auf allen vieren hinterher. Tatsächlich zeigte ihm das Tierchen einen leicht begehbaren Pfad quer durchs Dickicht.

Und dann war Perry plötzlich am Ziel – vor ihm ragte die Rückwand der Lagerhalle auf.

»Super! Danke!«, sagte er leise. Das Äffchen sah ihn nur mit drolligem Gesichtsausdruck an.

Perry schlich um die Lagerhalle herum und stand nun an der Ecke des Gebäudes, direkt hinter den elefantengroßen Ungetümen, die noch immer das Eingangstor belagerten. Er konnte nur hoffen, dass sie weder gute Ohren noch einen exzellenten Spürsinn besaßen, denn sonst würden sie …

Plötzlich fuhr eines der Fischkopfmonster hoch und drehte sich zu Perry um. Perry erschrak, doch statt vor Angst zu erstarren, reagierte er blitzschnell. Mit einem Riesensatz hechtete er zum Eingang des Lagerraums hinüber, hielt dabei den Arm weit von sich gestreckt und aktivierte den Schutzschild, so wie VIUA es ihm gezeigt hatte.

Es funktionierte! Sofort wollte sich das Ungetüm auf Perry stürzen, knallte aber gegen die unsichtbare Wand.

»ICH BIN DA! DIE WAND STEHT!«, schrie Perry, so laut er konnte, damit die anderen drei ihn auch hörten. »JETZT SEID IHR DRAN!«

Auf dieses Stichwort hatten Lea, Emily und Marvin nur gewartet. Wie abgesprochen, schwärmten sie aus und aktivierten blitzschnell die Schutzwände rechts und links von den Ungetümen sowie einen davor.

Alle vier Seiten fügten sich perfekt zusammen. In Sekundenbruchteilen sahen sich die Ungetüme in einem unsichtbaren Käfig gefangen, der sich aus vier einzelnen Schilden zusammensetzte. Im Zwinger war das wütende Fiepen der Ungeheuer zu hören, die von innen laut gegen die Wände donnerten. Die Kinder hatten keine Ahnung, wie ausbruchssicher und belastbar der Käfig war. Womöglich würden die Viecher sich irgendwie befreien können. Sie durften keine Zeit verlieren.

Emily, Marvin und Lea sprinteten zum Eingang der Lagerhalle, wo Perry schon bereitstand. Noch einmal schaute er sich nach dem seltsamen Äffchen um, doch es war nirgends mehr zu sehen.

Perry drehte sich zur Eingangstür um und drückte den Türgriff nach unten. Verschlossen!

»Das gibt's doch nicht!«, rief Emily außer sich. »Das waren bestimmt die Venomier, diese gehässigen Giftzwerge«, schimpfte sie.

»Guckt mal, das da sieht aus wie ein Codeschloss, bei dem man eine Zahlenfolge eingeben muss!«, sagte Perry und zeigte auf ein rechteckiges Tastenfeld an der Tür. Obwohl die Zeichen darauf mehr als merkwürdig aussahen. Perry waren schon alle möglichen Schriftzeichen untergekommen, arabische und kyrillische, sogar echte Hieroglyphen und Klingonisch. Aber diese Zeichen hier sahen eher aus wie ein bunter Mix aus allem. Absolut unlesbar. Und dennoch erinnerte die rechteckige Anordnung der Tasten – drei waagerecht und vier senkrecht – stark an eine typische Codeschlosstastatur.

»Wirklich?«, fragte VIUA. Perry schien es, als hätte

VIUA laut losgelacht, wäre er kein Androide gewesen. »Die müssen doch wissen, dass das für mich kein Problem ist.«

VIUA trat an das Codeschloss heran, legte eine Hand darauf und sagte: »Das ist eine Sache von wenigen Sekunden.«

»Wow! Echt jetzt?«, staunte Marvin. »Du knackst Codeschlösser so schnell, selbst welche mit unbekannten Zeichen?«

»Die Zeichen sind nicht unbekannt«, erwiderte VIUA. »Das ist Venomisch. Nachdem klar war, dass wir es mit Venomiern zu haben, habe ich mir natürlich sofort deren Schriften und Sprachen aufspielen lassen. Nun kann ich den Code ohne Weiteres entschlüsseln. So wie jedes gute Elektronengehirn.«

Perry schaute ihn nachdenklich an.

Und brüllte los: »Weg hier! Schnell! Das ist eine Falle!«

Bevor irgendjemand noch etwas fragen konnte, riss Perry Marvin von der Tür weg und gab gleichzeitig Lea einen kräftigen Stoß, dass sie zur Seite stolperte. Emily reagierte blitzschnell und ging mit einem Hechtsprung in Deckung.

Nur VIUA stand noch da. Zwar hatte sein Androidengehirn die brenzlige Situation in Sekundenbruchteilen erfasst, aber sein Körper reagierte nur langsam. Perry warf sich mit Schwung auf den Androiden, begrub ihn unter sich und rollte zusammen mit ihm zur Seite.

In dem Moment explodierte die Tür.

Perry hielt schützend die Arme über den Kopf. Er hörte einen Schrei von Lea, Gefluche von Emily, nur von Marvin kam nichts.

Vorsichtig hob Perry den Kopf, sah sich um – und erschrak. Neben ihm lag VIUAs linker Arm, aus dem ein ganzes Bündel von Drähten herausragte, während sich die Finger noch bewegten.

»VIUA?«, Perry schaute sich suchend um. Nur ein kleines Stück von ihm entfernt richtete sich der Androide gerade auf. Aus seiner armlosen Schulter baumelten weitere bunte Kabel, deren Ummantelung zerfetzt war. Zum Glück kannten Androiden keine Schmerzen.

Perry sah an sich herunter. Er selbst schien unverletzt. Und die anderen?

»Deine Warnung war das Ergebnis von schnellem logischem Kombinieren«, lobte VIUA Perry. »Seltsam, dass mein Elektronenhirn nicht schon vor dir darauf gekommen war.«

»Ähm, VIUA?« Er zeigte auf den abgerissenen Arm, der am Boden lag.

Erst jetzt erkannte VIUA das Dilemma.

»Ach, da wird Specht wieder schimpfen wie ein Rohrspatz!«, sagte er.

Dieses Wortspiel, das für einen Androiden wirklich äußerst bemerkenswert war, brachte Perry zum Lächeln. Und eine gehörige Portion Erleichterung lag auch noch darin. Denn offensichtlich schätzte VIUA den Schaden nicht als sonderlich dramatisch ein. Wie es schien, hatte

Specht schon öfter solche Reparaturen an VIUA vorgenommen.

»Sind sonst alle okay?«, rief Perry.

Dank seiner Warnung war keines der Kinder verletzt worden. In letzter Sekunde hatten sich alle vor der Explosion in Sicherheit bringen können.

Perry atmete tief durch. Auch die anderen mussten sich nach diesem Schrecken erst einmal sammeln. Doch der erfreuliche Nebeneffekt des Venomier-Anschlags war, dass die Lagertür jetzt weit offen stand.

In Windeseile luden die Kinder so viele Kisten in den Rover, wie hineinpassten.

»Was ist mit dem Rest?«, fragte Perry. »Wenn wir das Lager offen stehen lassen, werden uns die Venomier oder die Ungetüme alle Vorräte klauen.«

»Ich kann zwei Androiden anfordern, die eine neue Tür einsetzen«, sagte VIUA.

»Gut«, entschied Lea. »Tu das! Und dann fahren wir so schnell wie möglich ins Dorf zurück und verstauen die Lebensmittel – aber nicht im Saloon, sondern bei uns zu Hause.« Und meinte damit die Kopie ihrer Wohnung, die von den Androiden erstellt worden war. »Solange wir nur zu viert sind, reicht der Platz dort aus. Um die Venomier müssen wir uns im Moment ja nicht kümmern. Morgen holen wir dann das asiatische Raumschiff ab.«

Die vier fuhren auf kürzestem Weg in die Wohnung von Perry und Lea. Während der Fahrt erzählte Perry von dem kleinen Äffchen, das ihm geholfen hatte. Leider hatte er in der Aufregung vergessen, das Tierchen zu fotografieren. So blieb ihm nur, es möglichst genau zu beschreiben. Der Bericht von seiner Begegnung machte aber immerhin Hoffnung, dass es hier auf dem fremden Planeten nicht nur feindlich gesinnte Lebewesen gab.

»Hoffentlich lässt es sich bald mal wieder blicken«, sagte Lea.

Zu Hause angekommen, erklärten sich Lea und Perry bereit, Spaghetti mit Tomatensoße zu kochen, was ihnen recht gut gelang. Zugegebenermaßen war das auch nicht sonderlich schwer, Nudeln kochen konnte wohl jeder und die Soße kam fertig aus der Konserve. Alle aßen sich pappsatt und fielen danach vom anstrengenden Tag todmüde in die Betten.

Perry war glücklich, dass sogar sein neues, dickes Astronomie-Buch in seiner Zimmer-Kopie lag. Allerdings war es ein völlig anderes Gefühl, darin zu blättern, nachdem man selbst zu einem Astronauten ausgebildet worden war, die ersten Abenteuer im Weltraum überstanden hatte und gegen Außerirdische kämpfen musste, die aussahen wie Menschenkinder.

»Leute, die Nachtwache müssen wir aber trotzdem abhalten«, mahnte Lea, noch bevor einer von ihnen auch nur ein Auge zumachen konnte. »Wer weiß, was die Venomier im Schilde führen. Ich mache die erste Schicht. In drei Stunden übernimmt Emily.«

»Aye, aye, Captain«, sagte Emily. Dann ließ sie sich ins Bett fallen, dessen Original im Schlafzimmer von Perrys und Leas Eltern in Berlin stand. Hier auf dem neuen Planeten schliefen nun sie und ihr Bruder in dem großen Doppelbett. Lea und Perry wäre es zwar lieber gewesen, wenn ihre Freunde jeweils bei ihnen im Zimmer geschlafen hätten, doch da es in ihren Original-Zimmern auf der Erde keine zusätzlichen Schlafmöglichkeiten gab, waren auch hier keine vorhanden. Wie ärgerlich! Lea hatte mit ihrer Mutter längst abgemacht, dass sie ein Aufblasbett für Übernachtungsgäste bekommen sollte. In der nächsten Woche hatten sie losgehen wollen, um eines zu kaufen. Zu spät. Oder andersherum, sie waren zu früh aus dem Schwimmbad geholt worden. Und deshalb musste sie nun allein schlafen.

Emily war zu müde, um sich darüber zu grämen, dass sie ins elterliche Schlafzimmer ausweichen musste. Sie sank augenblicklich in einen tiefen Schlaf, genau wie Marvin neben ihr und Perry in seinem Zimmer.

»Ich kann Wache schieben«, bot VIUA sich an. **»Ich brauche keinen Schlaf.«**

»Später«, antwortete Lea. »Du musst jetzt erst einmal repariert werden.«

»Allerdings!«, meckerte Specht, der kurz nach dem Abendessen zu der Gruppe dazugestoßen war, nachdem er die Venomier wieder verloren hatte. »Das wird mal wieder eine Fummelarbeit! Bestimmt brauche ich dafür mehrere Stunden!«

»Du arbeitest eben einfach zu langsam«, erwiderte VIUA.

»Pass auf, was du sagst«, konterte Specht. »Sonst repariere ich nicht deinen Arm, sondern schalte deinen Kopf aus.«

»Warum?«, fragte VIUA allen Ernstes.

»Ich weiß nicht«, antwortete Specht. »Das sind so Witze, die mir einprogrammiert wurden. Verstehen tu ich die auch nicht.«

Lea kicherte. Anscheinend hatte sich irgendein Techniker einen Spaß daraus gemacht zu versuchen, den Maschinen so etwas wie Humor einzuprogrammieren. Vergeblich, wie man deutlich hören konnte.

Nächtliche Entdeckung

Lea hatte sich wie die anderen auch schlafen gelegt, ihren Raumanzug jedoch anbehalten und sich nach nur eineinhalb Stunden von VIUA wecken lassen. Nun war es kurz nach Mitternacht. Sie prüfte anhand der Kontroll-Lampen, ob alle Funktionen an ihrem Anzug intakt waren, schlüpfte in die leichten, aber äußerst robusten Stiefel, die Teil ihrer Ausrüstung waren, und verließ die Wohnung, um im Saloon nach dem Rechten zu sehen. Ihr wäre wohler zumute gewesen, wenn jemand sie begleitet hätte, aber VIUA und Specht waren noch immer mit der Arm-Reparatur beschäftigt und ihre drei Freunde brauchten dringend ein paar Stunden Schlaf.

Lea trat hinaus auf die leere Straße. Sie fühlte sich verantwortlich für die Sicherheit ihrer Crew. Und doch: War es leichtsinnig, jetzt allein loszugehen? Sie hatte nicht den leisesten Schimmer, wo die Venomier sich aufhielten oder was sie vorhatten und ob der nächste Angriff der Ungetüme nicht bereits unmittelbar bevorstand. Aber eins war klar: Die Giftzwerge würden sich nicht damit abfinden, dass jetzt vier Erdenkinder auf dem Planeten lebten und weitere dazukommen sollten. Lea tröstete sich mit dem Gedanken, dass ein Knopfdruck genügte, um Specht und VIUA zu alarmieren.

Es war ein schöner klarer Himmel mit Abermillionen von Sternen und zwei hell leuchtenden Monden, von denen der eine fast voll und der andere nur halb zu sehen war. Eine laue Sommernacht, hätte man auf der Erde gesagt, aber Lea wusste gar nicht, ob es auf diesem Planeten überhaupt Jahreszeiten gab, und wenn ja, wie viele. Ob hier Schnee fiel? Sie musste über sich selbst schmunzeln. Es herrschten bestimmt noch gute 22 Grad Lufttemperatur, aber sie dachte an Schnee!

Mit dem Gedanken an den Winter überkam sie auch Heimweh. Ob sie an Weihnachten zu Hause wäre? In ihrem richtigen Zuhause, zusammen mit ihren Eltern. Lea glaubte nicht wirklich daran, aber sie hoffte es. Wenngleich sie auch nicht hätte sagen können, woher sie diese Hoffnung nahm. Man würde sie bestimmt nicht nach nur einem halben Jahr wieder zurück nach Hause schicken. Ihre Mission hier würde unter Umständen viel länger dauern. Vermutlich zwei oder drei Jahre, wenn nicht noch darüber hinaus.

Lea wurde traurig, als sie daran dachte. Wie kamen die dazu, sie so lange hier ...? Doch dann verbot sie sich diesen Gedanken und rief sich stattdessen in Erinnerung, weshalb man sie hierher geholt hatte: um die Menschheit zu retten. Nicht mehr und nicht weniger. Hatte sie in Anbetracht einer derart bedeutenden Aufgabe das Recht, wegen eines verpassten Weihnachtsfestes mit ihren Eltern herumzujammern? Und wann war eigentlich überhaupt Weihnachten? Hier auf diesem Planeten herrschte Sommer, aber das hieß gar nichts. Durch die Zeitreise in die Zukunft und wieder zurück und die aberwitzig große Entfernung zur Erde hatte Lea keinen Schimmer, welches Datum heute auf der Erde war. Eigentlich war das auch vollkommen egal. Und trotzdem: Vielleicht feierte man in diesem Moment auf der Erde Weihnachten. Vielleicht saßen ihre Eltern gerade vor dem Tannenbaum und vermissten sie und Perry; womöglich weinten sie.

Lea grübelte. Wie funktionierte das eigentlich mit dem Vermissen, wenn Zeitmaschinen im Spiel waren? VIUA hatte gesagt, man würde sie genau an jenen Moment zurückbringen, an dem man sie von der Erde geholt hatte. Demzufolge würden die Eltern das Verschwinden der Kinder gar nicht mitbekommen, außer dass sie und Perry dann vielleicht plötzlich ein oder zwei Jahre älter waren. Aber jetzt, in diesem Augenblick, wo Lea hier stand, Lichtjahre von zu Hause entfernt, da fehlte sie doch auf der Erde und würde vermisst werden. Oder etwa nicht?

Lea seufzte. Widersprüche wie diese Zeit-Paradoxien würde sie nie verstehen! Sie schaute sich um und stellte fest, dass sie allein auf der Straße stand. Mutterseelenallein. Es wurde Zeit, dass weitere Kinder hier landeten. Viele weitere Kinder aus möglichst vielen verschiedenen Ländern, um endlich so etwas wie *Leben* auf diesen Planeten zu bringen!

Lea freute sich schon auf die Ankunft der Kinder aus

Asien. Sie wollte alles für deren reibungslose Landung tun. Und so schüttelte sie nun auch alle ängstlichen Gedanken und Sorgen ab und ging entschlossen auf den Saloon zu. Sie würde sich die Vorfreude auf die neuen Menschenkinder auf keinen Fall von zu klein geratenen, mies gelaunten Erwachsenen wie den Venomiern versauen lassen. So viel stand fest.

Als sie am Saloon ankam, brannte dort Licht.

Lea zögerte nicht lange. Sie schlich so leise wie möglich zu einem der seitlichen Fenster. Vorsichtig spähte sie hinein und zog vor Schreck gleich wieder den Kopf zurück.

Die Venomier hatten sich alle vorne im großen Raum versammelt und dort auf die Tische verteilt. Fast alle. Lea dachte an ihre beiden Gefangenen Yo und Marc, die aber niemand zu vermissen schien – achtzehn Gestalten saßen hier im Saloon beim Essen. Ja, genau, sie aßen. Kein Zweifel, obwohl man zweimal hinschauen musste, um das zu erkennen. Sie saßen da, die Köpfe tief über die Tische gebeugt, und sogen die Nahrung auf wie Staubsauger, ohne die Hände oder Besteck zu benutzen. Und das, was sie in den Mund einsogen, sah aus wie ... Lea kniff die Augen zusammen, um noch schärfer sehen zu können, und ging mit dem Kopf ein Stück näher an die Scheibe heran, bis sie sich beinah die Nase platt drückte.

... Zucker! Lea konnte kaum glauben, was sie sah. Aber vor jedem Venomier lag ein Häufchen reiner weißer Zucker, als wollten sie gleich mit dem Kuchenbacken beginnen. Doch sie mischten keinen Teig an, sondern sogen den Zucker mit gespitzten Mündern auf wie Insekten den Nektar aus einer Blüte. Ja, der Vergleich war absolut treffend, fand Lea. Die Venomier ernährten sich wie Insekten.

Lea dachte an den Nachmittag, als die Ungetüme den Bus angegriffen hatten. Die Venomier – zu jenem Zeitpunkt hatte sie noch geglaubt, es handele sich bei ihnen um Kinder – waren aus dem Bus gesprungen und in den Dschungel geflüchtet. Aber bei allem Chaos war das Ganze recht geordnet abgelaufen. Sie waren ausgeschwärmt und hatten sich hinter Bäumen versteckt. Als VIUA sie dann gerufen hatte, waren sie flink wieder zusammengekommen, um sich wie militärisch gedrillt aufzustellen. Eine Marschkolonne. Eine Armee. Ein ganzes Volk. Wie Ameisen!

Ameisen! Lea ließ sich diesen Gedanken durch den Kopf gehen. Einerseits waren die Venomier diszipliniert, zielstrebig und gut organisiert, das ließ sich nicht leugnen. Und sie fraßen puren Zucker. Außerdem schienen sie sich für den Einzelnen nicht groß zu interessieren, zumindest machten sie wegen der fehlenden zwei Venomier in ihren Reihen keinerlei Anstalten. Entfernte man einzelne Ameisen aus einer Ameisenstraße, dann kümmerte das den Rest des Ameisenstaates auch nicht. Das, was zählte, war allein die Gemeinschaft. Offenbar hatten sie es hier also mit ameisenähnlichen Wesen in Kindergestalt zu tun, die sprechen und intelligent handeln konnten.

Verdammt!, fluchte Lea. Schon normale Ameisen auf der Erde konnten Menschen in die Flucht treiben. Wozu waren da erst kindergroße, denkende Exemplare imstande?

Andererseits benahmen sich die Venomier jedoch vollkommen chaotisch. »Wie ein Sack Flöhe«, hätte Leas Oma gesagt. Oder eben wie eine Horde Kinder, die außer Rand und Band geraten war und unkontrolliert über die Stränge schlug. Dazu noch mies gelaunt, unhöflich und frech.

Passte das beides zusammen?, überlegte sie. Eigentlich nicht, lautete ihre Antwort. Aber sie musste es trotzdem als Tatsache so hinnehmen. Letztlich waren die Venomier ja auch weder irdische Kinder noch Ameisen und vermutlich hätte ein Wissenschaftler ihr genau erklären können, warum beide Vergleiche hinkten. Aber für Lea wurden die fremden Wesen ein Stück weit greifbarer, wenn sie sie als wild gewordene Kinder betrachtete, die sich innerhalb ihrer Gesellschaft verhielten, wie man es gemeinhin von Ameisen kannte. Und so hielt sie weiter daran fest.

Bei Ameisen machte zum Beispiel ihre große Anzahl einen wesentlichen Teil ihrer Stärke aus. Die Gleichgültigkeit, mit der sie den Verlust von Yo und Marc hinnahmen, deutete darauf hin, dass für die Venomier das Gleiche galt. Und das hieß, dass es irgendwo hier auf diesem Planeten noch mehr von ihnen geben musste. Viele mehr! Tausende? Bestimmt waren diese wenigen hier nur die Späher. Das große Nest, ihr Staat, musste sich woanders befinden. Und allem Anschein nach betrachtete der Staat der Venomier die vier Kinder von der Erde als Eindringlinge, die es galt auszuschalten.

Lea zog sich langsam wieder zurück. Sie hatte genug gesehen. Sie wusste nun, dass sie es mit einem äußerst starken Gegner zu tun hatten. Aber sie kannte jetzt auch ein paar seiner Schwächen.

Beim Frühstück am nächsten Morgen berichtete Lea den anderen von ihren Beobachtungen. VIUA hatte den Tisch gedeckt – sehr methodisch und alles andere als gemütlich –, aber wenigstens hatten sie es nicht selbst machen müssen. An jedem Platz stand wie üblich ein Becher und ein Teller, daneben lag jeweils ein Messer. Die Sitzplätze aber waren in einer Reihe nebeneinander angeordnet, sodass die Kinder sich weder alle richtig ansehen noch miteinander unterhalten konnten. Gegenüber davon standen in einer schnurgeraden Linie der Brotkorb, die Butterdose, die Marmeladengläser, der Aufschnitt und eine Karaffe mit heißem Früchtetee. Bestimmt die effektivste Methode zum Frühstücken, aber eine ohne jeden Wohlfühlfaktor. Bevor die Kinder sich hinsetzten, räumte Emily schnell alles um, damit sie wie zu Hause in der Familie gemütlich um den Tisch herum sitzen konnten.

VIUA beobachtete sie mit sichtbarem Interesse.

»Die essen wie Insekten und leben wie Ameisen?«, fragte Marvin ungläubig. Er reichte Emily, die ihm gegenübersaß, den Brotkorb. »Sehen aber aus wie wir?«

Er hatte sich in der Vergangenheit schon des Öfteren vorgestellt, wie Außerirdische wohl aussehen könnten. Perry und er waren zu dem Schluss gekommen, dass sie vermutlich Bakterien, Viren oder Würmern ähnlicher wären als Menschen, aber an eine Kombination aus mehreren Möglichkeiten hatten sie nie gedacht.

»Und wir dürfen nicht vergessen, dass sie offenbar unsere Gedanken beeinflussen können!«, sagte Emily und nahm ein frisch aufgebackenes Brötchen vom Toasteraufsatz herunter. »Denkt an die Zwischenfälle im All.«

»Ja«, stimmte Perry ihr zu. Er belegte eine dunkle Brotscheibe mit Salami und Käse und strich eine dicke Schicht Kirschmarmelade darüber. »Aber seit wir hier auf dem Planeten sind, haben sie diese Gedankenmanipulation noch nicht angewandt, beziehungsweise wenn doch, dann nur bei den Ungetümen. Aber vielleicht klappt es hier auch gar nicht?«

Lea biss in ihr Honigbrötchen, trank einen Schluck Kakao und dachte darüber nach, was ihr Bruder gerade gesagt hatte.

»Das wäre natürlich interessant, wenn es nur im All funktioniert«, sagte sie schließlich, nachdem sie heruntergeschluckt hatte. »Umso mehr müssen wir nachher in der Raumfähre aufpassen.«

»Wie viel Zeit haben wir noch?«, fragte Marvin.

»Noch eine Stunde und vierundzwanzig Minuten bis zur Ankunft an Bord«, verkündete VIUA.

»Okay!« Emily nahm ein zweites Brötchen und schaute sich auf dem Tisch um. »Gibt's keine Nuss-Nugat-Creme?«

»In den Kisten, die wir mitgebracht haben, war keine«, antwortete Marvin. »Vielleicht noch im Lager.«

Das brachte Lea wieder auf einen neuen Gedanken. »VIUA, können wir sicher sein, dass das Lager und unsere Wohnungen von den Androiden wirklich gut bewacht werden?«

»Vor dem Lagerhaus sind fünf bewaffnete Androiden postiert, unten an den Wohnungseingängen jeweils zwei. Das sind fünfundvierzig Prozent der zur Verfügung stehenden bewaffneten Androiden«, antwortete VIUA nüchtern wie immer.

»Wir haben zwanzig Soldaten?«, hakte Perry nach.

»Zwanzig bewaffnete Androiden«, korrigierte VIUA, ohne darauf einzugehen, dass Perry die Rechnung so schnell im Kopf erledigt hatte. »Zwanzig, die zur Verfügung stehen. Fünf weitere befinden sich in der Reparatur.«

Lea wurde sofort hellhörig. »Moment mal! Wie sind die denn kaputtgegangen? Mussten die etwa schon kämpfen, bevor wir hier ankamen?«

»Sie sind nicht kaputt«, erwiderte VIUA. »Sie funktionieren nur nicht einwandfrei und werden nun geprüft.«

Leas Skepsis wuchs. »Was soll das heißen? Inwiefern funktionieren sie nicht?«

»Sie haben nicht immer das getan, was sie tun sollten«, erklärte VIUA lapidar. »Man vermutete zunächst einen Kurzschluss, dann einen Datenstau, aber bei fünf Androiden gleichzeitig der gleiche Fehler ist statistisch auffällig. Deshalb wurden sie zur Inspektion geschickt.«

»Und wer inspiziert sie?«, wollte Perry wissen.

»Andere Androiden natürlich.«

»Wow!«, rief Marvin. »Maschinen, die sich selbst konstruieren, also quasi vermehren, kontrollieren und reparieren, sprich vollkommen unabhängig vom Menschen leben und arbeiten. Das ist echte Zukunftsvision!«

»Was heißt hier Vision?«, fragte VIUA. »Das ist Technik aus der Zukunft. Das hatte ich doch schon mehrfach erläutert!«

»Ja, schon gut!« Marvin winkte ab. »Ich find's trotzdem faszinierend.« Auch Perry war beeindruckt. Nur Lea ließ sich nicht von ihren sorgenvollen Gedanken abbringen.

»Mit anderen Worten«, hakte sie nach, »wir haben eine Handvoll schwer bewaffneter Androiden unter uns, die nicht zuverlässig unsere Befehle befolgen? Und niemand weiß, wo der Fehler liegt?«

Emily, Marvin und Perry begriffen erst jetzt, auf welche enorme Gefahr Lea da hinwies. Mit ernster Miene schauten sie erst zu Lea und dann zu VIUA. Doch statt wie erhofft beruhigende Worte von sich zu geben, reagierte VIUA gewohnt sachlich.

»Das ist korrekt«, sagte er.

»Verdammt!«, fluchte Lea.

Emily wusste, woran Lea dachte. »Du glaubst, das ist auch das Werk der Venomier?«

»Wundern würde mich das inzwischen nicht mehr«, entgegnete Lea.

»**Auch diese Möglichkeit wird derzeit überprüft**«, bestätigte VIUA, bevor er auf ihre bevorstehende Aufgabe zurückkam: »**Wir müssen zum Weltraumbahnhof.**«

»Was?« Marvin schaute hektisch auf seine Uhr. »Moment noch!« Er stopfte sich einen Marmeladentoast in den Mund, trank gierig seinen Kakao aus, hielt Perry aber sofort den leeren Becher hin, damit er ihm noch mal nachschenkte. Gleichzeitig schnappte er sich ein Brötchen. »Ich mach mir noch eines für den Weg!«

»Ein Brötchen? Im Weltraum?« Emily klopfte Marvin an den Hinterkopf. »Bist du noch ganz bei Trost?«

Marvin schüttelte seinen Kopf. »Mann! Jetzt hör doch endlich mal auf, mir immer auf den Schädel zu hauen!«

»Na, wenn du immer so ’n Müll redest!«, rechtfertigte sich Emily.

»Ich rede überhaupt keinen Müll!«, erwiderte Marvin und schaute sich suchend um, ob irgendetwas in Reichweite lag, das er seiner nervigen Schwester in die Haare schmieren könnte.

Doch Lea ging sofort dazwischen.

»Hey, Leute. Schluss jetzt! Auch wenn’s hier so aussieht, als wären wir bei uns zu Hause, das sind wir leider nicht. Wir haben eine Mission!«

Marvin und Emily rissen sich augenblicklich wieder zusammen.

»Also, jeder kann noch ein halbes Brötchen essen«, entschied Lea. »Dann müssen wir los.«

Unten an der Haustür erlebten sie eine Überraschung. Perry wollte gerade in den Rover einsteigen, als er ein seltsames Fiepen hörte. Er blieb stehen, reckte den Hals, blickte suchend in die Richtung, aus der er das Geräusch vermutete, und wurde fündig.

»Da!«, rief er mit gedämpfter Stimme und zeigte auf einen violetten Baum, der schräg vor ihrem Haus stand. »Da sitzt es!«

Lea entdeckte das kleine Äffchen, das Perry am Vortag den Weg gewiesen hatte.

»Das ist ja total süß!«, schwärmte sie.

Perry zog eine Grimasse. »Es ist vor allem schlau!«

»**Ein Türilü!**«, sagte VIUA.

Alle vier Kinder wandten sich zum Androiden um. »Ein was?«

»**Ein Türilü!**«, wiederholte VIUA. »**Sein Name rührt von dem Geräusch, das es von sich gibt!**«

»Und?«, fragte Perry. »Sind diese Geräusche eine Sprache, die wir entschlüsseln können?«

»**Nein**«, antwortete VIUA. »**Die Laute sind am ehesten mit Vogelstimmen vergleichbar. Die Türilüs kommunizieren zwar intensiv und wir sind oftmals in der Lage zu er-**

raten, was sie meinen, aber eine echte umfängliche Sprache, die übersetzungsfähig ist, konnte bislang nicht beschrieben werden. Die Kommunikation bewegt sich auf der Mensch-Haustier-Ebene: Es werden einzelne Befehle verstanden, eine komplexe Unterhaltung ist aber nicht möglich. Und helfen können sie uns unter Umständen in der Weise, in der ein Hund auf der Erde einem Menschen in bestimmten Situationen helfen kann. So wie Blinden- oder Spürhunde zum Beispiel.«

»Es kommt auf uns zu!«, rief Marvin.

Behände sprang das Türilü vom Baum herunter, hüpfte auf die Kinder zu und ließ sich – zum Erstaunen aller – nicht etwa bei Perry nieder, sondern kletterte stattdessen auf Emilys Schulter.

»War ja klar!«, bemerkte Perry leicht beleidigt.

Marvin aber runzelte die Stirn. »Tiere kommen doch eigentlich immer zu Lea!«

»Aber zu Außerirdischen hat Emily einen besonderen Draht, zumindest haben das die Androiden behauptet!«, stellte Lea klar.

Damit war für die Kinder der Beweis erbracht – das Türilü war eindeutig mehr als nur ein Tier.

»Und jetzt?«, fragte Emily, der es nicht ganz geheuer war, dass dieses Türilü es sich jetzt auf ihrem Arm bequem machte, als wäre es schon seit Jahren ihr Gefährte.

»Ob es von denen noch mehr dort draußen gibt?«, überlegte Lea laut.

»Mir genügt schon dieses hier!«, sagte Emily. »Ich kann

es doch nicht einfach abschütteln. Aber an Bord will ich es auch nicht mitnehmen.«

Lea überlegte. »Aber vielleicht wäre das gar nicht so schlecht.«

Doch nun ging VIUA dazwischen. »Kommt nicht infrage. Das Türilü muss hierbleiben!«

»Siehst du, kleiner Fratz. Du musst hierbleiben. Verstehst du? Hier-blei-ben!« Emily hockte sich hin und streckte den Arm aus, damit das Türilü besser herunterspringen konnte. Dann lief es die Straße hinunter bis zum nächsten Dickicht, in dem es verschwand. »Oh, weg. Schade«, sagte sie mit enttäuschtem Gesicht.

»Offenbar hat es uns verstanden, dass es jetzt nicht mitkommen kann«, sagte VIUA. »Aber die Wahrscheinlichkeit ist recht hoch, dass es bei unserer Rückkehr wiederkommen wird.«

»Von mir aus gern!«, sagte Lea und winkte in die Richtung, in die das Wesen verschwunden war.

Eine Dreiviertelstunde später waren alle bereit zum Einstieg in die Raumfähre. Obwohl es für die Kinder der erste Start der Raumfähre vom Land aus war, meisterten sie ihn so routiniert wie erfahrene Astronauten. Perry staunte immer wieder, wie perfekt sie von dem autosuggestiven Lernprogramm vorbereitet worden waren. Jeder an Bord wusste, was er zu tun hatte. Jeder Handgriff saß wie hundertmal geprobt.

Planmäßig hob die Raumfähre vom Boden ab und startete ins All, wo sie bereits nach wenigen Minuten ankam und die Kinder-Astronauten wieder in die Schwerelosigkeit versetzt wurden. Emily bemerkte es als Erste, weil sich ihr Bruder heimlich doch noch ein Salami-Brötchen in die Tasche gesteckt und dabei versäumt hatte, diese richtig zuzumachen. Durch die Vibration beim Start war es aus seiner Hosentasche gerutscht und schwebte nun an Emilys Gesicht vorbei.

»Was ist das denn?«, rief sie entsetzt.

Zunächst dachte Lea, ihre Freundin würde wieder die mysteriösen Signale empfangen, aber dann sah sie selbst, was Emily meinte.

»Hier fliegt ein Salamibrötchen durchs Raumschiff«, rief sie.

Marvin fasste sich erschrocken an die Hosentasche. »Oh Mist!«, fluchte er, als er den Verlust bemerkte.

»Was soll das?«, fragte Lea scharf.

»Oh Mann!«, erwiderte Marvin kleinlaut. »Ich wusste eben nicht, wann es wieder etwas zu essen gibt. Und ich bin doch schon beim Frühstück nicht richtig satt geworden, weil wir so plötzlich los sind.«

»Bist du von allen guten Geistern verlassen?«, schimpfte Lea. »Perry, klär deinen Kumpel doch bitte mal auf!«

Perry war es peinlich und unangenehm, dass es Lea ausgerechnet ihm überließ, Marvin zu belehren.

»Jeder Krümel kann zum Geschoss werden«, erinnerte

Perry seinen besten Freund. »Und damit zu einer Gefahr für Augen, Ohren oder Nase. Das weißt du doch!«

Marvin nickte schuldbewusst. »Ja, ich weiß, deshalb gibt es auch sämtliche Nahrung an Bord nur flüssig oder müsliweich.«

»Eben!«, bestätigte Perry. »Und außerdem wird auf eine ausgewogene Zusammensetzung geachtet, damit wir alle notwendigen Vitamine bekommen, vor allem Vitamin D, was sich ohne Sonnenlicht im All nicht im Körper bildet.«

»Ja!«, antwortete Marvin genervt. »Schon klar ...«

»Und letzten Endes wird dir das Brötchen nicht mal schmecken!«, ergänzte Emily.

Marvin schaute zu seiner Schwester hinüber. Sie hatte recht. Das hatte er ganz vergessen. Trotzdem öffnete er seinen Gurt, schwebte seinem Brötchen hinterher, fing sie ein und biss hinein. Sogleich verzog er das Gesicht.

»In der Schwerelosigkeit sammelt sich Gewebsflüssigkeit im Oberkörper und Kopf der Astronauten und betäubt die Geruchs- und Geschmacksnerven – ähnlich wie bei einem Schnupfen. Deshalb ist die Astronautennahrung kräftig nachgewürzt«, erklärte Emily in schulmeisterlichem Ton, während Marvin das fade schmeckende Stück gerade wieder in seine Hand spucken wollte.

»Untersteh dich!«, warnte Lea ihn. »Schluck das ja runter!«

»Es schmeckt scheiße!«, jammerte Marvin.

»Es schmeckt nur lasch. Runter damit. Wir wollen hier nicht deine durchgekauten Speisereste durch den Raum fliegen haben.«

Marvin verzog das Gesicht und schluckte tapfer den Bissen herunter.

»Bäh!«, machte er und schwebte dann Richtig Raumfahrt-Toilette, um das restliche Brötchen zu entsorgen.

»Übrigens noch eine halbe Stunde, bis wir am Raumgleiter der Asiaten sind«, informierte Perry die anderen.

»Siehst du schon asiatische Schriftzeichen?«, witzelte Emily.

»Nein«, lachte Perry. »Und was ist mir dir? Hörst du vom Raumgleiter vielleicht schon Gespräche auf Mandarin oder so?«

»Die haben sprechende Mandarinen an Bord?«, fragte Marvin, der wieder von der Weltraumtoilette zurück war.

»Nein«, gab Emily zurück. »Denkst du eigentlich immer nur ans Essen? Die chinesische Hochsprache heißt Mandarin. Aber es ist nichts zu hören. Und wer weiß, vielleicht sprechen die Kinder an Bord ja auch nur Japanisch oder Thai. Vermutlich aber Englisch. Allerdings ... Moment mal!«

»Was?«, schaltete Lea sich ein.

»Da ist wieder dieses Signal«, sagte Emily.

»Achtung, aufgepasst!«, warnte Lea. »Alarmstufe rot. Das könnte wieder so ein Angriff der Venomier auf unsere Gedanken sein. Emily, es wäre toll, wenn du mal herausbekommen könntest, woher das Signal kommt.«

»Versuche ich ja!«, erwiderte Emily. »Von unserem neuen Planeten jedenfalls nicht.«

»Wir steuern auf den asiatischen Raumgleiter zu. Mit entsprechendem Zoom kann ich ihn schon sehen. Ich hole ihn auf den Bildschirm.« Perry betätigte ein paar Tasten. Dann konnten alle sehen, was er meinte.

»Dreh ihn mal richtig herum«, bat Lea. »Der steht ja auf dem Kopf.«

Perry lachte auf. »Ja, aber nicht auf dem Bildschirm, sondern in Wirklichkeit. Oder wir stehen auf dem Kopf, wie man will. Im All gibt es kein Unten oder Oben, schon vergessen?«

»Stimmt«, gab Lea ihm recht. »Ist aber irgendwie blöd, falsch herum auf den Raumgleiter zu gucken.«

»Ich könnte ihn auf dem Monitor drehen«, entgegnete Perry und wollte schon die entsprechenden Tasten betätigen, aber Lea hielt ihn zurück.

»Nein, nein!«, sagte sie. »Ich will lieber einen realistischen Blick ins Freie haben, wie aus einem Fenster. Die Vergrößerung verfremdet das Ganze schon genug.«

»Wie du meinst.« Perry nahm die Finger wieder vom Schaltpult.

»Was ist das da?«, fragte Lea und zeigte auf den Monitor. »Das Blaue dort? Sieht beinah aus wie eine Gaswolke oder so was Ähnliches.«

»Ja, bestätigte Emily. »Es umhüllt das Raumschiff.

Vermutlich werden wir's besser erkennen, wenn wir näher heranfliegen. Und das Signal wird stärker. Aber ich kann immer noch nicht sagen, woher es kommt.«

»Leute!«, warnte Lea. »Macht euch auf etwas gefasst. Ich gehe stark davon aus, dass sowohl das Signal als auch die Wolke von den Venomiern stammen. Vermutlich sind sie der Grund, warum das asiatische Raumschiff manövrierunfähig ist. Wir erleben gerade einen Angriff.«

»Aber wie machen sie das?«, fragte Marvin. »Von denen ist doch keiner gestartet. Die sind alle noch auf dem Planeten und können uns trotzdem von dort aus hier im Weltraum angreifen?«

»Ja«, grübelte Lea. »Das ist in der Tat seltsam. Das könnte doch eigentlich nur ...«

»... über einen Satelliten oder eine Raumstation funktionieren!«, beendete VIUA Leas Gedanken.

»Genau!«, rief Lea aus. »Verdammt, die Venomier haben hier draußen irgendwo einen Stützpunkt. Eine Raumstation. Wir müssen sie finden. Unbedingt! Sonst werden wir den asiatischen Kindern nicht helfen können.«

Der Satellit der Venomier!

»Ich empfange einen Funkruf der asiatischen Kinder!«, rief Emily.

»Können wir eine Videokonferenz schalten?«, fragte Lea.

Emily bejahte und drückte ein paar Tasten. Der große Monitor, den alle sehen konnten, begann zu flackern. Das bisherige Bild, das ihnen wie ein Fensterblick die Sicht aufs All gezeigt hatte, verschwand.

Erneutes Flackern. Dann erschien ein Gesicht auf dem Bildschirm, das auf dem Kopf stand. Emily drehte es und ein asiatisch aussehendes Mädchen lächelte ihnen entgegen, das kurze, schwarze, stachelig hochgegelte Haare hatte, die mittig am Kopf von einem strohblond gefärbten Streifen durchzogen waren. Es trug eine schwarze Nerd-Brille, einen silbernen Drachen-Ohrring im linken Ohrläppchen und einen quietschgelben Raumanzug, soweit der Bildausschnitt es erkennen ließ.

»Hallo!«, begrüßte Lea die Asiatin in englischer Sprache. »Ich bin Lea, Captain der *Kids' Settlement One*! Meine Crew und ich sind die Erstbesiedler des Kids' Planet und wurden als Abordnung losgeschickt, um euch zu holen, da euer Schiff laut unseren Informationen manövrierunfähig ist.« Dann stellte sie der Reihe nach Emily, Perry und Marvin vor, ebenso VIUA und Specht.

»Hallo!«, antwortete das Mädchen zu Leas großer Überraschung auf Deutsch. »Nett, euch kennenzulernen, und danke, dass ihr uns abholt und willkommen heißt. Mein Name ist Xiaomeng.«

»Wieder ein Mädchen als Captain«, flüsterte Marvin Perry zu. »Wieso ist nicht mal ein Junge der Boss?«

»Ich bin die Erste Offizierin an Bord der *Fēichuán zi nǜ*. Captain Daisuke ist gerade im Maschinenraum. Er wird gleich zurück sein«, fuhr Xiaomeng fort.

Auf dem Monitor erschienen Bilder von acht weiteren Kindern. Xiaomeng stellte ihnen die gesamte Crew vor.

»Zu unserer Crew gehören Kinder aus Vietnam, Laos und Thailand«, erläuterte Xiaomeng. »Und Daisuke, unser Captain, ist Japaner.«

Marvin stieß Perry grinsend an. »Ein Japaner. Hast du gehört? Daisuke ist ein Jungenname. Geht doch!«

»Eure Navigation ist ausgefallen, kurz bevor ihr zur Landung auf unseren Planeten ansetzen wolltet, richtig?«, fragte Lea.

Xiaomeng nickte. »Ja, genau. Wir wissen nicht, was los ist. Zuerst war unser Navigator plötzlich nicht mehr ansprechbar und wie weggetreten. Er befindet sich jetzt auf der Krankenstation ...«

Lea unterbrach sie: »Ihr habt eine Krankenstation? Habt ihr etwa auch einen Arzt dabei?«

Xiaomeng nickte. »Zumindest jemanden, der im Lernprogramm medizinisch geschult wurde. Ihr etwa nicht?«

Lea schüttelte den Kopf. Innerlich atmete sie auf. Eine große Sorge war soeben ein gutes Stück zusammengeschrumpft. Wenigstens gab es jetzt hier jemanden, der sich halbwegs mit Medizin auskannte.

»Okay, sorry, erzähl bitte weiter!«, sagte Lea.

Xiaomeng beschrieb die Symptome ihres Navigators, die sich mit denen deckten, die bei Lea und Marvin im All aufgetreten waren. Lea berichtete der Ersten Offizierin von dem Vorfall und erzählte ihr dann alles über die Venomier, die sie hinter diesen Angriffen vermuteten.

»Via Satellit?«, rief Xiaomeng aus. »Wir haben einen gesehen. Und uns noch gewundert, wieso der hier ist!«

»Kannst du die Position durchgeben?«, fragte Perry aufgeregt dazwischen.

Xiaomeng war es zwar nicht möglich, die exakte Position des Satelliten zu bestimmen, da er den Planeten umkreiste, aber sie konnte die Umlaufbahn benennen, auf der der Satellit seine Bahnen zog.

In dem Moment erschien Daisuke auf dem Bildschirm. Xiaomeng stellte ihn den anderen vor. Marvin hielt schnell die Hand vor den Mund, um nicht laut loszukichern. Daisuke sah ganz anders als, als Marvin ihn sich vorgestellt hatte – er war kein kleiner, schmächtiger Japaner, sondern im Gegenteil bestimmt zwei Köpfe größer als er selbst und kugelrund!

Daisuke hatte Marvins Reaktion sehr wohl bemerkt,

war deswegen aber zum Glück nicht beleidigt, sondern eher amüsiert.

»Du lachst über meine Figur?«, fragte er. »Du da, du kleiner blonder Zwerg?«

Marvin lief rot an. Emily ließ einen lauten Lacher los.

»Kleiner Zwerg ist doppelt gemoppelt«, gab Marvin tapfer zurück.

Daisuke grinste so breit, dass seine Augen nun völlig hinter seinen dicken Wangen zu verschwinden schienen. »Doppel-Moppel gefällt mir!«, lachte er. »Aber ich bin nicht fett, sondern ein Rikishi!«

Gesundheit!, hätte Marvin beinahe gesagt. Denn natürlich hatte er das Wort *Rikishi* noch nie zuvor gehört.

»Ihr sagt dazu Sumokämpfer«, erklärte Daisuke weiter.

Marvin riss die Augen auf. »Echt? Ich meine, du bist ein echter Sumoringer?«

Daisuke nickte.

Marvin behielt für sich, dass ihm ein Ninja noch lieber gewesen wäre. Diese Partisanenkämpfer hatten mit ihren außergewöhnlichen Kampfkünsten Weltruhm erlangt. Doch auch Sumoringer genossen in ihrer Heimat Japan höchste Anerkennung. Sie wurden verehrt wie kaum andere Sportler.

»Okay!«, sagte Marvin nur. »Spannend. Da kannst du später ja mal mehr darüber erzählen.«

»Genau!«, fuhr Lea dazwischen, setzte Daisuke in knappen Worten über die Venomier ins Bild und schlug vor, dass sie und ihre Crew zunächst den Satelliten der

Angreifer zerstören würden, bevor sie die Kinder vom asiatischen Schiff holten. »Auf diese Weise würden wir sicherstellen, dass sie uns nichts anhaben können«, begründete Lea ihre Entscheidung.

»Gute Idee«, stimmte Daisuke zu.

»Sollte ich mit meiner Theorie richtigliegen«, erläuterte Lea, »dann müsste eure Manövrierfähigkeit nach der Zerstörung des Satelliten wiederhergestellt sein. Wir können dann mit beiden Schiffen auf Kids' Planet landen.«

»Prima!«, antwortete Daisuke. »Also dann, wie sagt man bei euch: Hals- und Nasenbeinbruch!«

»Nur Beinbruch!«, lachte Lea. »Nicht das Nasenbein. Wir sagen Hals- und Beinbruch!«

Xiaomeng und Daisuke winkten zum Abschied. Emily brach den Kontakt ab. Auf dem Bildschirm war wieder der Fensterblick ins All zu sehen.

»Also dann, auf zu dem Satelliten der Giftzwerge!«, sagte Lea.

Marvin aktualisierte und aktivierte die Daten, die Xiaomeng ihnen übermittelt hatte. Das Raumschiff drehte sich ein kleines Stück. Die vier schnallten sich an. Perry gab Schub und die Raumfähre sauste los.

Es dauerte nicht lange, bis Marvin den Satelliten auf seinem Schirm hatte.

»Wir kommen in Reichweite!«, verkündete er.

»Okay, halbe Kraft, Perry!«, rief Lea

»Aye, aye, Captain«, erwiderte ihr Bruder.

Lea biss sich nervös auf die Unterlippe.

»Was hast du?«, fragte Emily. Wenn Lea sich so benahm, dann bereitete ihr irgendetwas Sorgen.

»Die Venomier haben das asiatische Schiff auf die gleiche Weise attackiert wie uns«, fasste Lea zusammen.

Emily nickte. Das wussten sie alle bereits.

»Aber warum unternehmen sie jetzt nichts?«, fragte Lea. »Weder bei unserem Start noch auf dem Weg zur *Fēichuán zi nù* und jetzt auch nicht. Sie lassen uns vollkommen in Ruhe. Ich frage mich, wieso?«

»Du hast recht«, stimmte Marvin ihr zu. »Die verfolgen irgendeinen Plan.«

»Das sehe ich auch so«, meinte Lea. »Wenn die uns so unbehelligt auf den Satelliten zufliegen lassen, dann *wollen* die, dass wir dorthin fliegen.«

Perry drehte sich zu seiner Schwester um. »Du meinst, so ähnlich wie bei der Tür zur Lagerhalle?«

Daran hatte Lea gar nicht mehr gedacht. Sie war nur skeptisch gewesen und hatte das Gefühl gehabt, dass die Venomier etwas im Schilde führten. Aber klar! Es war, wie Perry sagte – genau wie bei der Lagerhallentür. Eine Falle!

»Natürlich!« Lea schlug mit der Hand wütend auf die Lehne ihres Stuhls, was nicht besonders gut gelang in der Schwerelosigkeit. Es war ein bisschen so, wie wenn man unter Wasser nach jemandem schlagen will. »Die wollen uns in die Luft jagen!«

Emily erschrak. »WAS? Aber die werden doch nicht

ihren eigenen Satelliten opfern, nur um uns zu bekämpfen.«

»Stopp!«, wies Lea Perry an. Aber das war leichter gesagt als getan. Man konnte ein Raumschiff im All nicht einfach so anhalten wie einen Bus auf der Straße. Perry stoppte zwar die Motoren, aber durch den Schub driftete das Raumschiff noch weiter in dieselbe Richtung. Es war vergleichbar mit einem schnell fahrenden Motorboot, das man auf dem Wasser zum Stehen bringen wollte – das hielt auch nicht abrupt an.

Perry lenkte nun in die entgegengesetzte Richtung, wodurch sich der Schub noch mal deutlich abschwächte und das Raumschiff mehr vor sich hin dümpelte, und zwar weg vom Satelliten.

»Was immer sie vorhaben – um es zum Erfolg zu führen, wollen sie uns in der Nähe des Satelliten haben«, vermutete Lea. »Aber den Gefallen tun wir ihnen nicht!«

»Müssen wir aber«, widersprach Perry. »Denn noch sind wir zu weit weg, um den Satelliten mit unseren Waffen sicher zerstören zu können.«

»Und so wie's ausschaut, wissen das die Venomier!«, behauptete Lea. »Emily, empfängst du immer noch diese Signale?«

»Ja«, sagte Emily, »eben wurden sie lauter, jetzt sind sie wieder leiser!«

»Wisst ihr, was das für Signale sind?«, fragte Lea in die Runde und beantwortete sich die Frage gleich darauf selbst. »Das sind Sendesignale – auf diese Weise kommunizieren die Venomier vom Kids' Planet aus mit dem Satelliten. Das muss man sich vorstellen wie eine Art Fernsteuerung!«

»Könnte gut sein«, sagte Marvin. »Aber was nützt uns das?«

»Wenn wir diesen Kommunikationsweg stören, können wir den Satelliten ungehindert angreifen, denn dann können die Venomier keine Befehle mehr nach oben senden. Vom Prinzip her tatsächlich wie eine Fernbedienung vom Fernseher. Nimm die Batterien heraus und du kannst nicht mehr umschalten.«

»In unserem Fall hat die Fernbedienung aber voll Saft, wie man an den Signaltönen deutlich hören kann. Und die Funkstrahlen können wir nicht aufhalten«, wandte Emily ein.

Lea überlegte. »Was meinst du, Perry? Kann man da nicht irgendwie störend eingreifen?«

»Ich denke schon, bloß wie wir das anstellen sollen, weiß ich auch nicht«, erwiderte Perry. »VIUA, hast du eine Idee?«

»Mittels Ablenkung«, antwortete VIUA sofort. »Wenn sich der Satellit der Venomier auf einen Angreifer konzentrieren muss, ist es denkbar, dass er einen zweiten Angreifer nicht bemerkt oder sich nicht gleichzeitig um ihn kümmern kann.«

»Wie kommst du darauf, dass die Kapazitäten der Venomier so begrenzt sind?«, fragte Marvin.

»Beim ersten Angriff auf uns waren nur Marvin und Lea

betroffen«, antwortete VIUA. »Bei der *Fēichuán zi nù* hat ihr Angriff nur den Navigationsoffizier lahmgelegt. Warum haben sie nicht jeweils gleich die gesamte Crew angegriffen? Das wäre logischer und effizienter gewesen. Es gibt nur eine einleuchtende Erklärung: Sie konnten es nicht. Sie müssen sich bei ihren Angriffen auf ein Ziel konzentrieren.«

»Das ist es!«, freute sich Perry. »Das ist die Idee! Wir können einen koordinierten Angriff zusammen mit der *Fēichuán zi nù* starten!«

»Wie soll das gehen?«, fragte Lea. »Die *Fēichuán zu nū* ist manövrierunfähig!«

»Aber sie kann noch fliegen, beschleunigen und bremsen. Bloß steuern geht eben nicht«, erwiderte Perry. »Und im Moment liegt sie genau auf Kurs Richtung Satellit, oder Marvin?«

»Stimmt«, sagte Marvin.

»Das heißt, die *Fēichuán zu nū* braucht im Moment nur zu starten und zu beschleunigen, um auf den Satelliten zuzuhalten, was so aussehen würde, als wollte sie angreifen. Tut sie aber nicht. Sie wird rechtzeitig abbremsen, während wir uns gewissermaßen von hinten an den Satelliten heranpirschen und den tatsächlichen Angriff ausführen!«

»Genau so sieht die zielführende Vorgehensweise aus. Erfolgsaussicht liegt bei 70 Prozent«, erklärte VIUA.

»Oh Mann, VIUA!«, stöhnte Emily auf. »Kannst du uns so was nicht gleich sagen? Jedes Mal muss man dich erst direkt fragen.«

»So bin ich programmiert!«, antwortete VIUA.

»Völlige Fehlkonstruktion!«, lautete Emilys Urteil.

Lea warf ihr einen vorwurfsvollen Blick zu.

VIUA erwiderte sachlich: »Bisherige Bilanz: 100 Prozent der mir gestellten Aufgaben habe ich erfüllt. Fehlkonstruktion folglich nicht zutreffend. Korrigiere: perfekte Konstruktion.«

Lea lachte auf. »Richtig, VIUA. Lass dich nicht ärgern. Fehlkonstruktion nicht zutreffend!«

Emily verzog das Gesicht. »Alter Blechkopf!«, murmelte sie leise.

Aber VIUA hatte sie trotzdem gehört und entgegnete: »Falsche Analyse. Mein Kopf ist nicht aus Blech, sondern aus einer speziellen Mischung aus Silikon und ...«

»Schon gut, schon gut!«, unterbrach Emily ihn. »Lass uns mal den Angriff planen!«

Lea nickte und Emily stellte erneut eine Videoverbindung zur *Fēichuán zi nù* her. Diesmal erschien sofort das Gesicht von Captain Daisuke auf dem Bildschirm. Lea erläuterte ihm den Plan.

»Wir sind dabei!«, sagte Daisuke begeistert.

»Ihr nähert euch dem Venomier-Satelliten«, schlug Lea vor. »Und zwar so schnell, dass es wie ein Angriff aussieht. Aber haltet ausreichend Abstand, damit ihr bei einer Explosion des Satelliten nichts abbekommt. Wir nähern uns dem Satelliten von einer anderen Seite, bis wir nah genug dran sind, um ihn unter Beschuss zu nehmen.«

»Alles klar, wird gemacht!«, erwiderte Daisuke. Und dann verschwand er vom Bildschirm.

Lea erteilte den Befehl für vollen Schub. Marvin gab die Koordinaten ins Navigationssystem ein. Perry übernahm das Steuer und Emily blieb mit der *Fēichuán zi nù* in Funkkontakt. Gleichzeitig überwachte sie die Signale, die vom Venomier-Satelliten ausgingen. Der große zentrale Monitor zeigte wieder den Blick ins All, auf einem zweiten Bildschirm konnten sie den Flug der *Fēichuán zi nù* verfolgen.

»Die Signale werden stärker«, verkündete Emily. »Allerdings nur in der Nähe der *Fēichuán zi nù*, bei uns nicht.«

»Die Venomier starten einen Angriff auf sie«, stellte Lea fest. »Hoffentlich überstehen sie es!«

Lea biss sich auf die Lippe, runzelte die Stirn und rieb sich nervös die Hände. Vielleicht war ihr Plan doch nicht so gut und jetzt flogen die Kinder aus Asien direkt in ihr Verderben?

»Wie lange dauert es noch, bis wir nah genug dran sind?«, fragte sie Perry.

»Drei Minuten«, gab Perry zurück.

»Geht das nicht schneller? Fliegen wir Höchstgeschwindigkeit?«

»Natürlich«, antwortete Perry. »Aber wir fliegen einen kleinen Bogen. Marvin und ich glauben, wir können so einen Tick länger unbemerkt bleiben.«

»Wie viel Zeit kostet uns das?«, wollte Lea wissen.

»Dreißig Sekunden etwa«, schätzte Perry. In Anbetracht ihrer Geschwindigkeit war das recht lang. Trotzdem gab Lea ihr Okay.

Doch da tat sich ein Problem auf.

»Die *Fēichuán zi nù* driftet ab!«, meldete Marvin.

Lea setzte sich aufrecht hin und schaute auf den zweiten Monitor, wobei man einem frei im All schwebenden Raumgleiter natürlich nicht ansehen konnte, ob er Kurs hielt oder nicht. Marvin dagegen konnte das anhand der Koordinaten genau feststellen.

»Verflixt!«, fluchte Lea. »Was machen die da? Emily, frag nach!«

Emily versuchte sofort, Funkkontakt zum asiatischen Raumschiff aufzunehmen.

»Negativ. Es klappt nicht!«, meldete sie. »Ich habe Daisuke nur kurz fluchen hören, dann ist die Verbindung abgerissen.«

»Da stecken die Venomier hinter«, sagte Lea. »Sie sabotieren unseren Funkkontakt. Aber sind sie auch diejenigen, die dafür sorgen, dass die *Fēichuán zi nù* in eine falsche Richtung fliegt?«

»Möglich«, antwortete Marvin. »Die Venomier hatten doch den Navigator angegriffen und hypnotisiert. Wer weiß, was er in dieser Zeit alles unbewusst an den Einstellungen des Navigationssystems gemacht hat? Vielleicht hatten die Venomier ja sogar kurz Zugriff auf das Schiff, als der Navigator weggetreten war?«

»Du meinst, es könnte eine Steuerungsprogrammierung vorgenommen worden sein, die die Crew der *Fēichuán zi nù* jetzt selbst nicht mehr rückgängig machen kann?«, fragte Lea nach.

Marvin zuckte ratlos mit den Schultern. »Keine Ahnung. Leider können wir Daisuke im Moment ja nicht fragen.«

»Möglicherweise …«, meldete VIUA sich zu Wort, »… hat der Navigator, während er unter Hypnose stand, eine Art Fernsteuerung für die Venomier eingerichtet, die sich nun nicht mehr so ohne Weiteres deaktivieren lässt.«

Lea schreckte auf. »So etwas ist möglich?«

»Sicher«, antwortete VIUA. »Das wäre nicht so furchtbar kompliziert.«

»Das heißt, die Venomier steuern gerade das asiatische Raumschiff und unsere Freunde können nichts dagegen tun?« Lea fuhr entsetzt in ihrem Sitz hoch, doch der Gurt hielt sie zurück.

»Es ist anzunehmen, dass die asiatische Besatzung gerade alles Erdenkliche unternimmt, um die Fernsteuerung zu deaktivieren«, erklärte VIUA. »Aber das ist vermutlich gar nicht so einfach. Und das Gebiet, in das sie abdriften, ist höchst gefährlich – der sogenannte Todesnebel.«

»Todesnebel!«, wiederholte Lea entsetzt.

»Eine riesige Ansammlung von unbewohnbaren Planeten, Kometen, erloschenen Sonnen, Supernoven und schwarzen Löchern. In diesem Nebel ist mit allem zu

rechnen: Meteoritenhagel, von einem Schwarzen Loch verschluckt zu werden oder in den Feuersturm einer Supernova zu geraten. Diesen galaktischen Nebel sollte man unter allen Umständen meiden.«

»Aber die *Fēichuán zi nù* steuert geradewegs auf den Nebel zu!«, meldete Marvin. »Es dauert zwar noch eine Weile, bis sie ihn erreicht haben, aber falls die Venomier die Steuerung manipulieren, kann das Raumschiff womöglich nicht mehr rechtzeitig umkehren, selbst wenn die Giftzwerge irgendwann den Kontakt zu ihm verlieren und der Satellit dann keinen Einfluss mehr darauf hat. Wir müssen unseren Kurs ändern und die *Fēichuán zi nù* zurückholen. Sofort!«

Marvin wollte Perry gerade schon die neuen Koordinaten geben, um Kurs auf den befreundeten Raumgleiter nehmen zu können, aber Lea ging dazwischen: »Nein! Wir behalten den Kurs bei!«

»WAS?«, empörte sich Marvin. »Aber wir können Daisuke und seine Crew doch nicht im Stich lassen!«

»Tun wir auch nicht«, versicherte Lea. »Wir müssen den Satelliten zerstören. Auf diese Weise bricht die Verbindung zur *Fēichuán zi nù* zusammen und damit hoffentlich auch die Fernsteuerung. Daisuke und seine Mannschaft könnten dann ihren Raumgleiter wieder frei navigieren.«

»Aber bis dahin kann es zu spät sein!«, hielt Marvin dagegen.

»Wir sind doch in einer Minute nah genug dran«, erinnerte ihn Lea an seine eigene Berechnung.

»In eineinhalb Minuten«, berichtigte Marvin sie. »Wir machen doch noch den kleinen Schlenker. Nach meinen Berechnungen gerät die *Fēichuán zi nù* in fünfundsiebzig Sekunden in den Einflussbereich des Todesnebels. Allerdings sind meine Daten über die Geschwindigkeit der *Fēichuán zi nù* im Moment nicht sehr präzise. Es könnte auch noch hundertdrei Sekunden dauern, bis sie in den Todesnebel fliegen.«

»Wie lange genau noch, bis wir nah genug am Satelliten dran sind?«, fragte Lea

»Dreiundzwanzig Sekunden«, antwortete Marvin.

»Dann können wir es also schaffen. Kurs halten!«, befahl Lea.

»Oh Mann, Scheiße!«, stöhnte Marvin. Aber er und Perry hielten den Kurs.

»Bereit machen zum Feuern!«, befahl Lea.

Das war Emilys Aufgabe, von der sie bislang noch gar nichts gewusst hatte. Doch in dem Augenblick, als Lea den Befehl erteilte, wurden die entsprechenden Ressourcen aktiviert, die das Lernprogramm in ihrem Gehirn angelegt hatte. Sofort wusste Emily, was zu tun war. Sie legte eine Hand auf die metallene Abdeckung neben ihrem Schaltpult. Ein Sensor erkannte ihre Handlinien und die Abdeckung ging automatisch auf. Darunter kam ein neues Schaltpult zum Vorschein, mit zwanzig roten Knöpfen: die Geschützsteuerung der *Kids' Settlement One*!

»Aktivierung von Jammer 1«, befahl Lea.

Emily drückte einen der roten Knöpfe. Wenn alles

glattging, wie Lea hoffte, würde gleich das Funksystem zwischen Satellit und Bodenstation der Venomier zerstört oder zumindest unterbrochen sein und damit auch die Fernsteuerung aussetzen.

»Aktiviert!«, verkündete Emily. »Aber ich kann nicht erkennen, ob Jammer 1 wirksam war.«

»Aktivierung von zwei ASAT[3]-Raketen!«, befahl Lea.

»Ich mache darauf aufmerksam, dass die *Kids' Settlement One* insgesamt nur vier ASAT-Raketen zur Verfügung hat«, sagte VIUA.

Perry und Marvin drehten sich um und schauten Lea fragend an.

Lea nickte. »Stimmt. Ich korrigiere: Aktivierung von *einer* ASAT-Rakete. Und der Schuss muss ins Schwarze gehen!«

»Marvin, die Koordinaten!«, bat Emily.

Marvin gab sie ihr und Emily meldete: »Ziel im Visier. Schussbereit!«

»FEUER!«, befahl Lea.

Emily drückte auf einen Knopf.

Alle sahen, wie eine Rakete aus ihrem Raumgleiter herausschoss und direkt auf den Satelliten zusteuerte.

»Zieleinschlag in dreiundvierzig Sekunden!«, gab Emily durch.

»Verdammt, das dauert zu lang. Wir sind nicht nah genug dran!«, klagte Marvin.

3 *ASAT* – Antisatellitenrakete

»SBL[4] aktivieren!«, schob Lea nach.

Emily drückte einen weiteren Knopf.

»Wow!«, flüsterte Marvin. »Lea setzt Laserkanonen ein.«

»Reicht dazu unsere Energie, VIUA?«, fragte Perry.

VIUA rechnete. **»Ja, für zwei Schüsse reicht es. Auch noch für einen dritten, aber danach wären wir manövrierunfähig.«**

»Ihr habt's gehört, Leute!«, sagte Lea. »Wir müssen treffen!«

»Ziel verfehlt!«, meldete Emily. »Der Satellit ist unserer ASAT-Rakete ausgewichen.«

»Verdammt!«, fluchte Lea.

»Jetzt sind wir aber noch ein ganzes Stück näher dran«, sagte Perry. Denn während die Rakete den Satelliten angesteuert hatte, war natürlich auch der Raumgleiter weiter mit vollem Schub darauf zugeflogen.

»Marvin, Emily. Bereit machen für den Einsatz der SBL. Zielobjekt ins Visier nehmen!«

»Aye, aye, Captain«, meldete Emily.

»FEUER!«, sagte Lea sofort.

Emily drückte den Auslöser.

Der Laserstrahl schoss aus dem Raumgleiter. Gleichzeitig – zumindest kam es Perry so vor – sahen sie auf

4 *SBL* – Space based Laser. Im Weltraum stationierte Laserwaffen, normalerweise auf Satelliten stationiert, aber die *Kids' Settlement One* hat eigene an Bord.

dem großen Bildschirm einen grellen Blitz aufflammen.

»Treffer!«, jubelte Emily.

Der gewaltige Feuerball verglühte so schnell, wie er aufgeblitzt war. Und dann schauten sie nur noch ins tiefschwarze All mit seinen funkelnden Sternen und angeleuchteten Planeten und Monden. Aber der Satellit der Venomier war schlichtweg ...

»Verschwunden!«, staunte Marvin. »Nichts mehr von übrig.«

»Von wegen!«, rief Perry. »Der zerstörte Satellit kommt gerade als metallener Splitterhagel auf uns zugerast.«

»NEUER KURS!«, rief Lea. »Der *Fēichuán zi nù* entgegen. Und dann gemeinsam nichts wie weg! Voller Schub!«

Marvin gab hastig die Koordinaten zu Perry rüber, der den Raumgleiter um 90 Grad drehte und mit voller Kraft Kurs auf das asiatische Raumschiff nahm.

»Wie lange brauchen wir, bis wir uns treffen?«, fragte Lea.

Perry sah auf seine Anzeigen und stellte per Computer Berechnungen an, doch VIUA war schneller. **»Wir treffen uns gar nicht. Die *Fēichuán zi nù* steuert nicht in unsere Richtung.«**

»Was?«, wunderte sich Lea. »Wieso nicht? In welche Richtung fliegen sie denn?«

»Sie fliegen gar nicht. Sie stehen beziehungsweise sie treiben ganz langsam, und zwar direkt in Richtung Todesnebel«, meldete Marvin.

»Was ist da los?«, fragte Lea. »Emily, sag sofort Bescheid, sobald wir wieder Funkkontakt zur *Fēichuán zi nù* haben.«

»Die Verbindung steht wieder!«, meldete Emily.

Über Leas Gesicht huschte ein freudiges Lächeln. »Dann nimm Kontakt zu ihnen auf. Videokonferenz!«

Emily versuchte, jemanden auf der *Fēichuán zi nù* zu erreichen, aber es meldete sich niemand.

Leas Gesichtsausdruck verfinsterte sich. »Versuch es noch mal!«

»Ich versuche es ununterbrochen«, gab Emily zurück. »Sie reagieren nicht!«

Lea kniff die Lippen zusammen. Dann begann sie, an einem Fingernagel zu knabbern. Was konnten sie nur tun? Was war mit den asiatischen Kindern geschehen, die unaufhaltsam in den Todesnebel abdrifteten? Ihre Hände begannen zu zittern. Aber sie wusste, dass sie sich zusammenreißen musste. Sie hatten den Satelliten der Venomier zerstört. Das war das Wichtigste. Denn unabhängig davon, was mit den asiatischen Kindern auch passieren würde, die Venomier hätten alle zukünftigen Menschenankömmlinge mithilfe des Satelliten bedroht, ins Verderben gelockt oder gleich vernichtet. Das hatte Lea nicht zulassen dürfen! Allerdings hätte mit der Zerstörung des Satelliten auch die *Fēichuán zi nù* wieder freikommen müssen. Wieso drehten die asiatischen Kinder jetzt nicht um? Weshalb meldeten sie sich nicht?

»Um Himmels willen, was ist das?«, schrie Perry mit

einem Mal laut und zeigte auf den großen Bildschirm. Vor sich sahen sie die *Fēichuán zi nù* sowie ein undefinierbares Etwas in der Ferne, das in rasendem Tempo von links auf das asiatische Schiff zugeschossen kam. Mit offenen Mündern verfolgten die Kinder, was sich da vor ihren Augen abspielte.

»Ist das ein Komet?«, fragte Marvin.

»Negativ!«, antwortete VIUA umgehend. »Es handelt sich hierbei um unsere ASAT-Rakete, die ihr ursprüngliches Ziel – den Venomier-Satelliten – verfehlt hat und jetzt, da der Satellit zerstört ist, herumirrt.«

»Und womöglich gleich die *Fēichuán zi nù* trifft! Du liebe Güte!«, Lea hielt entsetzt den Atem an.

»Emily, gib ihnen Bescheid. Funk SOS. Auch wenn sie nicht reagieren. Schick ununterbrochen Warnmeldungen rüber!«

»Jetzt hilft nur noch beten!«, hauchte Marvin.

»Wie bitte?«, fragte VIUA, der das Wort nicht kannte. Als Androide fehlte ihm nicht nur Humor, sondern auch so etwas wie Glaube. Beten war ihm völlig unbekannt.

»Ja«, versuchte Emily ihm zu erklären, obwohl sie und ihre Familie gar nicht religiös waren. »Wenn gar nichts mehr hilft, hoffen wir Menschen auf ein Wunder – auf den Beistand einer höheren Macht. Und die nennen wir Gott – ein nichtmenschliches, übernatürliches Wesen, das über alles schützend seine Hand hält.«

»Ach, so eines wie ich!«, sagte VIUA. »Ich bin auch ein nicht menschliches, übernatürliches Wesen, das über alles wacht. Darauf wurde ich programmiert. Und manche Menschen bezeichnen mich als technisches Wunder!«

Emily verzog das Gesicht. »Nein, VIUA, so etwas wie du ist damit eigentlich nicht gemeint.«

»Aber wenn du jetzt deine Hand schützend über die *Fēichuán zi nù* halten könntest, wäre das trotzdem nicht schlecht«, sagte Marvin.

»Ich kann aber nicht auf die ASAT-Rakete zugreifen«, stellte VIUA nüchtern fest.

»Ja, das wissen wir«, antwortete Emily. »Das ist eben der Unterschied zwischen dir und einem Wunder.«

»Schluss jetzt, Leute! Betet oder drückt die Daumen oder macht sonst was. Hauptsache, die Rakete trifft nicht die asiatischen Kinder! Marvin, kannst du die Flugbahn berechnen?«

»Ja, Moment«, erwiderte Marvin.

Aber VIUA kam ihm zuvor. »Bewegen sich die Rakete und das Raumschiff jeweils in demselben Tempo und auf demselben Kurs unverändert weiter, wird die Rakete das Raumschiff um etwa 750 Kilometer verfehlen. Das ist – wie ihr Menschen sagen würdet – haarscharf!«

Lea strahlte ihn an. »Aber weit genug auseinander, dass der Raumfähre nichts geschieht, oder?«

»Ja, solange die Flugrichtung der Rakete oder des Raumschiffs nicht noch durch die Anziehungskraft eines Planeten oder Kometen oder eines Schwarzes

Lochs aus dem Todesnebel verändert wird«, gab VIUA zu bedenken. »Oder …«

»ACHTUNG!«, brüllte Perry. Seht auch das an!«

Auf dem Bildschirm war eine gewaltige Explosion zu sehen.

Lea hielt den Atem an. »Meine Güte!«, hauchte sie. »Das wird doch nicht …?«

Niemand an Bord wagte es, auch nur einen Mucks von sich zu geben. Alle starrten stumm auf den Bildschirm und hofften, dass es nicht die *Fēichuán zi nù* gewesen war, die da soeben in Flammen aufgegangen war. Andererseits: Was hätte es denn sonst sein sollen? Hatte sich VIUA etwa verrechnet? Oder hatte sich am Ende doch die erwähnte Anziehungskraft mit fatalen Folgen auf Rakete oder Raumschiff ausgewirkt?

Perry kniff die Augen zusammen. Er meinte da gerade etwas auf dem Bildschirm erkannt zu haben. Das war doch … Hastig drückte er an seinem Schaltpult ein paar Tasten, um das Bild näher heranzuzoomen.

»Was zum Henker machst du da?«, pflaumte Lea ihren Bruder an.

»Warte mal«, wehrte Perry ab. »Da! Seht ihr?« Niemand außer Perry sah etwas. »Na, dort!«

Jetzt bemerkten auch die anderen die dunkle Kontur, die sich aus dem hellen, aber kleiner werdenden Feuerball herausschälte.

»Das ist … die … *Fēichuán zi nù*!«, rief Perry. »Unbeschadet!«

»Unbeschadet?«, fragte Lea. Sie wollte lieber ganz sichergehen, bevor sie in Jubel ausbrach.

»Sie hat ...« Marvin überprüfte schnell noch mal seine Daten, um keine voreiligen Schlüsse zu ziehen – aber kein Zweifel. »Ja, sie hat den Kurs um 180 Grad geändert und steuert jetzt auf uns zu!«

»Wirklich?«, fragte Lea. »Was hat das zu bedeuten? Etwa, dass ...?«

»Ich empfange ein Signal!«, rief Emily dazwischen.

Lea stöhnte laut. »Oh nein, nicht schon wieder. Das kann doch nicht wahr sein!«

»Nein, nein!«, beschwichtigte Emily. »Nicht das Signal der Venomier, sondern eins von der *Fēichuán zi nǜ*! Sie senden uns eine Nachricht. Videoschaltung!«

Emily drückte ein paar Knöpfe und prompt verschwand das Bild des Feuerballs und des Raumschiffs vom Monitor und stattdessen erschien eine ... na ja, Bildstörung. Ein wackeliges, verzerrtes Bild, das aber allmählich schärfer und klarer wurde. Bis das grinsende Gesicht eines jungen Asiaten auf dem Monitor zu sehen war.

»Daisuke!«, jubelte Lea. Am liebsten wäre sie aufgesprungen, hätte den Jungen umarmt und ihm vor lauter Freude und Erleichterung ein Küsschen auf die Wange gedrückt. Sie musste sich regelrecht zusammenreißen, um in ihrer Euphorie nicht ersatzweise den Monitor abzuknutschen. So aber blieb sie einfach nur sitzen und fragte: »Alles okay bei euch?«

Daisuke nickte. »Das war knapp. Die Explosion hat uns zwar erschreckt, aber vor allem gerettet. Die Venomier hatten nicht nur unseren Navigator angegriffen und dann die Steuerung unseres Raumschiffs übernommen, sondern auch einen Virus installiert. Wir selbst hatten keinen Zugriff mehr auf unser Steuerungssystem und der Funk war auch gestört. Wir konnten euch zwar hören, uns aber nicht mitteilen. Danke für eure Warnmeldungen. Uns blieb nur, sämtliche Motoren abzuschalten, und dann sind wir weiter auf den Todesnebel zugetrieben. Aber dann hat die zweite Explosion einen Kurzschluss in der Computeranlage verursacht. Eure Rakete hat einen Kometen getroffen. Wir konnten das System neu starten und zurücksetzen auf einen Zeitpunkt vor Inkrafttreten des Virus. Dadurch war es uns dann möglich, wieder Kontakt zu euch aufzunehmen und unser Schiff auch endlich wieder selbst zu steuern.«

»Mann, das war alles ganz schön knapp!«, sagte Lea.

»Ja! Jedenfalls vielen Dank für eure Hilfe!«, rief Daisuke. »Ihr habt uns gerettet!«

»Ja, mit unserem Fehlschuss!«, lachte Lea. »Zum Glück haben wir beim ersten Mal so schlecht gezielt! Funktioniert bei euch jetzt wieder alles?«

Daisuke nickte. »Ja, alle Systeme laufen einwandfrei!«

»Prima!«, sagte Lea. »Dann fliegt uns hinterher zum Kids' Planet. Da wartet eine Menge Arbeit auf uns. Und freut euch bloß nicht zu früh: Hier im All haben wir die Venomier zwar geschlagen, aber sie haben sich auch auf unserem Planeten eingenistet und ich fürchte, uns steht noch so einiges mit ihnen bevor.«

»Aber jetzt müsst ihr es nicht mehr allein gegen sie aufnehmen«, erklärte Daisuke. »Denn ihr habt zehn neue Freunde.«

»Schön!«, freute sich Lea. »Herzlich willkommen!«

Rückkehr!

Die Rückkehr zum Kids' Planet verlief ohne weitere Zwischenfälle, was Lea einerseits freute, andererseits aber ihr Misstrauen schürte. Niemals würden die Venomier ihre Niederlage im All so einfach hinnehmen. Lea war sich sicher, dass sie bereits einen neuen Plan ausheckten, um sie anzugreifen und zu vernichten oder zumindest von diesem Planeten zu verjagen. Sie rechnete mit dem Schlimmsten.

Aber der befürchtete Angriff blieb zunächst aus. Im Gegenteil: Kids' Planet präsentierte sich als die friedlichste neue Heimat, die man sich vorstellen konnte. Als sie endlich auf dem Weltraumbahnhof gelandet waren, strahlte der Himmel in schönstem Blau, die beiden Monde waren nicht mehr zu sehen, dafür aber eine knallrote Sonne, welche die bunte Pflanzenwelt in ein geradezu magisch schönes Licht tauchte.

Am meisten aber freuten sich Perry und Lea über eine besondere Überraschung, die sie am Weltraumbahnhof erwartete. Direkt am Dschungelrand saß – Türilü!

Perry strahlte übers ganze Gesicht, wunderte sich aber auch ein bisschen. »Meinst du, es hat gewusst, dass wir jetzt hier landen, und ist deswegen hergekommen?«, fragte er Lea.

»Da hast du deine Antwort!«, sagte seine Schwester und zeigte lächelnd auf das kleine Wesen.

Türilü flitzte über die Landebahn direkt auf Emily zu, die vor Schreck gleich drei Schritte zurückwich. Das Tierchen sprang ihr auf die Schulter, knabberte an ihrem Ohr und gab leise Fiepslaute von sich. Dann hüpfte es, ehe Emily sichs versah, in hohem Bogen direkt auf Perrys Kopf. Perry zuckte kurz zusammen, ließ es sich dann aber doch gern gefallen.

»Es freut sich offenbar, dass wir wieder da sind«, stellte Lea mit einem breiten Grinsen fest.

»Ist es nun ein Tier oder ein intelligentes Lebewesen von diesem Planeten?«, fragte Marvin.

»Man könnte sagen, beides«, antwortete VIUA.

Von den fischköpfigen Ungetümen, bei denen auch noch nicht ganz klar war, was sie eigentlich darstellten, war zum Glück ebenso wenig zu sehen oder zu hören wie von den Venomiern. Laut Specht hatten sich alle Venomier in den bunten Dschungel zurückgezogen und waren einfach verschwunden.

»Wie verschwunden?«, fragte Lea. »Was meinst du damit?«

»Genau das, was ich sage!«, antwortete Specht. »Ich bin ihnen gefolgt. Sie sind tiefer und tiefer in den Urwald eingedrungen und haben sich dabei immer mehr aufgeteilt, bis am Ende alle Venomier einzeln unterwegs waren. Irgendwann musste ich mich entscheiden, wem ich folgen wollte, und bin dann einem von ihnen hinterher. Aber mit einem Mal war er weg. Wie vom Erdboden verschluckt. Keiner meiner Sensoren konnte ihn mehr wahrnehmen.«

»Das klingt ja wie Zauberei!«, kommentierte Emily.

»Zauberei gibt es nicht«, belehrte Specht sie.

Emily streckte ihm die Zunge heraus.

Aber VIUA fügte hinzu: **»Allerdings können wir bei extraterrestrischen Wesen mitunter Phänomene feststellen, die alles in den Schatten stellen, was Menschen gemeinhin als Zauberei bezeichnen.«**

»Na also, da hörst du's!«, Emily streckte Specht gleich noch mal die Zunge heraus.

»Und Marc und Yo?«, fragte Lea nach.

»Sind beide noch eingeschlossen«, berichtete Specht. »Keiner der anderen Venomier hat sich um sie gekümmert.«

»Aber *wir* müssen uns um sie kümmern«, sagte Lea. »Die beiden haben doch bestimmt Hunger.«

»Ja«, lachte Marvin grimmig. »Kannst ihnen ja einen Sack Zucker hinstellen.«

»Das werde ich auch tun. Und dann fragen wir sie, was sie eigentlich genau vorhaben und weshalb sie uns bekämpfen.«

»Wow! Ein Verhör!«, rief Marvin begeistert.

Doch Lea nahm ihm sofort den Wind aus den Segeln. »Ich sagte, wir *fragen* sie. Verstanden?«

Marvin nickte missmutig.

Da die fischköpfigen Ungetüme den Bus zermalmt hatten und nicht alle Kinder zusammen in den Rover passten, blieb ihnen nichts anderes übrig, als die Strecke zum Quartier mehrmals zu fahren. Diese Aufgabe übernahm VIUA.

Lea, Perry – immer noch mit Türilü auf der Schulter –, Emily und Marvin kamen als Erste in dem kleinen leeren Dorf an. Sofort wollten sie sich an die Arbeit machen und die Verwüstungen im Saloon beseitigen, damit sich die asiatischen Kinder nach ihrer Ankunft hier einigermaßen wohlfühlten. Doch zu ihrem Erstaunen waren ihnen die Androiden bereits zuvorgekommen. Sämtliche Lebensmittel, die sie aus der Lagerhalle geborgen hatten, lagen ordentlich verstaut in der Vorratskammer, davor hielt ein Androide Wache.

»Hier ist anscheinend alles in Ordnung«, stellte Lea zufrieden fest. »Dann schauen wir doch mal nach unseren Gefangenen.«

Die vier verließen den Saloon, um gegenüber in der Kammer des leer stehenden Ladens nach Marc und Yo zu sehen.

Lea zückte den Schlüssel, doch Perry zeigte nur stumm auf die Eingangstür – sie war aus den Angeln herausgetreten worden.

»Den Schlüssel kannst du wegwerfen!«, sagte Perry. »Ich hätte nicht gedacht, dass die Venomier so stark sind.«

Er trat an den Türrahmen heran, in dem die Tür nur

noch an einem Scharnier hing, und steckte vorsichtig den Kopf durch den Spalt.

»Hallo?«, rief er ins Ladeninnere. Niemand war zu hören oder zu sehen. »Vielleicht hat sich ja deshalb keiner der Venomier um sie gekümmert. Sie wussten, dass Marc und Yo sich jederzeit selbst befreien könnten.«

»Oder auch nicht«, warf Emily ein. »Vielleicht haben sie ja die Fischköpfe zu Hilfe gerufen?«

»Glaube ich nicht«, widersprach Marvin. »Schaut mal hier!«

An der Innenseite der Tür waren deutlich Fußabdrücke erkennbar, da, wo Marc und Yo offensichtlich gegengetreten hatten; an zwei Stellen klafften sogar Löcher in der dicken Holzplatte.

»Perry hat recht«, fuhr Marvin weiter fort. »Die Venomier verfügen ganz offensichtlich über Wahnsinnskräfte.«

Perry besah sich die demolierte Tür. Dann kratzte er sich am Kinn und schaute hinaus auf die Straße zu der Stelle, an der sie sich vor dem Saloon mit den Venomiern geprügelt hatten.

»Als wir sie bei dem Gerangel festhalten wollten, kamen sie mir schon durchaus stark vor, aber nicht *so* stark.« Perry zeigte wieder auf die kaputten Türscharnicrc. »Ich mcinc, wir hatten sie doch sogar fast überwältigt, bevor VIUA sie kampfunfähig gemacht hat. Das hätten wir doch nie geschafft, wenn sie wirklich solche Wahnsinnskräfte besäßen.«

»Vielleicht verfügen sie über eine Art Zaubertrank wie die Gallier bei Asterix«, überlegte Marvin, wofür er ein Stirnrunzeln seiner Freunde erntete. »Okay, okay«, sagte er kleinlaut. »Ich nehm's zurück.« Insgeheim hielt er es aber dennoch für möglich.

Zu diesem Zeitpunkt ließ sich nicht klären, wie den beiden Venomiern die Flucht gelungen war. Tatsache blieb, Marc und Yo waren fort und man konnte sie weder fragen noch verhören, welcher Plan hinter ihren Angriffen steckte.

»Okay!«, sagte Lea. »Der Rover bringt gleich die Crew der asiatischen Kinder hierher. Vermutlich haben sie nach all der Astronautennahrung Hunger auf eine richtige Mahlzeit. Was meint ihr, kochen wir etwas?«

»Au ja!«, rief Marvin. »Ich habe jedenfalls einen Riesenhunger. Was gibt's denn Gutes?«

Lea schaute ihn stirnrunzelnd an: »Genau das, was wir uns selbst zubereiten. Was kannst du denn kochen?«

Marvin stutzte, kratzte sich am Kopf, dachte nach und sagte: »Öhm ... Spiegelei!«

»Na klasse!«, lachte Emily. »Das wird ja das reinste Festmahl! Zumal wir gar keine Eier haben, weil es keine Hühner gibt. Oder kannst du Eier legen, Türilü?«

Sie streckte dem Wesen ihre Hand hin, um es zu streicheln.

Das Türilü wich jedoch zurück, stieß ein paar Fiepser aus, sprang von Perrys Schulter herunter und rannte fort.

»Na toll!«, meckerte Perry. »Jetzt hast du ihn beleidigt und verscheucht!«

»Wer sagt denn überhaupt, dass das ein Männchen ist?«, entgegnete Emily. »Vielleicht holt uns das Türilü Eier von irgendwoher? Sonst gibt es nämlich nur Spiegelei ohne Ei, wenn mein Bruder kocht.«

»Was kannst *du* denn?«, fragte Marvin seine Schwester.

Emily musste zugeben, dass sie auch keine große Köchin war. »Also, die Spaghetti haben wir doch ganz gut hinbekommen ...«, stotterte sie. »Ansonsten hab ich beim Verladen der Kisten noch gesehen, dass es Bohnenkonserven gibt.«

»Uäh!«, machte Marvin. »Bohnen! Haben wir nichts Besseres?«

»Ich will Currywurst!«, warf Perry ein.

Doch sofort protestierte Emily, die Vegetarierin unter ihnen: »Geht's noch?« Sie tippte sich mit dem Finger an die Stirn.

Marvin stärkte seinem Freund natürlich sofort den Rücken. »Oder Döner!«

Seine Schwester fauchte ihn giftig an. »Schlagt doch noch mehr Sachen vor, die ich nicht essen kann, ihr Blödis!«

»Ruhig Blut, Leute!«, ging Lea dazwischen. »Soweit ich es überblicke, haben wir weder das eine noch das andere. Es gibt aber Bockwürstchen in der Dose, falls da jemand Lust drauf hat, jedoch ohne Senf. Aber mal ehrlich: Kochen kann von uns doch eigentlich keiner. Also sollten wir am besten nur irgendetwas warm machen. Fertig-Ravioli hab ich noch gesehen!«

»Mmmmmh! Auch lecker!«, fand Marvin.

»Fleischfüllung!«, meckerte Emily wieder nur.

»Tiefgefrorenen Spinat!«, hatte Lea noch im Angebot. »Dazu würden auch Marvins Spiegeleier passen, wenn wir welche hätten! Aber das Türilü lässt sich ja auch nicht wieder blicken.«

»Gut, dann Spinat!«, willigte Emily ein.

Die vier waren gerade auf dem Weg zurück zum Saloon, als ihnen Daisuke und Xiaomeng entgegenkamen.

»Da seid ihr ja!«, begrüßte Daisuke sie. »Wir dachten, dass wir erst mal etwas essen. Nach der ganzen Aufregung hat unsere Crew mächtig Hunger.«

Lea lächelte ihn an und wollte erwidern, dass sie genau die gleiche Idee gehabt hätten, als Daisuke fortfuhr: »Chi ist bereits in der Küche!«

»Chi?«, fragte Lea.

Daisuke strahlte übers ganze Gesicht. »Unser Koch! Ich hoffe ja, er macht uns Nabemono, mein Lieblingsessen.«

»Nabe-was?«, fragte Marvin.

»Nabemono, das ist ein Eintopf. Den gibt es in vielen Varianten«, erklärte Xiaomeng.

»Ich hoffe, auch ohne Fleisch!«, warf Emily ein.

Daisuke brachte mit einem Schulterzucken zum Ausdruck, dass dies für seinen Koch kein Problem darstellen würde.

»Ihr habt einen Koch und einen Arzt dabei?«, fragte Lea. »Ich muss zugeben, ihr seid irgendwie besser vorbereitet als wir.«

»Natürlich sind wir gut vorbereitet!« Daisuke wunderte sich, dass Lea sich wunderte. »Wir wurden sorgfältig ausgewählt und gut ausgebildet. Ihr etwa nicht?«

»Nö, eher nicht«, musste Lea einräumen, wobei sie VIUA, der ein Stück abseits stand, einen vorwurfsvollen Blick zuwarf. Doch davon nahm der Androide keine Notiz.

»Wir bringen jetzt unsere Sachen in unsere Quartiere, dann sehen wir uns im Saloon«, sagte Xiaomeng, winkte noch einmal kurz und stiefelte dann zusammen mit Daisuke los. Lea und ihre Freunde blieben ein wenig verdattert zurück.

»Hoffentlich schmeckt der Eintopf auch«, murmelte Marvin.

»Bestimmt!«, machte Lea ihm Hoffnung. »Chi ist ein thailändischer Jungenname. Perry und ich waren mal mit meinen Eltern in einem Thai-Restaurant. Das Essen dort war ziemlich lecker, stimmt's, Perry?«

Perry nickte. »Vor allem, wenn sie irgendwas mit Kokosmilch machen. Schmeckt wie Bounty!«

Marvin grinste breit und auch Emily freute sich auf das gemeinsame Essen, vor allem deshalb, weil sie nun nicht mehr nur zu viert in dieser neuen Welt waren.

Daisuke hatte nicht zu viel versprochen. Als sie sich zum Essen im Saloon einfanden, wehte aus der Küche ein köstlicher Duft zu ihnen herüber. Die Kinder aus Asien hatten bereits den Tisch gedeckt. Marvin stellte mit Erleichterung fest, dass neben jedem Teller außer Essstäbchen auch noch Löffel lagen.

Die Kinder hatten mehrere Tische zu einer großen Tafel zusammengeschoben, an der sie zu vierzehnt Platz fanden. Zwei Schüsseln mit dampfendem Reis standen schon bereit, daneben vier Krüge mit einem gelben Saft.

»Oh lecker!«, freute sich Perry. »Gibt's Orangensaft?«

»Mangosaft!«, antwortete ein Junge, der das genaue Gegenteil von Daisuke war: ein dünner Kerl mit der Statur eines Laternenpfahls, der sich hinunterbeugen musste, wenn er mit Perry auf einer Höhe sein wollte.

»Mein Name ist Zuko!«, stellte er sich vor.

Perry machte ihn mit seinen Freunden bekannt, dann fragte er: »Und was ist deine besondere Fähigkeit?«

»Ich bin Computerspezialist!«, antwortete Zuko und deutete mit weit ausholender Geste hinter sich, so als wollte er etwas auf einer Showbühne präsentieren, dabei hing nur der ausladende saloontypische Barspiegel hinter dem Tresen an der Wand. Doch dann schnippte Zuko mit den Fingern und die Spiegelfläche verwandelte sich in einen ebenso großen Flachbildschirm, auf dem sich nun auch ein Bild zeigte.

»Ich habe den im Spiegel integrierten Monitor angeschlossen, weil das hier ja anscheinend unser Versammlungsraum sein soll. Auf diese Weise können wir Präsentationen, Videoaufnahmen und so weiter abspielen. Oder auch Pläne und Aufgaben erörtern.«

»Wow!«, stieß Marvin anerkennend aus. »Ich wäre nie dadrauf gekommen, dass sich in dem Spiegel ein Bildschirm verbirgt. Hätten wir uns auf unsere Reise richtig vorbereiten können, hätte ich ein paar DVDs mitgenommen. Dann könnten wir hier jetzt Kinoabende veranstalten.«

»Ja, das wäre super. Leider gibt es hier ja kein Internet, wie wir es von der Erde her kennen. Echt übel. Wenn auf diesem Planeten erst mal genug Leute angesiedelt sind, können wir vielleicht unser eigenes Internet aufbauen«, sagte Perry.

»Da bin ich dabei!«, stimmte Marvin ihm grinsend zu.

»Aber die Androiden werden nicht grundlos einen Monitor hier installiert haben«, sagte Zuko. »Ich denke, das Ding ist extra dafür da, um uns mit wichtigen Nachrichten zu versorgen.«

»Gute Idee, Zuko!«, lobte nun auch Lea. »Dann können wir hier vielleicht jeden Morgen zum Frühstück erst mal die neuesten Nachrichten von der Zentrale hören?«

»Na ja, ich weiß nicht«, erwiderte Zuko. »Ich denke, die Zentrale wird sich nur bei uns melden, wenn etwas wirklich Wichtiges anliegt. Die Bildübertragung zu uns ist nämlich ziemlich kompliziert und aufwendig.«

»Aber bekommen wir die Nachrichten der Zentrale nicht immer direkt über VIUA?«, fragte Emily.

»Nicht mit Bild«, entgegnete Zuko.

Wie aufs Stichwort wurde genau in diesem Moment der Bildschirm hell und es erschien das Gesicht eines Mannes. Es sah weder freundlich noch grimmig aus, sondern einfach nur völlig ausdruckslos wie bei einer Puppe.

»Oh, tatsächlich!«, flüsterte Lea ehrfurchtsvoll. »Ist das ein Androide aus der Zentrale?«

»Das nehme ich an«, raunte Zuko.

Die Stimme des Androiden klang wie erwartet ziemlich monoton: »Guten Tag, Kinder! Herzlichen Glückwunsch. Ihr habt eure erste Bewährungsprobe bestanden. Wir sind alle … äh, froh, dass ihr gut angekommen seid und, wie VIUA uns berichtete, die ersten Hürden überwunden habt.«

»Der sieht aber echt aus!«, flüsterte Perry Lea zu. »Ist das wirklich ein Androide?«

Lea warf ihm einen Blick zu. »Hab ich auch kurz überlegt, aber er hat bei der Begrüßung nicht gelächelt. Erwachsene lächeln eigentlich immer, wenn sie Guten Tag sagen. Das gebietet die Höflichkeit. Außerdem hat er gezögert bei *wir sind froh*. Die können gar nicht froh sein, aber so sagt man das eben unter Menschen.«

Kein schlechtes Argument, musste Perry zugeben, aber er wollte lieber auf Nummer sicher gehen und fragte geradeheraus: »Sind Sie ein Androide?«

»Selbstverständlich«, antwortete der Androiden-Mann. »Außer euch und einer Handvoll Wissenschaftler weiß doch kein Mensch auf der Erde, dass ihr hier seid. Alle Vorbereitungen zu diesem Projekt, an denen Menschen mitgewirkt haben, liefen in getrennten Abteilungen. Den großen Zusammenhang dieser Mission kennen nur sehr wenige. Euer Projekt ist streng geheim.«

»Schon gut!«, brummte Perry beleidigt. »Daran hab ich nicht gedacht.«

Seine Schwester Lea sprang ihm bei. »Was mein Bruder damit wohl eigentlich hatte sagen wollen, ist, dass er einfach gern mal wieder mit einem Menschen von zu Hause gesprochen hätte. Geht mir übrigens genauso.«

»Warum?«, fragte der Androide.

Lea wollte es gerade erklären, doch Perry stieß ihr leicht in die Seite. *Lass gut sein, das kann er doch sowieso nicht verstehen*, bedeutete er ihr mit dieser Geste. Lea verstummte.

»Ich melde mich nicht von der Erde aus, sondern aus der Zentrale in der Raumstation«, fügte der Androide hinzu.

»Man nennt mich ZA-3: Zentral-Androide drei.«

»Blöder Name«, rutschte es Lea heraus. »Können wir Sie nicht lieber ... keine Ahnung, Eberhard nennen, oder so?«

Der Androide hätte jetzt sicher verblüfft geschaut, wenn er dazu in der Lage gewesen wäre. So aber fragte er nur: »Wieso Eberhard?«

»Das ist ein Onkel von mir«, erklärte Lea. »Den mag ich echt gern, aber leider sehe ich ihn nur selten. Und jetzt sowieso nicht mehr, weil ich ja hier auf diesem Planeten bin.«

»Einverstanden«, erwiderte der Androide. »Dann nennt mich halt Eberhard. Aber bei offiziellen Meldungen bitte wenigstens mit dem Anhang ZA-3, sonst kommen eure Meldungen womöglich falsch an.«

»Abgemacht!«, entgegnete Lea. Mit einem kurzen Blick in die Runde vergewisserte sie sich, ob auch alle anderen Kinder damit einverstanden waren. Xiaomeng zwinkerte ihr zu. Nur Marvin verzog leicht die Mundwinkel, sagte aber nichts. War ja klar, dass er den Androiden lieber mit ZA-3 angesprochen hätte!

»Vielleicht kannst du deinen Onkel ja früher wiedersehen, als du denkst«, sagte Eberhard.

Lea hatte noch kurz ihren Gedanken nachgehangen und machte jetzt ein verwirrtes Gesicht. »Wie bitte?«

Eberhard wiederholte, was er soeben gesagt hatte.

Leas Augenbrauen schossen in die Höhe. »Wie das? Kommt er etwa hierher?«

»Unsinn!«, sagte Eberhard. »Es passen nur Kinder in die Zeitmaschine. Und nur via Zeitmaschine ist ein Hin- und Herreisen zwischen dem Kids' Planet und der Erde möglich.«

»Ja, ist ja gut. Das wissen wir.«

»Es ist nicht effizient, Fragen zu stellen, auf die man die Antwort bereits kennt«, sagte Eberhard. Womit für Lea der eindeutige Beweis erbracht war, dass ZA-3 ein Androide war.

»Der nervt ja genauso wie VIUA«, raunte sie ihrem Bruder zu.

Perry grinste. Allerdings nicht lange.

»Es gibt da ein Problem«, fuhr Eberhard fort. »Seit eurer Rückkehr aus dem All sind die Venomier verschwunden.«

Lea sah ihn an und nickte. »Wir haben sie auch nicht mehr gesehen. Aber was heißt verschwunden? Das geht ja wohl schlecht. Wir sind jedenfalls darauf eingestellt, dass sie zurückkehren und einen neuen Angriff starten werden.«

»Das deckt sich zu 70 Prozent mit unserer Wahrscheinlichkeitsannahme«, bestätigte Eberhard.

Lea runzelte die Stirn. »Zu 70 Prozent? Was heißt denn das schon wieder?«

Sie schaute fragend zu den anderen Kindern, die sich mittlerweile alle vor dem Monitor versammelt hatten und aufmerksam zuhörten. Aber anscheinend ahnte niemand, worauf Eberhard ZA-3 hinauswollte.

»Wir haben mit allen uns zur Verfügung stehenden Mitteln nach den Venomiern gesucht, ohne die geringste Spur von ihnen zu entdecken. Auch Specht war erfolglos.«

»Das wissen wir doch alles bereits.« Lea versuchte, die Sache ein bisschen zu beschleunigen. Eberhard sollte endlich zum Punkt kommen und ihnen sagen, was er eigentlich von ihnen wollte.

»Genau wie ihr vermuten auch wir, dass sich die

Venomier in ein uns bislang unbekanntes Versteck zurückgezogen und eine Basis errichtet haben.«

»Jaja, und?«, drängte Lea erneut.

»Aber wir haben Spuren im All gefunden«, fuhr Eberhard fort.

Lea verschlug es die Sprache.

Dafür meldete Perry sich zu Wort. »Meinen Sie den Satelliten? Den haben wir zerstört und ...«

»Nein!«, unterbrach Eberhard ihn. »Das habt ihr übrigens gut gemacht. Nein, wir sind auf eine andere Spur gestoßen. Um es kurz zu machen ...«

»Oh ja, bitte!«, stöhnte Lea.

»Wir vertreten die These, dass es einigen Venomiern gelungen ist, über den von uns geschaffenen Weg auf dem Planeten Erde zu landen!«

Im Saloon wurde es mucksmäuschenstill. Nur das leise Rauschen der Raumlüfter war zu hören. Es rührte sich absolut nichts. Nicht einmal laut atmen tat jemand. Alle waren wie erstarrt. Die knisternde Spannung war fast körperlich zu spüren.

Schließlich schluckte Emily laut und fragte: »Auf ... der Erde?«

Allen im Saal war eins klar: Wenn die Venomier auf der Erde gelandet waren, dann sicher nicht in friedlicher Absicht, um Guten Tag zu sagen und sich mal neugierig umzuschauen. Die Venomier stellten eine Bedrohung dar, wenngleich sich keines der Kinder auch nur ansatzweise vorstellen konnte, was genau sie vorhatten.

»Sie können wie menschliche Kinder unseren Transportweg nutzen. Und offenbar hat eine erste kleine Abordnung ebendies getan. Das ist eine kritische Situation. Wahrscheinlich wollen sie den weiteren Zuzug von Siedlerkindern stoppen beziehungsweise unser gesamtes Projekt sabotieren. Es ist jedenfalls dringend notwendig, die Venomier aufzuspüren und zu deaktivieren«, sagte Eberhard.

»Deaktivieren?«, wiederholte Lea gedehnt. Sie dachte an Yo und Marc, die sie vergeblich versucht hatten einzusperren. Da wollte sie sich im Moment gar nicht ausmalen, wie das *Deaktivieren* konkret aussehen sollte. Viel wichtiger war, wer würde die Venomier auf der Erde suchen und diese Aufgabe übernehmen?

Prompt kam Eberhards Antwort auf ihre stumme Frage: »Ihr müsst zurück!«

Nach wie vor Stille im Raum.

Wen meinte Eberhard? *Wer* sollte zurück? Und wie sollte das funktionieren? Es hieß doch, sie müssten alle so lange bleiben, bis die Stadt bewohnbar und das Transportsystem für große Menschenmassen nutzbar war?

Eberhard wurde deutlicher: »Unser Plan sieht vor, dass Lea, Perry, Emily und Marvin zu sich nach Hause auf die Erde zurückkehren. Denn wir haben Grund zu der Annahme, dass die Venomier genau dort getarnt aktiv werden wollen.«

»Bei uns zu Hause?«, entfuhr es Marvin.

»In eurer Stadt. Vermutlich sogar in eurem Stadtteil.

Sie wollen offenbar euren Spuren nachgehen, um unsere Mission zu enttarnen, unsere geheimen Labors und technischen Einrichtungen aufzuspüren und zu vernichten«, präzisierte Eberhard. »Wir könnten dann womöglich die Menschen nicht mehr evakuieren. Und ihr könntet nicht mehr zurück. Zumindest für eine sehr, sehr lange Zeit nicht. Also muss der Plan der Venomier vereitelt werden. Während eurer Abwesenheit übernimmt Daisuke das Kommando über das Besiedlungsprojekt, unterstützt von Xioameng. Wir rechnen damit, dass wir euch vier dann in ein bis zwei Monaten auf den Kids' Planet zurückbringen können.«

»Wie ... Moment mal ... was?« Lea brachte nicht mehr heraus als ein zusammenhangloses Stottern. Zwar hatte sie noch am Vorabend großes Heimweh verspürt und hätte sich nun eigentlich freuen müssen, nach Hause zu kommen, aber so plötzlich und unvorbereitet? Sie hatten doch gerade erst die Neuankömmlinge aus Asien kennengelernt und sich ein bisschen mit ihnen angefreundet. Und nun sollten sie schon wieder abreisen? Und was war mit den Venomiern? Anscheinend wusste die Zentrale ja so gut wie nichts über sie. Es war also durchaus denkbar, dass die Giftzwerge in unmittelbarer Nähe einen günstigen Moment abpassten, um das kleine, im Entstehen begriffene Dorf mithilfe ihrer fischköpfigen Ungetüme anzugreifen. Gut, die bewaffneten Androiden stellten vermutlich einen besseren Schutz dar als Lea und ihre drei Mitstreiter, dennoch überkam Lea ein ungutes

Gefühl bei dem Gedanken, Kids' Planet nun schon wieder zu verlassen. Und überhaupt! Wie sollten sie denn jetzt auf der Erde klarkommen, mit dem Wissen, dass der Untergang des Planeten bevorstand und sie den Auftrag hatten, mal eben flugs die gesamte Menschheit zu retten? Je länger Lea darüber nachdachte, desto mulmiger wurde ihr.

Aber da war dieser eine Gedanke, der sich gnadenlos in ihrem Kopf breitmachte und dumpf von innen an ihre Schädeldecke hämmerte, damit sie ihn auch ja nicht vergaß: Nur sie, Perry, Emily und Marvin waren derzeit anscheinend in der Lage, die Venomier in ihrer alten Heimat aufzuspüren, dingfest zu machen und damit die Zukunft für die gesamte Menschheit zu retten. Niemand sonst wusste von den Venomiern und die Androiden sollten sich wohl besser nicht auf der Erde im Jahre 2015 blicken lassen. Denn eigentlich gab es sie da in ihrer jetzigen Form ja noch gar nicht.

»Okay!«, sagte Lea am Ende ihrer Überlegungen leise. »Wir ... äh ... sind bereit. Wann sollen wir uns auf den Rückweg machen?«

Zurück auf der Erde

Eigentlich vier Tage später, aber es ist wieder Berlin, 5. August 2015 – 8:07 Uhr

Im See des Freibads tauchten nahe dem Sprungbrett nacheinander vier Kinderköpfe auf.

Perry wischte sich mit beiden Händen über das Gesicht, schüttelte einmal kurz die nassen Haare und hielt sich mit leicht rudernden Armbewegungen über Wasser – genau an derselben Stelle, an der er knapp zwei Wochen zuvor eingetaucht war, nachdem seine Schwester ihn vom Brett geschubst hatte.

Er sah sich um. Das Freibad war ebenso leer wie an jenem Morgen. Außer ihm, Lea, Emily und Marvin waren da nur noch der Sportschwimmer, der weiter hinten seine Bahnen zog, und der Bademeister, der gerade Richtung Eingang marschierte.

Nichts hatte sich verändert. Wie VIUA ihnen prophezeit hatte: Alles war genauso, wie zu dem Zeitpunkt, als sie aus dem Schwimmbad geholt worden waren. Mit einem Unterschied: Perry trug keine Badehose mehr, sondern noch immer seinen Raumanzug, der sich aber, wie er erstaunt feststellte, auch hervorragend zum Schwimmen eignete. Der Overall sog sich nicht voll, sondern stieß das Wasser ab wie ein Neoprenanzug. Und er hielt auch ähnlich warm – jetzt zu warm.

Ohne groß Worte zu verlieren, waren die vier Kinder sich einig, was es als Nächstes zu tun galt. So schnell sie konnten, schwammen sie zum Strand, stiegen aus dem Wasser und fanden tatsächlich an der Stelle, wo sie sich vor zwei Wochen ausgezogen hatten, alle ihre Sachen vor.

Perry schaute sich noch einmal verstohlen um. »Kommt, lasst uns bloß schnell die Klamotten wechseln, bevor uns noch jemand im Raumanzug sieht!«, sagte er.

»Mensch, ich habe meinen Bikini im Raumschiff vergessen!«, stellte Emily fest.

Perry hatte seinen Anzug bereits abgestreift und angelte in Unterhose seine Shorts vom Haufen. Schnell schlüpfte er hinein.

»Na und?«, erwiderte er. »Willst du hier jetzt etwa in Ruhe weiterbaden? Ich mache jedenfalls, dass ich so schnell wie möglich nach Hause komme!«

»Und dann?«, fragte Lea.

»Lass uns doch erst einmal zu Hause ankommen und dann überlegen wir, wie's weitergehen soll«, schlug Perry vor. »Wir brauchen einen Plan.«

»Okay!«, stimmte Lea zu. Sie zeigte auf die Uhrensäule neben dem Kiosk. »Es ist zehn nach acht. Nach Erden-Zeitrechnung sind wir erst ein paar Minuten hier. Ist es nicht ein bisschen auffällig, wenn wir jetzt gleich schon wieder einpacken und gehen?«

»Ich glaube, dem Bademeister ist es egal. Und zu Hause kriegt es doch sowieso keiner mit. Mama und Papa kommen ja erst heute Abend von der Arbeit zurück.«

»Gut, dann gehen wir jetzt alle nach Hause und heute Mittag treffen wir uns dann wieder bei uns, okay?«, sagte Lea.

Emily und Marvin waren einverstanden.

Eine halbe Stunde später trafen Lea und Perry bei sich zu Hause ein. Dort hatte sich nichts verändert. Genauso wenig wie im Schwimmbad.

»Schon verrückt, so eine Zeitreise, oder?«, sagte Perry.

Lea stimmte ihm zu. Sie ging in ihr Zimmer und sah nach den Eidechsen Kim und Kim, die sie nach ihrer eigenen Zeitrechnung vor zwei Wochen das letzte Mal gefüttert hatte. Nach der Erdenzeit aber war die Fütterung nicht einmal eine Stunde her. Eine der Heuschrecken, die Lea ins Terrarium geworfen hatte, hüpfte sogar noch darin herum. Kim und Kim waren satt und würdigten sie keines Blickes.

Plötzlich piepte es in Leas Hosentasche. Sie zog ihr Smartphone heraus, in der Annahme, Emily hätte ihr eine Nachricht geschickt. Stattdessen aber skypte sie jemand an. Lea nahm den Anruf entgegen und auf ihrem Display sah sie …

»Eberhard!«, rief Lea so laut, dass Perry es nebenan in seinem Zimmer hörte und gleich angerannt kam.

»Seid ihr gut angekommen?«, fragte Eberhard.

»Ja, ja«, antwortete Lea, noch immer leicht verdattert. Sie sprach über ihr Smartphone mit einem Androiden, der zweihundert Jahre in der Zukunft in einer Raumstation hockte. Etwas Abgefahreneres konnte man sich kaum vorstellen!

»Wir haben die Information erhalten, dass die Venomier möglicherweise eure Schule als Tarnung und Versteck nutzen wollen«, berichtete Eberhard ZA-3.

»Aber es sind doch Ferien!«, wandte Lea ein.

»Genau. Deshalb halten sich die Venomier derzeit auch noch bedeckt, wie es scheint. Wir vermuten, sie harren in einer Zeitschleife aus und sind somit derzeit unauffindbar. Aber ihr solltet euch auf ihr Erscheinen am ersten Schultag nach den Ferien gefasst machen.«

»Okay! Und was dann?«, fragte Lea.

»Dann müsst ihr herausbekommen, was sie genau vorhaben. Wie gesagt, wir gehen davon aus, dass sie einen Angriff oder die Zerstörung unseres Systems planen. Beides könnte die Vernichtung der Zukunft der Menschheit zur Folge haben. Wir bleiben in Verbindung und melden uns, sobald es etwas Neues gibt.«

»Und bis dahin?«, fragte Lea.

»Unternehmt ihr gar nichts. Ihr lebt ganz normal euer Leben. Außer, dass ihr eure nähere Umgebung, vor allem eure Schule, genau im Auge behaltet, ob es irgendwelche Hinweise auf die Präsenz von Venomiern gibt. Und das Schwimmbad müsst ihr auch beobachten, aber unauffällig. Dort befindet sich nämlich der Ein- und Ausstieg der Zeitröhre. Aber genauso wenig, wie ihr wisst, wo er sich befindet, obwohl wir euch auf diesem Weg geholt haben, wissen es die Venomier, obwohl sie auf diesem Weg gelandet sind. Sie dürfen den Einstieg jedoch auf keinen Fall finden! Also seid wachsam! Wenn nichts weiter Außergewöhnliches passiert, erstattet ihr wöchentlich Bericht. Wenn euch aber irgendetwas auffallen sollte, meldet ihr euch sofort.«

»Machen wir!«, versicherte Lea.

»Ach, und noch etwas: Wir haben euch Specht als Unterstützung geschickt. Er wird sich morgen oder übermorgen bei euch melden.«

»In Ordnung«, sagte Lea.

Ihr Blick wanderte zu Kim und Kim hinüber. Nur gut, dass sie ein anerkanntes Faible für Tiere hatte. Denn so könnte sie ihren Eltern einigermaßen plausibel machen, wieso sie sich auf einmal einen Specht im Zimmer halten wollte. Jedenfalls ging sie stark davon aus, dass sich Specht bei ihnen einnisten würde.

»Also, bis dahin alles Gute«, sagte Eberhard ZA-3.

»Danke, bis bald«, verabschiedete sich Lea.

Das Bild auf ihrem Display verschwand.

Perry stand neben ihr. Er hatte alles mit angehört. Sofort war ihm klar, was der Anruf bedeutete: »Ab heute sind wir eine geheime Agentenzentrale zur Rettung der Zukunft der Menschheit«, sagte er leise und voller Ehrfurcht.

»Allerdings!«, stimmte Lea ihm zu. »Und das auch noch zwischen den Zeitdimensionen und mit interstellarem Auftrag. Na, prost Mahlzeit!«

»Das klingt jetzt vielleicht verrückt«, sagte Perry. »Aber ich freue mich schon darauf, wenn die Ferien zu Ende sind!«

Lea und Perry grinsten sich an.

»Geht mir genauso«, gab Lea zu. »Allerdings … wenn du mich fragst, ich würde mich nicht in einer leeren Schule verstecken, wenn ich ein Venomier wäre.«

»Sondern wo?«, fragte Perry.

»In einem vollen Schwimmbad zum Beispiel, da, wo viel los ist. Dort fallen sie doch am wenigsten auf. Ich denke, wir sollten uns möglichst bald da mal gründlich umsehen. Ich habe jedenfalls große Lust auf das nächste Abenteuer!«

und so geht es weiter...

Ab dem 27.05.2016
im Handel erhältlich

PERRY

ALTER 12

GRÖßE 154 cm

INTERESSEN:
Astronomie, Science-Fiction, Mathematik, Physik

LIEBLINGSSPORT:
Tischtennis, Schach, Schwimmen, Achterbahn fahren

49 KG

LIEBLINGSFARBE: mattschwarz
LIEBLINGSMUSIK: Hard Rock, Heavy Metal
LIEBLINGSFILM: Star Wars, Star Trek
LIEBLINGSTIER: schwarzer Panther

EIGENSCHAFTEN:
eher zurückhaltend, nachdenklich, analysierend

LEA

ALTER 13

GRÖßE 162 cm

INTERESSEN:
wechselt, derzeit Tierärztin in Afrika

LIEBLINGSSPORT:
Schwimmen, Laufen, Volleyball

53 KG

LIEBLINGSFARBE: grellbunt
LIEBLINGSMUSIK: im Moment afrikanische Musik und Gospel
LIEBLINGSFILM: Afrika – Das magische Königreich
LIEBLINGSTIER: Kim und Kim, ihre beiden Eidechsen

EIGENSCHAFTEN:
absoluter Wirbelwind, neugierig, will alles sofort ausprobieren